Hasnain Kazim

Grünkohl und Curry

© Janna Kazim

Hasnain Kazim wurde 1974 im niedersächsischen Oldenburg geboren und wuchs in Hollern-Twielenfleth im Alten Land auf. Bereits während seiner Schulzeit am Vincent-Lübeck-Gymnasium sammelte er erste journalistische Erfahrungen beim „Stader Tageblatt“. Nach dem Studium der Politikwissenschaft war er unter anderem für die „Heilbronner Stimme“ und die Nachrichtenagentur „dpa“ tätig. 2006 wurde Kazim Redakteur bei „Spiegel Online“. Ab Juli 2009 arbeitete er als Südasienkorrespondent von „Spiegel Online“ und dem Nachrichtenmagazin „Der Spiegel“ mit Sitz in Islamabad, Pakistan. Seit August 2013 ist er deren Türkei-Korrespondent und wohnt in Istanbul. Kazim ist Preisträger des „CNN Journalist Award 2009“.

Auf dem Dachboden findet Hasnain Kazim einen Ordner mit Papieren, die die Einwanderung seiner Eltern nach Deutschland dokumentieren. Neugierig geht er der Familiengeschichte nach und beschreibt den Weg von Indien über Pakistan bis nach Hollern-Twielenfleth, einem kleinen Dorf im Alten Land, wo seine Eltern 1975 heimisch werden. Die Integration, die im zwischenmenschlichen Bereich reibungslos gelingt, verlangt im Umgang mit den Behörden einen jahrelangen Kampf: Erst 1990 wird die Familie eingebürgert. Der Lebensweg der Eltern zwingt Hasnain Kazim, sich mit der eigenen Identität auseinanderzusetzen, für die beide Kulturkreise prägend waren. Er erlebte eine Kindheit zwischen Grünkohl und Curry.

Hasnain Kazim

Grünkohl und Curry

Die Geschichte einer Einwanderung

Verlag Friedrich Schaumburg

Umschlaggestaltung: Verlag Friedrich Schaumburg unter Verwendung zweier Fotos von Martin Elsen (Altes Land) und Hasnain Kazim (Afzal Mahal in Lucknow, Indien)

Gestaltungskonzeption: Verlag Friedrich Schaumburg, Stade
Satz, Druck und Buchbindearbeiten: Günter Druck GmbH, Georgsmarienhütte
Schrift: Stempel Garamond
Papier: Enviro Natur aus 100% Altpapier, 80 g/m²

Die erste Auflage erschien 2009 im Deutschen Taschenbuch Verlag GmbH & Co. KG, München.

3. Nachdruck 2021
ISBN 978-3-87697-021-9
www.schaumburg-buch.de

Prolog

Auf der Suche nach den eigenen Wurzeln

Meine Eltern haben sich für Deutschland entschieden. Als Kind habe ich gedacht: Schweden wäre besser gewesen. Pippi Langstrumpf kommt von dort, ich wäre gerne in der Nähe der „Villa Kunterbunt" aufgewachsen. Außerdem gibt es viele Wälder und hübsche Seen, auf denen man Boot fahren kann. Oder Frankreich, wo das Essen so gut ist und die Sprache so elegant. Von mir aus Italien oder Spanien, immer Sonne und möglichst das Meer in der Nähe. Japan fand ich auch irgendwie cool.

Warum ausgerechnet Deutschland, mit dem meine Eltern genauso wenig verband wie mit Schweden, Frankreich, Italien, Spanien oder Japan? Warum nicht England, Kanada oder die USA, wo immerhin Verwandte von uns leben und ein Neuanfang leichter gewesen wäre? Großbritannien hat gegenüber Pakistanern und Indern als ehemalige Kolonialmacht eine gewisse Verantwortung, und die beiden anderen Staaten sind Einwanderungsländer. Warum Deutschland, wo alles erheblich komplizierter für sie war, allein schon wegen der schwierigen Sprache?

Es ist wohl auch das, was man – ein großes Wort – Schicksal nennt, das meine Eltern in ein norddeutsches Dorf geführt hat. „Ihr habt das Glück, hier aufgewachsen zu sein", sagt meine Mutter hin und wieder zu meiner Schwester und mir.

Sie schätzt an ihrer selbst gewählten Heimat all das, was man Deutschland jenseits seiner Grenzen nachsagt: Das Land ist sauber und gepflegt. Die Menschen sind fleißig und ordentlich, modern, dennoch traditionsbewusst. Qualität ist ihnen wichtig. Sie haben viele Freiheiten und Chancen. Religion ist Privatsache, jedenfalls für die meisten. „Außerdem kommen von hier die besten Autos der Welt“, sagt sie, obwohl sie sich für Autos gar nicht interessiert. All diese Klischees, findet sie, treffen im Großen und Ganzen zu.

Wenn man so will, ist Deutschland der Gegenentwurf zu Pakistan, der alten Heimat meiner Mutter.

Mein Vater sieht das ähnlich, auch wenn bei ihm damit kein so kritisches Verhältnis zu Pakistan und Indien, seinem Geburtsland, verbunden ist wie bei meiner Mutter. Ich glaube, meine Eltern sind das, was manche „gute Deutsche“ nennen.

Kürzlich war ich wieder in Hollern-Twielenfleth, jenem Dorf im Alten Land, in dem ich meine Kindheit verbracht habe. Ich bin durch die vielen Obstgärten spaziert, bin an die Elbe gefahren und habe über den Deich geschaut, auf die Schiffe, die je nach Richtung nur noch wenige Stunden von Hamburg trennen oder viele Tage vom anderen Ende der Welt. Ich habe Menschen getroffen, die mir als Kind Bonbons geschenkt haben und mich jetzt, Jahre später, sofort wiedererkannten.

„Schön, dich wiederzusehen.“

Oder: „Ach, bist du auch mal wieder im Lande!“

„Na, mien Jung, wo geiht di dat?“, fragte ein Mann, der in seinem Garten arbeitete. Seine Haare waren inzwischen grau, sein Rücken gekrümmt, insgesamt wirkte er viel kleiner, als ich ihn in Erinnerung hatte. In dem Moment hätte ich ihn wegen der Selbstverständlichkeit, mit der er mich auf Plattdeutsch ansprach, umarmen können: Du bist einer von uns. Du verstehst mich.

Was weiß er von der Vergangenheit meiner Eltern? Was weiß überhaupt jemand in Hollern-Twielenfleth von uns?
Ich versuche zu verstehen, weshalb meine Eltern um keinen Preis wieder weg wollten. Weshalb sie viele Jahre Streitereien mit Behörden auf sich nahmen, ertrugen, dass sie oft vor einer Ausweisung standen, jahrelang kämpften, Niederlagen vor Gericht einsteckten. Und weshalb sie sich all die Debatten, die hier über Ausländer geführt werden, anhörten, obwohl sie oft unerträglich sind, weil sie von griesgrämigen Menschen, die überhaupt keinen Grund zum Jammern haben, auf Stammtischniveau geführt werden und von Politikern, die auf diese Weise Stimmen jagen. Debatten, an denen sich diejenigen, die es betrifft, viel zu selten beteiligen. In Deutschland haben Ausländer nur eine schwache Stimme. Wenn sie sie erheben, will sie keiner hören. Oder sie werden von seltsamen (religiösen) Verbänden vertreten, die meist ein einseitiges und verzerrtes, sogar radikales Bild wiedergeben, und man wünscht sich: Hätten sie mal besser nichts gesagt.
Fremde wurden jahrelang als „Gastarbeiter“ willkommen geheißen – ein unhöfliches Wort, seit wann lässt man Gäste arbeiten? –, dann wieder beschimpft, sie würden das deutsche Sozialsystem ausnutzen. Mal gelten sie als Flüchtlinge, denen man unbedingt helfen muss, dann als lästige Asylanten, denen es nur ums Geld geht und die kriminell sind. Ihnen wird vorgeworfen, sie nähmen den Deutschen die Arbeitsplätze weg, dann sollen sie, bitte, bitte, als Computerfachleute möglichst zahlreich hierher ziehen. Von Überfremdung ist die Rede, aber auch von dringend nötiger Zuwanderung wegen der alternden Bevölkerung. Je nach Stimmung und politischem Lager ist „Multikulti“ ein wegweisendes oder ein gescheiter-

tes Gesellschaftsmodell. Und gerade in Zeiten, in denen einige Menschen meinen, im Namen des Islam töten zu müssen, haben hier gleich alle Muslime (und Leute, die dafür gehalten werden) einen schweren Stand. Jeder hat eine Meinung, aber was sagen die Ausländer selbst?

Ich habe meine Eltern gefragt: Warum wolltet ihr nach Deutschland? Warum der Abschied von Pakistan kurz nach eurer Hochzeit 1974, von der Kultur, die ihr von Kindheit an kanntet, von einem Umfeld, in dem es euch gut ging? Warum all die Bemühungen um ein Leben in Deutschland, warum der Versuch, sich in eine völlig neue Kultur einzufinden? Und wie war das damals eigentlich, als wir kurz vor der Abschiebung standen? Als Freunde Unterschriften sammelten, damit wir bleiben durften? Als unser Hausarzt Atteste schrieb, wonach wir aus gesundheitlichen Gründen nicht ausgewiesen werden sollten und uns angeblich sogar psychische Störungen und Lebensgefahr drohten, sollten wir Deutschland dauerhaft verlassen müssen?

Meine Eltern schauten mich an, als wollte ein Kind etwas wissen, für das es eigentlich noch zu klein ist.

„Warum fragst du?“, erkundigte sich meine Mutter.

Da wollte ich so viele Dinge wissen – und war nicht darauf gefasst, selbst gefragt zu werden.

„Ach, na ja, wie soll ich sagen ...“

Ich wusste nicht, wie sie auf meine Antwort reagieren würden. Aber was soll’s, irgendwann musste ich ja raus mit der Sprache. Also erzählte ich ihnen von meiner Idee. Davon, dass Freunde regelmäßig staunten, wenn ich von meiner Familie und vom Weg meiner Eltern erzählte. Und davon, dass ich dann jedes Mal hörte: Warum schreibst du das nicht auf? So, als ob Journalisten immer alles aufschreiben würden, selbst ihre privaten Dinge. Aber warum eigentlich nicht?

Meinen Eltern gefiel die Idee. Sie sagten es zwar nicht sofort, vielleicht mussten sie sich erst an den Gedanken gewöhnen, dass ihr Sohn in ihrer Vergangenheit wühlen und sie für jedermann zugänglich machen wollte; zudem waren eine Menge unangenehmer Erinnerungen damit verbunden. Aber ihre Geschichte war es wert, erzählt zu werden. Das fanden auch meine Eltern. Sie stimmten zu.

Ich begann also im Herbst 2006 mit der Recherche. Im Laufe der Zeit fand ich mehr, als ich erhofft hatte. Vieles davon hörte und las ich als Anfang Dreißigjähriger zum ersten Mal. Auch sehr seltsame Dinge. Am Ende hat diese Geschichte mich verändert.

„Wir haben auf dem Dachboden noch einen Karton mit Papierkram", sagte mein Vater. „Da ist ein Ordner, in dem steht alles."

In einer verstaubten Bücherkiste mit der Aufschrift „Papiere" lag sie, unsere deutsche Familienvergangenheit: drei Jahrzehnte in einer einzigen Kiste. Darin stapelten sich alte Rechnungen und irgendwelche Korrespondenz, die mein Vater, aus welchen Gründen auch immer, aufbewahren wollte. Ganz unten lag ein blauer Ordner. „Kazim" hatte mein Vater den Familiennamen auf den Rücken geschrieben.

Ich kramte das schwere Papierbündel heraus und begann darin zu blättern. Briefe, Gutachten, Unterschriftenlisten, Petitionen, Gerichtsurteile, Anwaltsnotizen. Während ich die zum Teil vergilbten Papiere überflog, wurde mir klar, was meine Eltern durchgemacht, welchen Mut sie gehabt hatten: als junge Menschen aus Abenteuerlust und Neugier ihre vertraute Umgebung zu verlassen, in ein fremdes Land zu gehen

und dort auf massiven Widerstand der Behörden zu stoßen. Ihr Weg hat meinem Leben die Richtung vorgegeben, einem Leben in zwei Welten, die unterschiedlicher kaum sein könnten.
Schließlich fand ich ein Schreiben des Landkreises Stade aus dem Jahr 1990, den Brief, der alles änderte.
Die Erinnerung kam wieder.
Am 12. November 1990, einem Montag, kam ich verschwitzt von der Schule nach Hause, auf dem gut sieben Kilometer langen Weg von Stade nach Hollern-Twielenfleth hatte ich aus meinem neuen Fahrrad alles herausgeholt. Im nächsten Sommer sollte ich in die elfte Klasse kommen, von da an wurden die Busfahrten kostenpflichtig, weil die Schulpflicht endete. Meine Eltern hatten angeboten, mir statt einer Jahresfahrkarte ein Rad zu kaufen. Ich war sofort dafür – ein Fahrrad war ein wertvollerer Besitz als eine Busfahrkarte, quasi für die Ewigkeit statt nur für ein Jahr, dabei vergleichbar im Preis.
Im Briefschlitz neben der hölzernen Haustür hing ein grauer Umschlag, wie ihn nur Behörden verwenden.
Zu Hause war niemand. Meine Schwester hatte noch Unterricht, meine Mutter war im Büro, wo sie in der Buchhaltung einer Baustoffhandlung als bald Vierzigjährige eine Ausbildung zur Kauffrau absolvierte, und mein Vater, wie so oft, auf See. Er fuhr zu der Zeit als Kapitän auf Großer Fahrt und kannte fast jedes Land der Erde – zumindest jedes, das eine Küste hatte.
Ich nahm also den Umschlag, der vom Landkreis Stade an meine Eltern adressiert war, und warf ihn auf die dunkle, mit Schnitzereien verzierte Holztruhe im Flur. Wie immer hatte meine Mutter das Mittagessen schon am Abend zuvor vorbereitet, doch es lockte mich nicht. Irgendetwas sagte mir: Öffne den Brief, das ist heute eine Ausnahme, etwas ganz Besonderes, das

keinen Aufschub duldet, etwas, was auch dich und dein Leben betrifft! Nun mach ihn schon auf, schau rein und ruf sofort deine Mutter an, wenn es ist, was du denkst. Wenn nicht, hast du noch genug Zeit bis zum Abend, dir eine gute Entschuldigung einfallen zu lassen, warum du einen Brief geöffnet hast, der nicht an dich gerichtet ist.

Der Brieföffner, ein kleines Schwert, das mein Vater von einer Reise nach Dubai mitgebracht hatte, glitt mit einem Rutsch durch das Papier. Jetzt war der Umschlag geöffnet – zu spät für ein Zurück.

Der Empfänger war handschriftlich in ordentlicher Blockschrift in das Adressfeld eingetragen worden: „Eheleute Nasreen und Hasan KAZIM“. Der Absender stand unübersehbar in dicken Lettern im Briefkopf: „Landkreis Stade, der Oberkreisdirektor“, dazwischen das Stader Wappen, ein Leuchtturm, ein Schlüssel und das Pferd, das auch Niedersachsen im Wappen führt. Ich zog den auf den 9. November 1990 datierten Brief – exakt ein Jahr nach dem Mauerfall und gut einen Monat nach der Wiedervereinigung Deutschlands – vorsichtig aus dem Umschlag und las ihn aufmerksam durch.

Jetzt war es also entschieden. Und nun?

Ich hatte mir diesen Moment immer ganz anders vorgestellt. Dramatischer. Spektakulärer. Nicht so banal. Jetzt kam er mir so alltäglich vor. Dabei bedeutete dieser Brief etwas, worauf wir viele Jahre lang gehofft hatten: das Ende eines langen, sorgenvollen Wegs.

Spielen am Fuße des Himalaya

Zum fünfundsechzigsten Geburtstag meines Vaters unternahmen wir beide eine Reise in seine Vergangenheit. Er hatte gelegentlich davon gesprochen, dass er gerne mal wieder nach Lakhimpur reisen würde, in die Stadt – „Ich glaube, es war eher ein Dorf“ – im Nordosten Indiens, in der er geboren wurde. Öfter war der Name Lucknow gefallen, eine Stadt gut hundert Kilometer südlich, wohin seine Familie kurz nach seiner Geburt gezogen war und wo er die ersten sechs Jahre seiner unbeschwerten Kindheit verbracht hatte. Sechs Jahrzehnte waren inzwischen vergangen, Zeit, in der mein Vater diese Orte nicht mehr gesehen hatte.

Mir war klar geworden: Um den ungewöhnlichen Lebensweg meiner Eltern nachzeichnen zu können, würde es nicht ausreichen, nur mit ihnen zu reden, in Akten zu wühlen und mit ein paar Freunden in Deutschland zu sprechen. Meine Mutter und mein Vater hatten inzwischen zwar deutlich mehr als die Hälfte ihres Lebens in Deutschland verbracht, aber man konnte nicht ignorieren, dass sie woanders geprägt worden waren.

„Lass uns nach Indien reisen“, schlug ich meinem Vater also vor, „lass uns die Verwandten besuchen, all diejenigen, die nach der Gründung des Staates Pakistan 1947 in Indien geblieben sind und nicht – wie deine Familie – ihr Glück in Pakistan gesucht haben.“

Mein Vater willigte sofort ein und meinte, als Rentner könnte er jederzeit fliegen. Wir einigten uns auf März 2007 – im Frühjahr, nach der Hochzeitssaison, würde es wieder günstige Tickets geben. In Südasien wird am liebsten im Winter geheiratet, in den anderen Jahreszeiten ist es einfach unerträglich heiß. Tausende

von Indern aus aller Welt fliegen dann in die Heimat und treiben damit die Flugpreise in die Höhe.
Und so saßen mein Vater und ich am ersten Märztag in einer voll besetzten alten Air-India-Maschine nach Neu-Delhi. Ich war sehr gespannt – auf die unbekannten Verwandten, auf die Kindheitsorte meines Vaters, aber vor allem auf meinen Vater selbst. Als Kapitän auf Handelsschiffen hatte er nie viel Zeit zu Hause verbracht. So war unser Verhältnis immer ein gutes gewesen, schließlich mischte er sich, wann immer er zu Hause war, nicht in die Erziehung ein – die war Sache meiner Mutter.
„Was uns wohl erwartet?", fragte ich ihn.
„Keine Ahnung."
„Kannst du dich noch an deine Verwandtschaft erinnern, die in Indien geblieben ist?"
Mein Vater schüttelte den Kopf. Er wollte gerade etwas dazu sagen, als zwei betrunkene Inder durch den Gang torkelten und sich grölend nur zwei Sitze neben uns auf die letzten freien Plätze setzten. Sofort begannen sie, Passagiere zu belästigen, sie terrorisierten die Stewardessen, machten anzügliche Bemerkungen.
„Und mit denen sollen wir es jetzt die nächsten Stunden aushalten?", fragte mich mein Vater leise.
„Ich hoffe nicht. Vielleicht schlafen sie ja gleich ein. Oder jemand schmeißt sie aus dem Flugzeug."
Einer der beiden hörte mich. „He, du! Warte, bis wir in Neu-Delhi sind, da mach ich dich fertig!", rief er auf Hindi. Ich tat so, als würde ich ihn nicht verstehen. Er wiederholte seine Drohung auf Deutsch.
Die Crew war ratlos. Die Flugbegleiter begannen zu diskutieren und baten den Piloten, noch nicht zu starten. So saßen wir

da und hatten schon in Frankfurt indisches Flair um uns herum. Es wurde hin und her diskutiert, niemand von der Besatzung fühlte sich so richtig verantwortlich. Manche Passagiere verlangten, dass die beiden sofort das Flugzeug verlassen müssten, vor allem eine Italienerin, die neben den Männern saß und die Beleidigungen nicht mehr ertragen wollte. Ein paar Männer aus dem indischen Bundesstaat Punjab setzten sich für die beiden Männer aus ihrer Heimatregion ein, obwohl sie sie nicht persönlich kannten.

„Das sind nur harmlose Betrunkene, die tun doch nichts", sagte einer. Er tauschte seinen Sitzplatz mit der Italienerin.

Die Maschine begann zur Startbahn zu rollen.

Die beiden Rüpel wurden immer unverschämter. Sie gaben derbe Flüche auf Hindi zum Besten. Mir fiel wieder auf, wie gut es sich in dieser Sprache schimpfen lässt.

Als eine Stewardess zu weinen anfing, weil einer der Betrunkenen ihr an die Brust gefasst und sie als Hure beschimpft hatte, mischten sich noch mehr Passagiere in die Debatte ein. Jetzt wurde es dem Piloten, der den Jumbo-Jet gerade zur Startbahn lenkte, zu viel. Er stoppte das Flugzeug, und ein paar Minuten später stürmten sechs Polizisten die Maschine. Die beiden Rüpel gaben sich plötzlich ganz brav, weigerten sich aber, das Flugzeug freiwillig zu verlassen. Die Beamten zerrten sie aus den Sitzen und trugen sie nach draußen.

„Gott sei Dank", meinte mein Vater.

Bis das Gepäck der beiden Männer ausgeladen war, dauerte es. Mit vier Stunden Verspätung begann unsere Reise.

Der Vorfall mit den Betrunkenen und die Warterei hatten uns müde gemacht. Schlafen konnten wir aber nicht, dazu waren wir viel zu aufgeregt. Mein Vater saß da, guckte aus dem Fenster und war in Gedanken versunken.

Woran er wohl dachte? Würde er in Indien von nostalgischen Gefühlen überwältigt werden? Von der Erkenntnis: Das also hätte meine Heimat sein können, das ist der Preis, den meine Eltern für ein Leben im neuen Staat Pakistan bezahlt haben? Hat es am Ende Sinn gemacht, Verwandte zurückzulassen, die Familie zu spalten?

Kaum hatte das Flugzeug in Richtung Neu-Delhi abgehoben, holte mein Vater sein Notizbuch aus der Tasche, das er sich für diese Reise zugelegt hatte. Er begann, den Grundriss des Hauses in Lucknow aufzuzeichnen, in dem er seine Kindheit verbracht hatte.

Er malte ein großes Viereck und in der Mitte ein Quadrat. So also hatte er das Haus in Erinnerung, das er 1947 zum letzten Mal gesehen hatte: ein riesiges, weiß getünchtes Gebäude mit einem großzügigen Innenhof. Ein Haus, das seine Urgroßeltern 1901 gekauft hatten. Es lag mitten in Lucknow, der heutigen Hauptstadt des größten indischen Bundesstaates Uttar Pradesh im Norden des Landes, damals das Zentrum der urdusprachigen Poesie und, selbst Jahrhunderte nach dem Ende der Mogulherrschaft, des höfischen Lebensstils. Die gesamte Großfamilie mitsamt Dienerschaft fand in dem Gebäude Platz – Köche, Küchenhilfen, Gärtner, Reinigungspersonal.

„Durch ein großes Tor, den Haupteingang, kam man in den Innenhof und von dort zu allen Teilen der Anlage."

In eine Ecke des Hofs zeichnete er einen Brunnen, daneben einen Baum. „Von dort holten wir das Wasser, das wir für den Haushalt benötigten. Fließend Wasser gab's damals noch nicht."

Er wühlte in seiner Erinnerung, erzählte von der Umgebung, den Straßen und Gässchen, den Händlern und den vielen Kindern in der Nachbarschaft.
Heute leben seine Cousinen – vier Schwestern – und deren Familien in dem Haus. Mein Vater würde all diesen Verwandten in wenigen Tagen zum ersten Mal persönlich gegenüberstehen. Eine fünfte Schwester kannte er dagegen sehr gut, als Einzige aus dieser Familie war sie nach Pakistan ausgewandert, wo sie sich bessere Chancen als Kunstlehrerin erhoffte; sie kam damals bei den Eltern meines Vaters unter und lebte dort wie eine eigene Tochter.
Das Anwesen in Lucknow trug den Namen *Afzal Mahal* – der „Afzal Palast". Jeder in Lucknow kannte das Gebäude in der Straße *Nakhas*, die die Briten in *Victoria Street* umbenannt hatten, jenes Gebäude, das im ausgehenden 19. Jahrhundert erbaut worden war und einer wohlhabenden Familie gehörte – der Familie meiner Großmutter Afsar Begum.
Noch heute sorgt der Name Afzal Mahal unter schiitischen Einwohnern Lucknows für Respekt: In dem Haus befindet sich eine kleine Moschee für die Bewohner und ein *Imambara*, ein Schrein zu Ehren der Märtyrer Imam Ali und Imam Husain, Nachfahren des Propheten Mohammed, die von Schiiten als Heilige verehrt werden.
Denn daran sollte es nach dem Willen der Bewohner keinen Zweifel geben: Hier lebte eine schiitische Familie, keine sunnitische. So wurde es von Generation zu Generation weitergegeben. Sunniten leben in Lucknow in ihren eigenen Vierteln, und Zusammenstöße zwischen ihnen und Schiiten sind in Lucknow sehr viel häufiger als zwischen Hindus und Muslimen.

Wie alle indischen Häuser hat das Afzal Mahal ein Flachdach. Von hier aus ließen die Jungen ihre Papierdrachen, die *Patangs*, steigen. Zuvor hatten sie die Leinen durch Leim und pulverisiertes Glas gezogen. Jetzt waren sie scharf genug, um die Leinen anderer Drachen durchtrennen zu können. Der Sieger dieses traditionellen Wettbewerbs, den es überall in Südasien gibt, hatte zwar blutige Hände, dafür aber die Anerkennung der älteren Jungen – und vor allem der Väter, die häufig mit ihren Freunden Geld auf den Sieg ihrer Söhne setzten. Gewinner war, wer als Letzter mit seinem Drachen am Himmel übrig blieb. Die von den Leinen zerschnittenen Hände, erzählte mein Vater, gehörten zum Wettkampf dazu. Narben waren Zeichen besonderen Mutes.

Afsar Begum, die Mutter meines Vaters, war Spross islamischer Adliger, die sich zu Ehren der Religion Extravaganzen wie die Moschee und den Schrein im eigenen Haus leisteten. Sie war im Afzal Mahal geboren, vermutlich irgendwann im Jahr 1909. Genau weiß das niemand, weil Geburtsdaten damals nicht registriert wurden und Geburtstage im alltäglichen Leben keine Rolle spielten. In ihrem langen Leben hat Afsar Begum kein einziges Mal ihren Geburtstag gefeiert. Sie starb im Dezember 2007 im pakistanischen Karatschi in einem ungewissen Alter.

Auch in der nachfolgenden Generation ist in der Familie meines Vaters das Geburtsdatum nicht immer bekannt, jedenfalls manipuliert man es gern. Als meine Tante Zahra uns einmal besuchte, fragte ich sie, welches Datum denn in ihrem Pass stehe. Sie, die Älteste unter den Kindern von Afsar Begum, nannte mir einen Tag im Jahr 1939. Mein Vater ist 1941 geboren und der Jüngste von ihnen. Zwischen ihm und Zahra gibt es noch eine Schwester und zwei Brüder – wie also konnte 1939 stimmen?

Ich traute mich nicht, sie zu fragen, das Alter von Frauen ist in Südasien genauso ein heikles Thema wie wahrscheinlich überall auf der Welt. Erst später erfuhr ich von einem Großonkel, dass sie 1930 geboren wurde.

Vermutlich hat sie irgendeinem pakistanischen Beamten erzählt, dass sie 1939 zur Welt kam. Der wird keinen Nachweis von ihr verlangt haben, wissend, dass es sowieso keinen gibt. Möglicherweise hat er sogar ein paar Rupien dafür erhalten, ein Geldschein macht manches möglich.

Pakistanische Beamte sind wunderbare Verjüngungskünstler, wirksamer als jeder Schönheitschirurg. Für wenig Geld wird man offiziell jünger. Eine meiner Cousinen hat sich um zwei Jahre jünger gemacht. Als sie Ende der neunziger Jahre in die USA auswanderte, übernahmen die amerikanischen Behörden brav das Geburtsdatum aus den pakistanischen Dokumenten. Was hätten sie auch anderes tun sollen?

In Südasien sind Daten und Zahlen nicht unantastbar. Ihre Aussagekraft schwankt daher gewaltig.

Wir kamen mit dreizehn Stunden Verspätung in Neu-Delhi an. Der Pilot hatte kurz vor der Landung entschieden, nach Bombay zu fliegen – über Neu-Delhi lagen Nebel und Smog, die Sicht war zu schlecht und die Maschine nicht ausgestattet, um unter solchen Bedingungen zu landen. In Bombay durften wir das Flugzeug nicht verlassen, dort hockten wir stundenlang in der Maschine, deren Innenraum sich in der Sonne allmählich in eine Backröhre verwandelte. Manche Passagiere, die ohnehin über Neu-Delhi nach Bombay gebucht hatten, wollten nun, da ihr Ziel unverhofft direkt erreicht worden war, aussteigen. „Das lassen die Bestimmungen nicht zu“, teilte ihnen ein Steward mit, was zu Tumulten führte. Nach

einer umständlichen Debatte mit den Verantwortlichen am Flughafen durften die Bombay-Reisenden dann doch von Bord gehen.
„Was für ein chaotisches Land“, sagte mein Vater genervt. „Nichts klappt hier! Alles völlig unorganisiert!“
Ich musste lachen. Mein Vater, gebürtiger Inder, aufgewachsen in Pakistan, denkt sehr deutsch.

In Neu-Delhi beschlossen wir, uns zwei Tage von den Strapazen des Fluges zu erholen. Wir hatten uns bei den Verwandten in Lucknow schon von Deutschland aus telefonisch angekündigt, allerdings ohne einen genauen Termin zu nennen oder zu sagen, wie lange wir zu bleiben beabsichtigten. Jetzt hatte ich ein schlechtes Gewissen, weil wir gegenüber unseren Gastgebern so wenig konkret gewesen waren.
„Mach dir keine Sorgen“, sagte mein Vater. „Das wird schon alles in Ordnung sein.“
Er erinnerte mich daran, dass die Besuchskultur in Südasien sich von der in Deutschland unterscheidet, und zwar grundlegend. Mir fiel wieder die Geschichte ein, als mein inzwischen verstorbener Onkel in Karatschi Besuch von einem alten Schulfreund und dessen Tochter erhielt. Die beiden waren einfach vorbeigekommen – und sechs Wochen geblieben. Am meisten wunderte mich, dass sich niemand darüber aufregte. Zwei Leute mehr fielen in dem großfamiliären Alltag nicht weiter auf, und mein Onkel freute sich, mit seinem Freund ausgiebig über ihre gemeinsame Jugend reden zu können.
„In unserer Kultur kann man nicht nur auf eine Tasse Tee vorbeikommen und bestenfalls noch zum Abendessen bleiben. Das geht nur bei sehr formellen Besuchen“, meinte mein Onkel

damals. „Eine Übernachtung gehört bei einem vernünftigen Besuch schon dazu. Mindestens eine."

Mein Vater rief von Neu-Delhi aus noch einmal in Lucknow an. „Wir kommen übermorgen", verkündete er und wusste selbst nicht, wen er am anderen Ende der Telefonleitung hatte. Jemand werde uns am Bahnhof in Empfang nehmen, hieß es.

„Und woran erkennen wir unsere Abholer? Beziehungsweise woran erkennen die uns?"

Mein Vater zuckte mit den Schultern. „Ach, das klappt schon."

Es gibt drei Möglichkeiten, die gut fünfhundert Kilometer von Neu-Delhi nach Lucknow zurückzulegen: per Flugzeug in einer knappen Stunde, per Bus, was je nach Verkehr und Wetter zwischen acht und zwölf Stunden dauert, oder mit dem Zug, der schönsten aller Arten, in Indien zu reisen. Die Zugfahrt dauert etwa sechs Stunden und führt am Ganges entlang, leider nicht so dicht, dass man den Fluss sehen könnte. Der Ausblick lohnt sich trotzdem.

Wir genossen die Fahrt im *Shatabdi Express*, über den jeder Inder sagt, er sei der beste Zug des Landes. Wir hatten *AC Chair Class* gebucht, Plätze in einem klimatisierten Abteil. Nach Lucknow fahren auch einfachere Züge – bis hin zu solchen, in denen man sich einfach auf den Holzboden zwischen Hunderte von anderen Reisenden quetscht. Aber das wollten wir uns nicht antun.

Gegen sechs Uhr morgens startete der Zug in Neu-Delhi, fuhr durch Büroviertel mit gläsernen Hochhäusern und durch Slums. Wir verließen eine Stadt, in der mindestens fünfzehn Millionen Menschen ihr Zuhause haben. Je ärmer die Gegend, desto mehr Menschen halten sich um diese Uhrzeit nahe der Gleise auf – hockend.

Tausende von Menschen waren gerade dabei, auf freier Fläche ihre Morgentoilette zu verrichten. Die verwilderten Flächen neben den Gleisen waren weit genug von ihren Häusern, brüchigen Hütten aus Lehm, Stroh oder Wellblech, entfernt und daher geeignet. Dass alle Bahnreisenden ihnen dabei zugucken konnten, schien sie nicht weiter zu stören.

Mein Vater war schockiert. „Meine Güte", sagte er. „Wie kann das sein?"

Ich wunderte mich, wie fremd ihm das alles vorkam.

Er war doch in Indien zur Welt gekommen, nicht ich.

Offensichtlich hatte er verdrängt, dass der größte Teil der indischen Bevölkerung immer noch keinen Zugang zu fließendem Wasser und erst recht nicht zu Toiletten hat. Wenn es mal in der Nachbarschaft ein Gemeinschaftsklo gibt, ist den meisten die Rupie zu viel, die sie für die Nutzung zahlen müssen. Bei einer sechs-, sieben- oder achtköpfigen Familie, in Indien keine Seltenheit, käme da eine Summe zusammen, die so manche Haushaltskasse überfordern würde.

„Wenn du frühmorgens oder spätabends mit dem Zug fährst, siehst du immer Menschen nahe den Gleisen hocken", erklärte ich. Das hatte ich schon bei früheren Reisen durch Indien registriert. „Erst kommen die Männer, weil die meistens als Erste zur Arbeit müssen, und danach die Frauen. Wenn es genügend freie Fläche gibt, sind bestimmte Bereiche für Männer, andere für Frauen. Dann können sie auch gleichzeitig raus."

Mein Vater war sprachlos. Für ihn, der einer wohlhabenden Familie entstammte, war es immer selbstverständlich gewesen, eine vernünftige Toilette im Haus oder zumindest in der Nähe der Wohnung zu haben. Es dauerte einige Minuten, bis er wieder etwas sagte. „Komisch, man sieht in letzter Zeit immer nur

Bilder vom wirtschaftlichen Boom in Indien. Warum kommen so selten Berichte über die normalen Menschen, die hier leben?"

Kaum hatten wir die letzten Randbezirke von Neu-Delhi durchfahren, sahen wir das ländliche Indien: grüne, gelbe, braune Felder, über die Männer ihre Ochsen Pflüge ziehen ließen und auf denen Frauen in roten, orangen, gelben, grünen, violetten *Saris* mit bloßen Händen in der Erde gruben oder irgendetwas ernteten. Unzählige Dörfer, dazwischen Stopps in Ghaziabad, Aligarh, Etawah und Kanpur – Großstädte, deren Namen in Deutschland kaum jemand kennt. Und permanent kam ein Steward vorbei und teilte Tee und abgepackten Mangosaft aus oder reichte ein Tablett mit Essen.

Vom Service der indischen Bahn waren wir begeistert. Beim Ticketkauf hatten wir uns über die Wartezeit von fast einer Stunde noch geärgert, es gab jeweils eine Warteschlange für Männer und für Frauen, und überhaupt stellte sich der Kauf mit lauter Formularen so kompliziert dar, als wären wir gerade dabei, Anteile an dem Staatsunternehmen zu kaufen. Jetzt saßen wir in unserem kühlen Abteil, tranken heißen Tee mit Milch, probierten von dem Curry und freuten uns über das Leben.

Mein Vater genoss die Aussicht, das Reisen im Zug durch Indien war neu für ihn. Während seiner Karriere als Kapitän war er mehrmals in Indien gewesen, Bombay, Madras, Cochin, immer in Küstenstädten. Das Landesinnere hatte er seit Ewigkeiten nicht mehr gesehen. Und obwohl er sich die Strecke zwischen Neu-Delhi und Lucknow ungefähr so vorgestellt hatte, vielleicht auch Bilder von Bollywood-Spielfilmen oder Fernsehreportagen im Kopf hatte, staunte er über das, was er sah. Die indische Wirklichkeit mit den zwar armen, aber trotzdem fröhlichen Menschen und mit all ihren Farben tat ihre Wirkung.

Zwei junge Männer – Verwandte, wie sich später herausstellte – standen am Bahnhof und kamen auf uns zu, nachdem die Menschenmenge sich aufgelöst hatte. Sie wirkten unsicher.

„*Salam aleikum*, seid ihr aus Deutschland?"

Wir lachten, reichten ihnen die Hände und klopften ihnen auf die Schultern. „*Walekum salam!*"

Friede sei mit euch. – Auch mit euch sei Friede. Eine schöne Begrüßung.

Es war ein seltsames Gefühl: Diese zwei, Aiman und Mohammed, waren also Teil unserer Verwandtschaft. Wir hatten noch nie ihre Namen gehört, noch nie Fotos von ihnen gesehen, wir wussten nichts über sie. Umgekehrt war es genauso: Erst vor wenigen Tagen hatten sie erfahren, dass sie überhaupt Verwandte in Europa haben.

„Herzlich willkommen in Lucknow", sagten sie. Wir waren erleichtert: Glücklicherweise war wirklich jemand gekommen, um uns abzuholen. Wir hatten schon damit gerechnet, dass wir uns am Ende ein Hotel suchen müssten, weil unsere telefonischen Besuchsankündigungen womöglich nicht ernst genommen worden waren.

Vor dem Bahnhof wartete der Fahrer der Familie auf uns, Mohammed und Aiman hievten unser Gepäck in den Kofferraum. Mein Vater blickte zurück auf den Bahnhof mit dem Namen *Char Bagh*, „Vier Gärten": „An diesen Namen kann ich mich noch erinnern. Aber ich hatte den Bahnhof ganz anders im Kopf."

Die Stadt hatte sich verändert, war größer, chaotischer geworden. Eine Stunde lang fuhren wir durch dichtes Autogedränge, dazwischen Motorroller mit fünfköpfigen Familien darauf, alle ohne Helm, Fahrradfahrer, Rikschafahrer, Fußgänger, Pferde- und Eselskarren, Kühe. Mehr als die Umgebung beobachtete ich meinen Vater. Ob er sich noch an diese Stadt erinnerte? Und ob er etwas wiedererkannte?

Er ertappte mich bei meinen Gedanken.

„Sieht alles sehr anders aus. Sehr anders", sagte er mehr zu sich als zu mir.

Mein Vater vor dem Afzal Mahal

Und dann standen wir vor dem Afzal Mahal, ich zum ersten Mal, mein Vater wieder nach sechzig Jahren. Was er wohl empfand? Es muss ein merkwürdiges Gefühl sein, nach so langer Abwesenheit wieder an jenen Ort zu kommen, wo man die ersten Jahre seiner Kindheit verbracht hat. Mein Vater ließ sich nichts anmerken. Er schwieg, ging ein bisschen umher, schaute sich aufmerksam um.

Das Tor, der Innenhof, der Brunnen, ein Sternfruchtbaum – jetzt sah ich mit eigenen Augen, was mein Vater im Flugzeug beschrieben hatte. Die Straße war inzwischen zu einer Hauptverkehrsader geworden, überall hatten Geschäfte eröffnet. Auch im zur Straße gelegenen Teil des Afzal Mahal waren zwei Läden untergebracht, in einem wurden Kosmetika und Spielzeug angeboten, in dem anderen, das sich „Möbelgeschäft" nannte, gab es Stühle und Tische aus Plastik. Die Verwandten hatten die Räume also gut vermietet. Im Innenhof, dem Wohnbereich, waren ein paar neue Anbauten entstanden. Der Brunnen lag seit vielen Jahren trocken, es gab ja mittlerweile fließend Wasser. Mein Vater schritt den Innenhof langsam ab und betrachtete jede einzelne Ecke.

„Die Stadt hat sich sehr verändert, aber das hier, das erkenne ich wieder. Das ist mein Zuhause."

Als Kind hatte ich ihn, wie wohl jedes Kind seinen Vater, als den größten, stärksten, besten Vater der Welt bewundert. Jetzt sah ich in ihm das Kind, jenen kleinen Jungen, der Wasser aus dem Brunnen holte, der draußen mit seinen Freunden spielte und abends nicht ins Bett wollte. Ich stelle es mir schön vor, damals im Afzal Mahal in Lucknow.

Nach und nach sprach sich unsere Ankunft herum. Alle Verwandten kamen aus ihren Wohnbereichen, umarmten uns und hießen uns willkommen. Wir waren überwältigt von der Freundlichkeit dieser Menschen. Problematisch war nur, alle Namen im Kopf zu behalten – im Afzal Mahal leben an die vierzig Menschen.

Die älteste Cousine meines Vaters, Mahetalat, führte uns durch das Gebäude, stellte noch einmal alle Bewohner vor und zeigte den gerade renovierten, blau-gold gestrichenen Schrein. Davor standen vier *Charpoys*, mit Bast bespannte Bettgestelle, auf denen sie und ihre drei Schwestern schliefen.

Das Wohnzimmer im Afzal Mahal

Mahetalat ist so etwas wie das Oberhaupt der Familie im Afzal Mahal. Sie und ihre Schwestern leben hier mit den zwei nachfolgenden Generationen.

„Der Baum ernährt uns noch immer", sagte Mahetalat, als sie sah, wie mein Vater vor dem knorrigen Sternfruchtbaum verharrte. Sie rief einen Bediensteten und ließ ihn mit einem Besenstiel eine Sternfrucht von einem hohen Ast abbrechen, trug das Obst in die Küche, schnitt es in Scheiben und streute grobkörnigen Zucker darauf.

„Hier, schmeckt sehr gut und enthält viele Vitamine." Mein Vater nahm ein Stück und biss ab. Er verzog das Gesicht. „Sauer wie immer", meinte er. Mahetalat lachte.

Sie war die Einzige im Afzal Mahal, die meinen Vater schon mal gesehen hatte – kurz vor dessen Flucht. Allerdings konnte er sich an die ein paar Jahre Ältere nicht mehr erinnern.
„Wie war mein Vater als Kind?“, fragte ich sie ein paar Tage später, nachdem wir uns besser kennengelernt hatten. „Wie war er damals?“
Sie überlegte.
„Über den Charakter deines Vaters kann ich nichts sagen. An seine beiden älteren Brüder erinnere ich mich genauer, der eine sehr lebhaft und frech, der andere ruhig und zurückhaltend. Aber dein Vater war Mitte der vierziger Jahre noch zu klein, als dass man hätte sagen können: Er ist so oder so.“
Nach einer Pause ergänzte sie: „Es ist wohl ganz gut, dass er noch so klein war in dieser schrecklichen Zeit.“

An allem war der Pfeffer schuld. Die Niederländer, die den Gewürzhandel kontrollierten, hatten im ausgehenden 16. Jahrhundert die Preise für die schwarzen Körner angehoben. Britannien, eine Großmacht im Werden, wollte sich diesem Preisdiktat nicht beugen. Nach ihrer Ansicht hatten die Niederländer zu viel Macht in Indien, ebenso wie die Kolonialmächte Frankreich und Portugal, die sich eifrig in Indien engagierten.
Vierundzwanzig Londoner Kaufleute kamen deshalb am 24. September 1599 zusammen, um eine Firma zu gründen, die den Handel mit Indien selbst in die Hand nehmen sollte. Das Startkapital betrug beachtliche zweiundsiebzigtausend Pfund, insgesamt einhundertfünfundzwanzig Anteilseigner waren daran beteiligt. Die *British East India Company*, die „Ostindische

Handelskompanie", entstand – Grundstein für Großbritanniens Aufstieg erst zur Handels-, dann zur Kolonialmacht.

Zunächst ging es den Engländern tatsächlich nur um Handel. Am 24. August 1600 legten Kapitän William Hawkins und seine Besatzung mit der *Hector* in Surat, nördlich von Bombay, an. Was sie in Indien vorfanden, verschlug ihnen die Sprache: Kostbare Gewürze, die in England Gramm für Gramm abgewogen wurden, türmten sich in Bergen auf den indischen Märkten, außerdem Tee, Zucker, Edelsteine, feinste Tücher aus Seide und Kaschmirwolle, wundervoll bestickte Schals in allen Farben.

Der Mogul in Agra hieß Hawkins willkommen. Der islamisch geprägte Hof begriff schnell, dass es den Briten nicht darum ging zu missionieren, wie die Spanier es zu dieser Zeit in Südamerika längst taten, sondern Handel zu betreiben. Über eineinhalb Jahrhunderte funktionierten die Wirtschaftsbeziehungen zwischen Indien und dem britischen Königreich reibungslos, doch die Begehrlichkeiten der Briten wuchsen: Wie mächtig würde die britische Krone erst sein, wenn Indien mit all seinen Reichtümern zum *Empire* gehörte?

Ab 1757 begann Großbritannien, Indien zu unterwerfen. Inzwischen hatte die Ostindien-Kompanie Hafenstützpunkte in Bombay im Westen des Landes sowie an der Ostküste in Madras und in Kalkutta. Ein knappes Jahrhundert dauerte die Vereinnahmung Indiens durch die Briten. Am Ende war Indien größtenteils britische Kolonie. Was mit rein wirtschaftlichen Interessen begonnen hatte, endete in einer Fremdherrschaft.

Die Zugehörigkeit zum Empire hinterließ Spuren: Prachtbauten im Kolonialstil vermitteln einen Eindruck von damals. Viele davon sind inzwischen vom alljährlichen Monsun zerfressen, für längst nötige Renovierungen fehlt meist das Geld. Die Briten brachten auch das Cricketspiel nach Südasien und mussten zu ihrem Bedauern feststellen, dass die Inder diesen Sport bald besser beherrschten als sie selbst. Sie demokratisierten die Politik, das Rechtssystem wurde nach britischem Vorbild geformt. Und sie etablierten die englische Sprache, der die Inder allerdings ihre eigene Färbung gaben.

Viele Einheimische fühlten sich unterdrückt von den neuen Herrschern, die zum Teil mit imperialer Arroganz auftraten. Die Inder forderten mehr Mitsprache. Die Ostindien-Kompanie empfanden sie inzwischen als ausbeuterisches Herrschaftsinstrument.

1857 kam es zum Aufstand. Indische Infanteriesoldaten innerhalb der britischen Armee, sogenannte *Sepoys*, weigerten sich, ein neues Gewehr zu verwenden: Angeblich wären die dafür vorgesehenen Patronen mit Schweineschmalz und Rindertalg eingefettet – eine Beleidigung von Muslimen und Hindus gleichermaßen. Die britischen Offiziere ließen die indischen Soldaten wegen Befehlsverweigerung ins Gefängnis werfen. Indiens Bevölkerung solidarisierte sich mit den Gefangenen, nach und nach kam es in verschiedenen Städten zu blutigen Kämpfen. In Delhi massakrierten Inder Hunderte von Europäern. Erst mit geballter Kraftanstrengung und auf Kosten von vielen tausend Menschenleben gelang es den britischen Truppen, den Sepoy-Aufstand niederzuschlagen – der erste große Freiheitskampf Indiens war gescheitert. Die Ostindien-Kompanie wurde aufgelöst, die britische Krone übernahm fortan direkt die Herrschaft über Indien. Die britischen Monarchen trugen ab 1877 zusätzlich den Titel „Kaiser von Indien“, vor Ort setzten sie einen Vizekönig ein.

Doch die Inder gaben ihren Traum von der Unabhängigkeit nicht auf: 1885 entstand die Kongresspartei, überwiegend Hindus fanden sich hier zusammen, 1906 gründeten Muslime die Muslimliga. Sie alle forderten zunächst mehr Rechte für die Einheimischen, später einen Abzug der Briten. Unter den Muslimen wurde ab 1930 angesichts der demografischen Übermacht der Hindus erstmals der Ruf nach einem unabhängigen islamischen Staat laut.

Berühmt wurde der indische Unabhängigkeitskampf in der Welt durch den Hindu Mohandas Karamchand Gandhi, genannt *Mahatma*, „Große Seele". Er, der in London ausgebildete Rechtsanwalt, trat für Gewaltfreiheit ein und wollte durch Beharrlichkeit und symbolische Aktionen die Briten zum Abzug bewegen – Indien sollte unter Wahrung der Einheit unabhängig werden. Gemeinsam mit dem Politiker Jawaharlal Nehru, dem späteren ersten Ministerpräsidenten Indiens, führte Gandhi die Unabhängigkeitsbewegung an. Der Führer der Muslimliga, der smarte Jurist und Politiker Mohammed Ali Jinnah, sah dagegen seine Chance, Gründungsvater eines islamischen Staates zu werden.

Was ab Mitte der vierziger Jahre folgte, waren Massaker zwischen Muslimen und Hindus in bislang ungekanntem Ausmaß, Kämpfe, in die auch Sikhs hineingerieten. Hindus warfen Muslimen vor, das Land zu spalten. Muslime kritisierten, in dem von Hindus dominierten Indien unterdrückt zu werden. Ein Funke reichte – und überall explodierte es. Es war eine Zeit, in der sechzigtausend britische und zweihunderttausend einheimische Soldaten damit überfordert waren, ein Land mit damals dreihundert Millionen Einwohnern vor sich selbst zu schützen.

Die Alten in Indien und Pakistan erinnern sich heute noch an die Vertreibung und an die Massenflucht. Viele von ihnen machen die ehemalige Kolonialmacht für ihr Schicksal verantwortlich: Vom Zweiten Weltkrieg geschwächt und der Unabhängigkeitsforderungen der Inder und der brutalen Kämpfe zwischen Hindus und Muslimen überdrüssig, zog sich Großbritannien zurück und überließ den Subkontinent sich selbst.
Es hatte sich abgezeichnet, dass Gandhi sich nicht durchsetzen würde mit seinem Wunsch nach Erhalt der Einheit Indiens. Jinnah hatte sein Ziel erreicht. Die Briten zogen ab, am 14. August 1947 wurde der Staat Pakistan gegründet, einen Tag später die Republik Indien.

Mahetalat hat die Bilder aus jener Zeit noch vor Augen. Sie war damals ein junges Mädchen aus wohlhabender muslimischer Familie, dreizehn Jahre vielleicht, alt genug, um die Vorgänge mitzubekommen.
„Geier saßen auf den Dächern, unzählige große, kräftige Tiere, schwarz und grau. Ihre Schnäbel waren blutverschmiert. Hunderte zogen ihre Kreise am Himmel, man konnte sie vom Afzal Mahal aus sehen. Sie warteten alle darauf, dass die Menschen, die auf den Straßen lagen, ihren letzten Atemzug taten.
Es waren geschwächte Menschen, über ihrem Gerippe lag die Haut wie eine achtlos hingeworfene Decke.
Überall roch es nach Verwesung. Es war schrecklich.
Hier und da stürzte sich ein Vogel zum Boden – ein Mensch war gerade gestorben und zu Nahrung für die Geier geworden. Wer noch einen Rest von Leben in sich hatte, beachtete die Geier

nicht, wartete nur auf Erlösung, endlich kein Durst mehr, kein Hunger, keine quälende Hitze, keine Angst mehr, von mörderischen Andersgläubigen massakriert oder bei lebendigem Leib verbrannt zu werden. Es waren Menschen, die aus ihren Häusern gejagt worden waren oder vorsorglich das Nötigste zusammengepackt hatten, in der Hoffnung, eine neue Heimat zu finden: die Muslime im gerade gegründeten Staat Pakistan, die Hindus und Sikhs in Indien. Nicht alle kamen weit. Das waren dann die Menschen, um die sich die Geier kümmerten."

Sie hatte Tränen in den Augen.

„Eine muslimische Familie, die von Lucknow nach Pakistan fliehen wollte, steckte ihre drei Kinder in einen Sack mit Habseligkeiten, nur noch die Köpfe guckten raus. Die Eltern banden den Sack an einen kräftigen Stock, sodass Mutter und Vater die Last gemeinsam tragen konnten. So machten sie sich auf den Weg Richtung Westen, sie gingen hier am Afzal Mahal vorbei."

Sie machte eine lange Pause.

„Auf diese Weise flohen Millionen Muslime Richtung Westen. Und auf dieselbe Weise, mit Gepäck in Säcken, auf Karren oder an einen dicken Ast gebunden, kamen auch Hindus aus dem Westen zu uns nach Lucknow. Hindus und Muslime, sie alle litten damals gleichermaßen. Und die Sikhs litten besonders, denn die neue Grenze zwischen Indien und Pakistan verlief mitten durch ihre Heimat, durch den Punjab."

Ich musste an die betrunkenen Randalierer im Flugzeug denken, die beiden Punjabis. Welches Schicksal ihre Familien 1947 wohl erlitten hatten?

Die Teilung Indiens hatte eine der größten Völkerwanderungen in der Geschichte der Menschheit, eine unglaubliche Tragödie, ausgelöst. Millionen Menschen verließen ihre Häuser, ihre Freunde, ihre Verwandten, um sich eine neue Heimat zu suchen. Der indische Schriftsteller Khushwant Singh hat das dunkle Kapitel der Geschichte Indiens in seinem 1956 erschienenen Roman „Der Zug nach Pakistan" aufgearbeitet. Das Buch beschreibt das Leben in einem Dorf im Punjab: Muslime und Sikhs leben dort friedlich nebeneinander – bis an einem Tag im Jahr 1947 ein Zug im Dorf hält, Leichen von ermordeten Sikhs bis zur Decke der Waggons gestapelt. Von dem Tag an zählt nur noch, wer welcher Religion angehört. Aus Freunden werden Todfeinde. In einer Vorbemerkung schreibt er: „Tatsache ist, dass beide Seiten mordeten. Beide Seiten schossen und stachen zu und spießten auf und prügelten. Beide Seiten folterten. Beide Seiten vergewaltigten. Im Sommer 1949 waren zehn Millionen Menschen – Muslime und Hindus und Sikhs – in Kämpfe verwickelt. Fast eine Million von ihnen ließ ihr Leben." Manche Historiker sprechen sogar von zwei Millionen Toten. Singh, selbst ein Sikh, hatte seine Heimat, die nach der Grenzziehung plötzlich im pakistanischen Teil des Punjab lag, verlassen müssen und war nach Indien geflohen.

Fast jede Familie in Indien, Pakistan und Bangladesch, das 1947 noch zu Pakistan gehörte, teilt ihre Familiengeschichte in „vor der Teilung" und „nach der Teilung" ein. Fast jede Familie hat auf der jeweils anderen Seite der Grenze Angehörige.

„Wie soll es je Frieden geben, wenn man ein Haus teilt?", meinte Mahetalat, wenn sie über Indien und Pakistan sprach. Über den ewigen Streit um die Provinz Kaschmir, die zum größten Teil zu Indien gehört, die Pakistan aber gänzlich beansprucht, sagte sie: „Wenn man einen Knochen zwischen zwei Hunde wirft, was will man da erwarten?"

Mein Vater erinnert sich kaum an die schrecklichen Bilder vor dem Afzal Mahal, er war damals noch zu klein und die Erwachsenen wussten zu verhindern, dass er Schlimmes sah. Er sagt heute, er habe eine schöne Kindheit in Lucknow gehabt. An seinen Geburtsort Lakhimpur erinnert nur noch der Eintrag in seinem Reisepass, ihn selbst verbindet mit dieser heute riesigen, staubigen Stadt nichts mehr. Von Lucknow hingegen erzählt er gern. Er berichtet zum Beispiel von dem Mann, der jeden Tag mit einem Wagen – einer einfachen Holzplatte mit vier großen Holzrädern – am Afzal Mahal vorbeikam. Auf dem Wagen lagen Berge an Süßigkeiten: zuckriges Zeug aus *Khoja*, einer Milchmasse, honigklebrige Sesamplatten, heiße, schmerzhaft süße und doch unwiderstehliche Teigkringel, *Jalebi* genannt, und *Gajak*, Klumpen aus blättrigem Rohrzucker. Mein Vater liebte diese Sachen.

„Deine Großeltern, Afsar Begum und ihr Mann Kazim Ali Khan, waren wohlhabend“, erzählte Mahetalat. „Sie kauften ihren Kindern häufig Süßigkeiten. Aber der Hunger deines Vaters war unbändig, obwohl er ein so dünnes Bürschchen war. Eines Tages nahm er sich einfach Geld aus der Tasche seines Vaters und erstand eine große Tüte Bonbons. Als seine Mutter ihn fragte, woher er das Geld dafür habe, sagte er: ‚Es ist vom Himmel gefallen.‘ Um das Gemüt seiner Mutter zu beruhigen, teilte er die Bonbons mit seinen Geschwistern.“

Wann immer die Erwachsenen im Afzal Mahal heute Süßigkeiten kaufen, tun sie das bei Hindus. „Sie machen bessere Süßigkeiten als Muslime, nicht zu süß und sehr aromatisch. Muslime verwenden viel zu viel Zucker“, meinte Mahetalat. Und um auch etwas Gutes über Muslime zu sagen, dachte sie eine Sekunde lang nach und erklärte: „Dafür bereiten Muslime Fleisch besser zu als Hindus. Hindus haben es ja nicht so mit Fleisch." Sie schüttelte den Kopf, als wäre ein Leben als Vegetarier ein vergeudetes Leben.

Vor sechs Jahrzehnten wäre noch undenkbar gewesen, dass Muslime bei Hindus und umgekehrt irgendetwas zu essen kaufen. Man betrachtete sich gegenseitig als unrein.

Rund um das Afzal Mahal war es damals, Mitte der vierziger Jahre, vergleichsweise still: Wo heute Autos, Motorräder, Motorrikschas, Busse und Lastwagen knattern, war man mit Pferdekutschen, Ochsenkarren, Fahrrädern und meistens zu Fuß unterwegs. Auf der Hauptstraße fanden wöchentliche Märkte statt, direkt vor den eleganten Stadthäusern, in denen reiche Leute lebten.

Sie konnten sich ein *Doli* oder ein *Palki* leisten, eine Art Sänfte. Ein Doli hatte einen Tragestock am Dach des Häuschens, war also eine hängende Konstruktion und wurde von zwei Männern bewegt. Das etwas größere Palki war auf zwei parallele Stöcke wie auf Schienen gesetzt und wurde entsprechend von vier Männern getragen. Wer in einem Palki reiste, saß hoch über der Erde.

„In diese Kisten passten ein bis zwei Personen", erinnert sich mein Vater, auch wenn er selbst nie in so einem Ding saß. In den Palkis waren sogar Schmuckkästchen und Schränkchen für Gepäck eingebaut. Ein solches Gefährt sorgte in Lucknow für ähnliches Aufsehen wie heute ein teurer Sportwagen.

Afsar Begum bestellte regelmäßig ein Palki als Taxi, wenn sie jemanden besuchen oder zum Einkaufen in die *Hazratganj* wollte, in die Haupteinkaufsstraße, in der es herrliche Stoff- und Schmuckgeschäfte, Restaurants mit duftenden Speisen, Süßwarenhändler und Buchläden gab.

Lebensmittel kaufte der Koch der Familie gleich hinterm Afzal Mahal, im alten Stadtteil von Lucknow. Über dem *Chowk*, der engen Gasse mit Hunderten von kleinen Geschäften, in denen die Verkäufer auf dem Boden hockten, wo sie nachts meist auch schliefen, lag immer eine Duftwolke von Gewürzen, gebratenen Zwiebeln, brutzelndem Fleisch und Curry. Und ständig hörte man ein Hämmern: Junge und alte Männer klopften in winzigen Werkstätten aus Silberklümpchen eine hauchdünne Folie – *Warraq*. Die verkauften sie an die Süßwarenhändler nebenan, die ihre Angebote mit der essbaren Silberfolie verzierten. Manchmal kauften auch reiche Privatleute Warraq, um damit hausgemachten Pudding oder Milchreis zu belegen. Geschmacklich veränderte das Silberpapier nichts, aber angeblich sollte es eine reinigende Wirkung auf den menschlichen Körper haben. Außerdem machte es vor Gästen viel her, großzügig mit Warraq belegte Süßspeisen zu servieren.

Wenn der Koch im Afzal Mahal frei hatte, bestellte Afsar Begum Kebabs beim besten Kebabbräter der Stadt, bei Tunde, dem Einarmigen. Aus dem Makel wurde schnell ein Markenzeichen: Kaum jemand in Lucknow kennt Tunde heute nicht. Der Einarmige ist längst tot, aber seine Enkel betreiben das etwas heruntergekommene Restaurant mit den nach wie vor besten Kebabs der Stadt weiter. Das Rezept für die kleinen, scharfen Frikadellen, die heiß und fettig mit Fladenbrot und Rettich als Beilage serviert werden, soll das bestgehütete Geheimnis von Lucknow sein.

„Man hat schon Hindus gesehen, die bei Tunde ein Kebab aßen, obwohl das Rindfleisch ist. So gut schmeckt das“, sagte Mahetalat und lachte.

Das Leben hatte es gut gemeint mit meiner Großmutter Afsar Begum. Ihre Großmutter, heißt es, soll eine bewunderte Prinzessin gewesen sein. Kazim Ali Khan, mit dem Afsar Begum verheiratet wurde, war zwar mindestens zwanzig Jahre älter als sie und brachte zwei Kinder von anderen Frauen mit in die Ehe, aber immerhin war er der Sohn des *Raja* von Hassanpur. Raja, ein Wort aus dem Sanskrit, war ursprünglich ein hinduistischer Fürstentitel, aber mit wachsendem Einfluss der Muslime in Indien durften auch sie Rajas, Provinzherrscher, werden.

Als Spross einer der einflussreichsten Familien der Region studierte Kazim Ali Khan in Aligarh Wirtschaftswissenschaften und Recht. Noch während seines Studiums starb sein Vater, einer der Brüder des Verstorbenen übernahm die Aufgaben des Raja, solange mein Großvater, der eigentliche Erbe, seine Ausbildung noch nicht beendet hatte. Und mein Großvater wollte sein Studium unbedingt zu Ende bringen, bevor er seine Pflichten als Raja übernahm: sich um Ländereien kümmern, für das Wohl der Menschen dort sorgen.

Doch sein Onkel war gierig und lebte verschwenderisch, vom Erbe wollte er nichts mehr herausrücken, stattdessen verscherbelte er die Besitztümer: Land, Häuser, Schmuck, wertvolle Bücher. Kazim Ali Khan hatte keine Lust, um das Erbe zu kämpfen. Er verzichtete auf den Titel des Raja, zumal man ihn in Lucknow ohnehin als *Nawab*, als islamischen Adelsmann behandelte. Nawabs waren zwar formell rangniedriger als Rajas, aber sie lebten dafür ein weniger verantwortungsvolles und daher sorgloseres Leben.

Ich selbst habe meinen Großvater Kazim Ali Khan als Kleinkind in Karatschi erlebt. Es gibt außerdem Fotos, wie er uns kurz

nach meiner Geburt im verschneiten Alten Land besucht: ein alter Mann, gekleidet wie ein islamischer Fürst, im Hollern-Twielenfleth der siebziger Jahre.
Die Charakterisierungen Kazim Ali Khans in der Familie gehen weit auseinander. Je näher der Verwandtschaftsgrad, desto wohlwollender fallen die Urteile über meinen Großvater aus. Mein Vater hält sich eher zurück, seine Geschwister sprechen voller Respekt von ihrem Vater. Entferntere Verwandte machen dagegen keinen Hehl daraus, dass er gerne spielte, trank, sein höfisches Leben in vollen Zügen genoss. Schöne Frauen kamen ins Haus, trugen Gedichte auf Urdu vor und besangen in romantischen *Ghaselen* die Liebe. Mein Großvater wettete mit seinen Freunden, ebenfalls Nawabs, auf die Drachenflugkünste seiner ältesten Söhne, verspielte Geld bei Hahnenkämpfen, bei denen den Vögeln rasiermesserscharfe Klingen an die Füße gebunden waren – ein blutiges Spektakel, bei dem am Ende nur ein Hahn überlebte. Längst sind solche Kämpfe offiziell verboten, aber wer sich in Lucknow umhört, wird immer noch von geheimen Treffen zu Hahnenkämpfen erfahren.
Ein weiteres Freizeitvergnügen der Nawabs, die sich um die alltäglichen Dinge nicht kümmern mussten, war das Taubenspiel: Man ließ hundert Tauben fliegen, der ein paar hundert Meter entfernte Mitspieler steuerte noch einmal hundert Tauben bei. Jetzt versuchte jeder Spieler, alle Tauben auf die eigene Seite zu locken. Jeder Vogel, der an der Futterschale eines der Mitspieler landete, wurde sein Eigentum. Gelegentlich gingen die Nawabs auch auf Tigerjagd. Oder sie spielten Polo, Cricket oder Golf.
Die britischen Offiziere schätzten die Nawabs, weil sie von ihnen keine Opposition zu befürchten hatten, solange sie ungestört ihren Vergnügungen nachgehen konnten. Außerdem

unterschied sich der Lebensstil der Nawabs von dem der britischen Offiziere kaum.

Von seinem Vater hat mein Vater die Vorliebe fürs Kochen geerbt. Der experimentierfreudige Kazim Ali Khan machte die besten Süßigkeiten in der ganzen Familie, er bereitete Currys zu, von denen in der Verwandtschaft heute noch geschwärmt wird. „Er legte jeden Abend vier Mandeln in Wasser, morgens schälte er sie und nahm sie zusammen mit einem Glas Milch zu sich", sagt mein Vater. In der Familie sind alle davon überzeugt, dass das der Grund für sein hohes Alter war, er wurde rund neunzig.

Mit seiner ersten Ehefrau bekam Kazim Ali Khan 1918 eine Tochter, die von allen nur *Baji* genannt wurde, „große Schwester", und sich ihr Leben lang ungeliebt fühlte. Wenige Jahre nach seiner Hochzeit begann Kazim Ali Khan ein Verhältnis mit einer Hausangestellten, genannt Jhammi. Mit ihr ging er eine Ehe auf Zeit ein, was bei den Schiiten rechtlich möglich ist und *Mut'ah* heißt.

Bei einer Zeitehe, auch Genussehe genannt, heiratet ein muslimischer Mann eine Frau für die Dauer von einer Stunde bis zu neunundneunzig Jahren. Eine sexuelle Beziehung zwischen nicht Verheirateten ist im Islam verboten; das Konstrukt der Zeitehe ist der Ausweg. Das Paar muss für diesen Zweck vor dem Vergnügen einen Ehevertrag abschließen, in dem die Dauer der Ehe und das Entgelt, das die Frau erhalten soll, festgelegt werden. Möglich ist auch, die Anzahl der sexuellen Begegnungen zu vereinbaren. Auf diese Weise findet selbst Prostitution in schiitisch geprägten Ländern ihre gesetzliche Legitimation. Im Gegensatz zum Mann muss die Frau, die eine Ehe auf Zeit eingehen möchte, unverheiratet sein. Eine Mut'ah ist außerdem die einzige Möglichkeit für einen Schiiten, eine Nichtmuslimin zu heiraten; eine normale Ehe darf er mit einer Nichtmuslimin nicht eingehen – eine auf neunundneunzig Jahre befristete Beziehung dagegen sehr wohl. Kinder, die aus einer solchen Verbindung hervorgehen, gelten als ehelich.

Jhammi gebar 1922 Wajid Ali Khan, einen Halbbruder meines Vaters, der es zeitlebens schwer hatte, weil die Familie ihn – Sohn einer Bediensteten – nicht achtete.

Meine Großmutter Afsar Begum heiratete Kazim Ali Khan nach dem Tod seiner ersten Frau. Baji und Wajid bekamen mit ihr eine Stiefmutter, die nur neun beziehungsweise dreizehn Jahre älter war als sie selbst. Afsar Begum gebar insgesamt fünf Kinder: Zahra, meine Tante, die 1930 geboren wurde, aber 1939 in ihrem Pass stehen hat, Mustafa (1932), Safia (1935), Ali (1938) und meinen Vater Hasan (1941). Diese Kinder erhielten, im Gegensatz zu den Kindern aus den vorigen Beziehungen Kazim Ali Khans, den Vornamen ihres Vaters als Familiennamen. Es stand Eltern in Indien frei, ihren Kindern den Vor- oder Nachnamen des Vaters als Familiennamen zu geben. Und auch heute noch variiert die Namensgebung in Indien und Pakistan regional.

Während Baji bei ihrer Stiefmutter und ihren deutlich jüngeren Geschwistern aufwuchs, lebte Wajid bei seiner Mutter Jhammi, die sich nach der Hochzeit Kazim Ali Khans mit Afsar Begum eine neue Bleibe suchen musste – sie bekam Hausverbot. Und Afsar Begum sah es auch nicht gern, wenn ihre Kinder ihren Halbbruder besuchten.

„Bist du trotzdem zu ihm gefahren?“, frage ich meinen Vater.

„Wir waren ab und zu dort. Aber meine Mutter durfte davon nichts wissen. Mein Vater hatte nichts dagegen, wenn wir Jhammi und Wajid besuchten. Er besuchte sie ja selbst regelmäßig."

Für meinen Vater waren diese Besuche eine willkommene Abwechslung im Alltag, auch wenn er mit seinem Bruder Wajid aufgrund des Altersunterschieds kaum etwas anfangen konnte.

Irgendwann im Sommer 1947 lagen auch vor dem Afzal Mahal ausgehungerte Menschen auf der Straße, und Geier warteten nur darauf, dass sie zu Kadavern, zu Nahrung wurden. Nachrichten von Massakern zwischen Muslimen und Hindus in allen Teilen des Landes machten die Runde. Geeint war die Bevölkerung nur in ihrer Forderung, dass die Briten endlich abziehen sollten. In Lucknow waren die britischen Offiziere besonders nervös: Seit dem Sepoy-Aufstand 1857 galt ihnen die Stadt als Hochburg der indischen Unabhängigkeitsbewegung.

Viele Nachbarn hatten ihre Häuser schon verlassen, waren aufgebrochen in Richtung Westen. Zu Fuß und mit Zügen, die bis zur Grenze nach Pakistan fuhren, hatten sie sich auf den Weg gemacht. Manche hatten auch eines der Schiffe genommen, die von Bombay nach Karatschi fuhren. Es war eine unglaublich anstrengende Reise, voller Angst vor Überfällen. Die Augustsonne brannte unerbittlich, und in diesem Sommer 1947 begann der Monsunregen besonders spät: erst im September. Man hörte, dass einige der Nachbarn während ihrer Flucht ums Leben gekommen waren, sie hatten einen Hitzschlag erlitten, hatten zu wenig getrunken oder waren vor Schwäche zusammengebrochen. Keine Nachrichten, die Mut machten.

Afsar Begum hatte sich in den Jahren zuvor mit ihren fünf Kindern in ihrem Geburtshaus komfortabel eingerichtet. Ihre Verwandten kümmerten sich mit um die Kinder, es gab genug

Angestellte, die die Hausarbeit erledigten. Bei der Familie ihres Mannes ein paar Straßen weiter schaute sie gelegentlich vorbei, wohnen wollte sie dort nicht. Sie widersetzte sich damit der Regel, dass die Ehefrau bei der Familie ihres Mannes lebt, und redete sich damit heraus, dass im Afzal Mahal viel mehr Platz für die Kinder sei.

Im Afzal Mahal hatten die Frauen das Sagen – allen voran Afsar Begum. Männliche Bedienstete waren nicht erlaubt, und wenn einmal in der Woche der Gärtner kam, um die Pflanzen zu gießen und Unkraut zu beseitigen, musste er sich in ein Tuch hüllen – er war es, der einen Schleier tragen musste, nicht die Frauen. *Purdah*, die Bedeckung des weiblichen Körpers nach islamischen Vorschriften, wurde ansonsten in Lucknow natürlich eingehalten. Wenn ein Arzt ins Afzal Mahal zu einer Patientin kam, fühlte er den Puls hinter einem Vorhang stehend, der das Bett der Kranken umgab.

Kazim Ali Khan hatte inzwischen einen gut bezahlten Posten bei der Stadtverwaltung von Madras, Hunderte von Kilometern von Lucknow entfernt. Alle paar Wochen nahm er die mehrtägige Zugreise auf sich und besuchte Frau und Kinder im Norden Indiens. „Ganz selten fuhren wir zu ihm nach Madras. Das genossen wir dann sehr: Wir lebten dort in seinem riesigen Haus, das ihm die Stadt zur Verfügung stellte, hatten Elefanten, Pferde und viele Bedienstete“, erzählte Tante Zahra. „Er hatte sein Erbe als Raja zwar nie angetreten, aber er lebte dennoch wie einer.“

Seit einigen Monaten berichtete mein Großvater bei den Treffen mit seiner Familie häufiger von einem islamischen Staat, der bald entstehen sollte. Lord Louis Mountbatten, der letzte britische Vizekönig in Indien, der von der britischen

Regierung beauftragt worden war, die Entlassung Indiens in die Unabhängigkeit abzuwickeln, hatte es angesichts der zunehmenden Gewalt eilig, den *Union Jack* in Indien für immer einzuholen. Sollte Mohammed Ali Jinnah doch seinen eigenen Staat bekommen, Heimat für eine islamische Nation!

Pakistan sollte dieser Staat heißen, wie es der in London studierende muslimische Nationalist Rahmat Ali 1933 in einem Pamphlet vorgeschlagen hatte, „Land der Reinen", bestehend aus den Provinzen Balutschistan, der Nordwest-Grenzprovinz, dem Punjab, Sindh und einer geografisch abgetrennten Provinz Ostbengalen – die später, 1971, mit militärischer Unterstützung Indiens, zu Bangladesch werden sollte. Das waren die Provinzen auf dem Subkontinent, in denen mehrheitlich Muslime lebten. Das galt zwar auch für die Provinz Kaschmir, aber deren Hindu-*Maharaja* Hari Singh verfolgte eigene Ziele: Er forderte einen unabhängigen Staat Kaschmir.

Als nach der Teilung des Subkontinents pakistanische Truppen die Region einnahmen, rief Singh Indien zu Hilfe. Im Gegenzug unterzeichnete er auf Drängen von Lord Mountbatten den Beitritt Kaschmirs zu Indien – was wiederum das kaschmirische Volk nicht wollte: wenn schon keine Unabhängigkeit, dann doch lieber Zugehörigkeit zum islamischen Pakistan.

Für Mountbatten galt es, Südasien so zügig wie möglich zu verlassen – dies war ihm von der britischen Regierung aufgetragen worden. In der Heimat gab es genug Probleme: Großbritannien hatte zwar zwei Jahre zuvor den Zweiten Weltkrieg gewonnen, aber große Teile des Landes waren zerstört worden, die Wirtschaft lag am Boden. Da konnte auf die Interessen einer Provinz wie Kaschmir keine Rücksicht genommen werden.

Zunehmend versank nun auch der Subkontinent im Chaos: Allein bei einem Massaker in Kalkutta töteten Muslime im Juli 1946 innerhalb von zweiundsiebzig Stunden sechsundzwanzigtausend Hindus. Aus allen Teilen Indiens wurden Kämpfe zwischen Hindus und Muslimen gemeldet. Die Macht der Briten bröckelte – als Besatzungsmacht ebenso wie als Weltmacht.

„Mit ihrer Kaschmir-Entscheidung legten die Briten den Keim für den Streit zwischen Pakistan und Indien, und dieser Konflikt wird nie gelöst werden“, sagte mir eine Tante, die wie die meisten Pakistaner den Briten die Schuld an dem Konflikt gab.

Eine andere Tante erklärte mir: „Die Entstehung Pakistans war ein Zufall: Jinnah, der einzige Mann, der in der Lage war, einen unabhängigen islamischen Staat Pakistan durchzusetzen, litt an Tuberkulose. In der Öffentlichkeit war das aber unbekannt, selbst die Briten wussten nichts davon. Sonst hätten sie seinem Drängen nach einem islamischen Staat wahrscheinlich nicht nachgegeben, obwohl Jinnah ein liberaler Mann war. Ohne die Teilung hätten die Briten sich eine Menge Ärger erspart. Nur ein Jahr nach der Gründung Pakistans erlag Jinnah seiner Krankheit.“ Jinnah hat Pakistan also gegründet, das Land aber nur kurz regiert. Trotzdem nennen ihn die Pakistaner bis heute *Quaid-e-Azam*, den „Großen Führer“.

Mein Großvater Kazim Ali Khan war ein glühender Verehrer Jinnahs und fasziniert von der Idee eines moderat islamischen Staates, in dem die Muslime die Bevölkerungsmehrheit stellten. Wahrscheinlich war er wie Millionen Muslime einfach begeistert von der Rhetorik Jinnahs.

Jinnah hatte sich am 15. August 1947, einen Tag nach der Gründung Pakistans, per Radio an die Muslime auf dem Subkontinent gewandt: „Die Schaffung des neuen Staates bedeutet für die Bürger Pakistans eine enorme Verantwortung. Sie haben die Möglichkeit, der Welt zu zeigen, wie eine an Vielfalt reiche Nation wie Pakistan in Frieden und Freundschaft lebt und zum Wohle aller arbeitet, egal welcher Kaste, egal welchem Glauben sie angehören. Unser Ziel sollte Frieden im Inneren und Frieden nach außen sein."

Solche Worte hatten Wirkung bei Menschen wie meinem Großvater, die die zahlreichen Ausschreitungen zwischen Hindus und Muslimen, zu denen es regelmäßig kam, leid waren.

Gegenüber Afsar Begum sprach er in immer kürzeren Abständen davon, ein neues Leben in dem neuen Land zu beginnen. Afsar Begum weigerte sich. Wozu alles zurücklassen, das schöne Haus, das bequeme Leben, die Freunde, warum bei Null anfangen?

Doch mein Großvater drängte. Er sah für sich und seine Familie eine bessere Zukunft in Pakistan. In Indien wurden Forderungen nach Enteignung von Landbesitzern immer lauter – und mein Großvater besaß viel Land. Tatsächlich machte der *Zamindari Abolition Act* viele Großgrundbesitzer in Indien Anfang der fünfziger Jahre zu armen Leuten, brach aber zugleich alte feudale Strukturen auf.

Meinen Großvater reizte der Gedanke, einen Staat mit aufzubauen. Mittlerweile hatten sich viele seiner Freunde und Kollegen dafür entschieden, ihr Hab und Gut zu verkaufen und nach Pakistan auszuwandern. Eines Tages schrieb er meiner Großmutter aus Madras, er habe ein Angebot von der pakistanischen Regierung erhalten: Die Stadtverwaltung der Hauptstadt Karatschi suche Beamte. Er wolle sich in Bombay um Tickets für eine Schiffsreise nach Karatschi kümmern, sie solle die Sachen packen und sich mit den Kindern bereithalten.

Meine Großmutter gab ihren Widerstand auf.

Im Herbst 1947 kam mein Großvater nach Lucknow, um seine Familie abzuholen – er hatte Tickets nach Pakistan ergattert. Ein paar Tage später verließ er mit seiner Familie das Afzal Mahal, das älteste Kind siebzehn, der Kleinste, mein Vater, fünf Jahre alt. Die Halbgeschwister reisten getrennt mit anderen Verwandten, auch sie hatten sich für ein Leben in Pakistan entschieden. Afsar Begum sah ihr Elternhaus zum letzten Mal. Nie wieder sollte sie nach Lucknow, nie wieder nach Indien zurückkehren.

„Erinnerst du dich noch an den Tag eurer Abreise?", frage ich meinen Vater.

„Nein, aber ich weiß noch, wie wir tagelang unterwegs waren, zuerst zu Fuß zum Bahnhof Char Bagh und dann mit dem Zug in Richtung Bombay."

Es muss eine mehrtägige Höllenfahrt gewesen sein.

„Der Zug wurde mehrmals überfallen. Wir hatten Glück, dass von unseren Sachen nichts wegkam." Mein Vater erinnert sich nur dunkel an die Zugfahrt, seine Geschwister berichten von gedrückter Stimmung, kaum jemand redete. Männer und Frauen hielten Säcke mit ihrer Habe auf dem Schoß umklammert.

Wer kein Geld hatte, hungerte. Andere kauften sich bei den vielen Zwischenstopps etwas zu essen, Händler kamen mit ihren Bauchläden an die Abteile und reichten Currys in Tellern aus Bananenblättern, Fladenbrote, Säfte und Obst hinein. Muslimische Verkäufer boten „muslimische Ware" an, hinduistische Händler verkauften „hinduistische Ware". In dem Zug nach Bombay saßen Muslime auf dem Weg nach Pakistan strikt getrennt von den Hindus, die auf Geschäftsreise oder auf dem Weg zum Familienbesuch waren.

„Wir mussten aufpassen, wem wir was erzählten“, sagte mir eine Tante. „Ich hatte sogar immer ein *Bindi* in der Handtasche, einen Punkt, den ich mir auf die Stirn kleben konnte, damit ich aussah wie eine Hindu-Frau. Es gab mehrere Situationen, in denen mir das Bindi sehr geholfen hat.“

Schizophrenie war Teil der Überlebensstrategie.

Gelegentlich halfen mitleidige Hindu-Frauen muslimischen Frauen mit einem Bindi aus ihrer Handtasche aus, wenn wieder mal hinduistische Sicherheitskräfte Muslime drangsalierten.

„Einmal kamen Polizisten in den Zug, sie hatten Hindu-Namen und waren sehr aufgebracht, weil Muslime einen ihrer Kollegen massakriert hatten. Sie gingen durch die Züge und führten willkürlich Muslime zu Verhören ab. Ich möchte nicht wissen, was sie mit denen gemacht haben. Mich ließen sie zufrieden, weil sie den roten Punkt auf meiner Stirn sahen. Sie haben meine Papiere, Allah sei Dank, nicht kontrolliert, sonst hätten sie meinen islamischen Namen bemerkt.“

Nach drei Tagen erreichten Kazim Ali Khan, Afsar Begum und die fünf Kinder erschöpft Bombay. Die Kleidung klebte am Körper, die Familie hatte wegen der permanenten Angst vor Überfällen und Kontrollen kaum geschlafen.

Das also war die Stadt, die die Briten so liebten und die sie über die Jahrzehnte ihrer Kolonialherrschaft architektonisch nach ihrem Geschmack geprägt hatten. „*Urbs Prima In Indis*“ stand auf dem *Gateway of India*, dem Triumphbogen von Bombay, der zwanzig Jahre zuvor, 1927, zu Ehren des britischen Königs Georg V. errichtet worden war.

„Wir mussten vom Bahnhof in Bombay zu einer Zeltstadt in Chowpatty gehen, einem Lager für Flüchtlinge auf dem Weg nach Pakistan“, erzählt mein Vater. „Unser Gepäck lagerten wir ein, das war vorgeschrieben. Widerwillig gaben wir unsere Sachen ab, meine Mutter hatte Angst, dass sie in dem Chaos verloren gehen könnten oder gestohlen würden.“

In dem Lager herrschten unerträgliche Zustände: Es stank nach Fäkalien, Urin und Erbrochenem, überall lagen schwache, kranke, dahinsiechende Menschen, andere beweinten auf der Flucht verstorbene Angehörige oder klagten über Verwandte, die die gefährliche Reise scheuten und daher zurückgelassen werden mussten.

Die Familie blieb mehrere Tage in der Zeltstadt. Dann legte die *Dwarka* im Hafen von Bombay an, das Schiff, das die Familie nach Karatschi bringen sollte. Die Reederei *British India Steam Navigation Company* hatte den Flüchtlingsstrom in beiden Richtungen zwischen Pakistan und Indien als Geschäftsfeld entdeckt und mit zwei Schiffen einen Fährbetrieb eingerichtet. Meine Großeltern, mein Vater und seine Geschwister bekamen an Unterdeck einen Schlafplatz zugewiesen: auf dem Fußboden. „Das Schiff war völlig überfüllt, es wollten so viele Menschen mit“, sagt mein Vater.

Sein drei Jahre älterer Bruder, mein Onkel Ali, erzählte mir, dass es trotz der Enge eine schöne Reise für die Kinder gewesen sei: die erste Seefahrt. „Während dieser eineinhalbtägigen Fahrt habe ich zum ersten Mal in meinem Leben Fisch gegessen.“

Ihr Gepäck musste die Familie auf dem Schiff erneut abgeben. Dort wurde es dann gestohlen, jedenfalls war es einen Tag später, als die Dwarka im Hafen von Karatschi angelegt hatte, verschwunden. Das neue Leben von Kazim Ali Khan und seiner Familie begann mit dem, was sie am Körper trugen.

Eine meiner Tanten weiß noch genau: Als Afsar Begum das erste Mal in ihrem Leben pakistanischen Boden betrat, weinte sie.

Pakistan – neuer Staat, neue Heimat, neues Selbstbewusstsein

Als meine Mutter 1951 in Karatschi geboren wurde, steckte Pakistan selbst noch in den Kinderschuhen. Ihre Eltern, Manzoor Ali Naqvi und seine Frau Qamar Jehan, hatten sich dort 1946 – wie viele Muslime schon vor der Teilung des indischen Subkontinents – niedergelassen. Meinem Großvater, einem Bauingenieur, hatte man angeboten, an der Modernisierung der Hafenmetropole mitzuwirken – und sollte tatsächlich ein Staat Pakistan entstehen, wovon die Rede war, sollte Karatschi die Hauptstadt werden. Meine Großeltern, die zuvor in Delhi gelebt hatten, zogen mit ihren drei Kindern um. Da sie diese Entscheidung wohlüberlegt trafen, ohne zeitlichen Druck oder Angst vor Gewalt, konnten sie ihren Besitz in Ruhe verschiffen lassen und hatten somit einen weitaus günstigeren Start als die Familie meines Vaters.

Manzoor Ali Naqvi entstammte ärmlichen Verhältnissen. Er war in Shikarpur im Norden Indiens als Sohn von schiitischen Eltern geboren worden. Sein Vater starb im Alter von vierunddreißig Jahren, als die Pest nach Shikarpur kam. Seine Mutter, die weder lesen noch schreiben konnte, musste ihn und zwei jüngere Söhne allein durchbringen. Der mittlere fiel äußerlich besonders auf: Als Albino stach er mit seiner rosafarbenen Haut, dem weißen Haar und den rötlichen Augen unter all den braunen Menschen hervor. Mein Großvater hatte zwar auch eine relativ helle Haut, war aber kein Albino. Allerdings trug er, wie sich später herausstellen sollte, die Veranlagung dafür in sich: Vier seiner zwölf Kinder sollten Albinos werden.

Manzoor Ali Naqvi begeisterte sich fürs Lesen, die kleine Bibliothek seiner Schule versorgte ihn mit Büchern. Da es in dem Haus seiner Kindheit noch keinen Stromanschluss gab, las er bei Kerzenlicht. „Du musst ihn unbedingt auf eine bessere Schule geben", rieten die Verwandten seiner Mutter. Doch die wusste nicht, wie sie ihre Kinder ernähren, geschweige denn in teure Schulen schicken sollte. Sie war überzeugt, dass es ihr Sohn mit einer guten Ausbildung einmal besser haben würde als sie selbst, aber wer außer den miserablen staatlichen Schulen würde ihr Kind schon ohne Bezahlung unterrichten? Die Verwandtschaft sprang ein. Sie brachte so viel Geld wie möglich auf und finanzierte ihm eine Ausbildung an einem Internat in Delhi, in der Hoffnung, dass er später einmal für die ganze Familie sorgen würde. So sollte es auch kommen. Es war und ist die typische Art der Altersvorsorge in einem Land, in dem es keine staatliche Rente gibt.

Manzoor Ali Naqvi lernte für sein Leben gern. Er begeisterte sich für Geschichte, Politik und Architektur und entwickelte eine tiefe Religiosität. Der intelligente Junge fiel auch den schiitischen Geistlichen seiner Gemeinde auf, sie organisierten diverse Stipendien für ihn. So vertiefte sich seine dankbare Haltung gegenüber Gott, und mein Großvater beschloss, später einmal selbst talentierte junge Menschen finanziell zu unterstützen. Ich habe ihn als eine gebildete, stolze, aber auch sehr demütige, bescheidene Persönlichkeit in Erinnerung.

Am *Roorkee College* in Delhi studierten fast ausschließlich reiche Söhne von Briten, außer meinem Großvater waren im Studiengang Bauingenieurwesen noch fünf Inder eingeschrieben, allesamt Hindus. Er war also der einzige Muslim seines Jahrgangs, und da es für einen Muslim in jener Zeit undenkbar war, gemeinsam mit einem Hindu oder einem Christen zu essen, musste er sich etwas einfallen lassen – ein Essen in der Kantine kam nicht in Frage. Glücklicherweise lebte eine befreundete schiitische Familie in der Nähe, die ihn täglich bewirtete. Jahrzehnte später erzählte mein Großvater, wie dankbar er dieser Familie für ihre Gastfreundschaft wäre – auch wenn das Essen furchtbar geschmeckt hätte: „Im Curry schwammen nur Knochen herum", erinnerte er sich.

Mein Großvater heiratete die vierzehn Jahre jüngere bildhübsche Qamar Jehan Rizvi, die aus wohlhabenden Verhältnissen stammte und in der Himalaya-Stadt Shimla aufgewachsen war. Ihre Großeltern väterlicherseits waren Edelsteinhändler in Persien gewesen und in der zweiten Hälfte des 19. Jahrhunderts nach Indien ausgewandert, als sie hörten, dass es dort mit den Briten besonders kaufkräftige Kunden gab. Als ihre Mutter bei der Geburt des zweiten Kindes starb, war Qamar Jehan erst vier Jahre alt. Ihr Vater heiratete daraufhin die Schwester seiner verstorbenen Frau.

Nach dem Tod der Mutter musste Qamar Jehan schon früh große Verantwortung in der Familie übernehmen, sie zog ihren Bruder mit auf. Deshalb besuchte sie nie die Schule, Lesen und Schreiben lernte sie zu Hause von Verwandten. Da in der Familie viel Englisch geredet wurde, verstand sie auch diese Sprache, bediente sich ihrer aber nie. Sie wuchs in dem tiefen Glauben auf, dass Gott alles, was man anderen Menschen gibt, doppelt und dreifach zurückzahlt.

Einmal hatte sie einem Bettler, der an die Tür geklopft hatte, eine beträchtliche Summe Geld gegeben, das sie eigentlich selbst für Lebensmitteleinkäufe benötigte. „Aber er tat mir leid, er muss ja wirklich arm gewesen sein, sonst hätte er nicht die

Schande auf sich genommen, wildfremde Menschen um Geld zu bitten", erzählte mir meine Großmutter. „Als ich am nächsten Tag aufwachte, fand ich die doppelte Summe, die ich dem Mann gegeben hatte, unter meinem Kopfkissen."

Mir ist nicht klar, ob meine Großmutter diese Geschichte erfunden hat, um ihre Mitmenschen von der Notwendigkeit des Almosengebens – immerhin eine der fünf islamischen Pflichten – zu überzeugen, oder ob sie das Erzählte wirklich erlebt hat; die Frage, wer außer Gott persönlich das Geld unter ihr Kissen gelegt haben könnte, stellte sich ihr nie.

Als Manzoor Ali Naqvi seine Frau heiratete, verdiente er als junger Bauingenieur nur neunzig Rupien im Monat – sein Schwiegervater, ein griesgrämiger Anwalt, nahm achthundert Rupien im Monat ein. Die Tochter eines reichen Mannes zu heiraten, war für ihn ein Anreiz, selbst mehr Geld zu verdienen. Das Paar bekam insgesamt vierzehn Kinder – für Südasien Mitte des zwanzigsten Jahrhunderts nichts Ungewöhnliches; zwölf überlebten. Ein Zwillingskind starb schon zwei Wochen nach seiner Geburt. „Die beiden Säuglinge waren Mädchen und Albinos dazu. Sie kamen sehr kränklich zur Welt. Meiner Oma wäre am liebsten gewesen, wenn beide gestorben wären", erinnert sich meine Mutter. Mädchen waren unbeliebt – bis heute wünschen sich viele Eltern in Indien und Pakistan Söhne –, und was sollte aus zwei hellhäutigen Mädchen schon werden? Die Ärzte hatten empfohlen, die beiden Kinder voneinander fernzuhalten, um Ansteckungsgefahr zu vermeiden. „Aber meine Oma legte sie absichtlich, ohne Wissen meiner Mutter, nebeneinander ins selbe Bett und fütterte sie mit derselben Flasche." Ein Mädchen – meine Tante Zarina – überlebte.

Später, in Karatschi, arbeitete Manzoor Ali Naqvi als Städteplaner und übernahm die Leitung von Projekten, wie den Bau eines Stadions und des Gebäudes der pakistanischen Atomenergiebehörde. Sein Ruf als exzellenter Architekt ließ auch andere Stadtverwaltungen aufmerksam werden.

Beruflich lief es also gut für meinen Großvater, sein Wunsch nach einem finanziell sorgenfreien Leben hatte sich für ihn und seine Familie erfüllt. Er konnte sich ein großes, kastenförmiges Haus in einem Wohngebiet nahe der *Tariq Road* leisten, der Haupteinkaufsstraße in Karatschi, eine weitläufige, weiß verputzte Villa mit einem großen Garten auf der Rückseite des Hauses, umsäumt von Kokospalmen, Papayabäumen und Bananenstauden. Ich erinnere mich, dass in einer Ecke des Gartens ein Chamäleon lebte.

Meine Mutter liebte dieses Haus. Es bot Platz zum Spielen, Platz für Freundinnen, die sie regelmäßig besuchten. Ihr ältester Bruder Sarwar war schon nach England zum Studium gezogen, ihre älteste Schwester Suraiya hatte sich mit ihrem Mann, einem in Pakistan berühmten Schauspieler und Radiomoderator, eine eigene Wohnung in ein paar Kilometern Entfernung genommen. Suraiya kam gerne und oft zu Besuch, häufig tauchten auch einige der unzähligen Cousins und Cousinen auf.

Anfang der sechziger Jahre waren Suraiya und ihre Mutter Qamar Jehan gleichzeitig schwanger: Suraiya mit dem ersten von zwei Söhnen, Qamar Jehan mit dem letzten ihrer Kinder, einer Tochter. Es war also immer etwas los bei den Naqvis, und der Hausangestellte Sharif hatte jeden Tag eine Menge für die vielen Bewohner des Hauses zu kochen. Auf dem Gasherd brodelte es in riesigen Blechtöpfen. Selbst wenn Besuch kam, war genügend da – oder Sharif schaffte es, schnell für alle etwas

zuzubereiten. Sharif lebte, wie es für Hausangestellte üblich war, in der Familie.
Im hinteren Teil des Gartens lagen die Unterkünfte für die Bediensteten, für Sharif, für den zweiten Koch Ahmed und für den Fahrer Sattar, der sich um den schwarzen Opel und später um den neuen silbernen Mercedes kümmerte, Autos, die Manzoor Ali Naqvi sich seit den sechziger Jahren leistete. Vor seinem Haus sollten immer zwei Limousinen stehen. Der Mercedes hatte eine durchgehende Vorderbank aus Leder und war eine Attraktion. Gelegentlich fuhr Sattar die Kinder zur Schule – bis er eines Tages, bei der Reparatur eines Motors, einen Metallsplitter ins Auge bekam und auf diesem erblindete. Sattar kündigte und verließ die Familie. Niemand weiß, was aus ihm geworden ist.
Auch Sharif hatte kein glückliches Leben: Er bewohnte eine kleine Kammer, in der er schlief und seine wenigen Habseligkeiten aufbewahrte. „Eines Tages wurde der arme Sharif plötzlich krank. Er lag auf seiner Pritsche, ihm ging es nicht gut", sagt meine Mutter. „Seine Hände waren eingebunden, und er konnte sich kaum noch bewegen vor Schwäche. Wahrscheinlich könnte man ihm heutzutage medizinisch helfen, aber damals, Mitte der Sechziger, war das nicht möglich."
Sharif lag wochenlang in seinem Zimmer, und ständig riet ihm irgendein Besucher zu einer neuen absurden Therapie.
„Du solltest keine Eier essen."
„Du solltest kein Fleisch essen."
„Du warst nie verheiratet, es ist die überschüssige Hitze in dir, die dich krank macht."
Am Ende aß Sharif nichts mehr, er war nur noch ein dürres Häufchen Elend.

Irgendwann packte er mit letzter Kraft seine Sachen und verschwand für immer.

Nach der Schule half nun meine Mutter Ahmed in der Küche, der allein überfordert gewesen wäre, für so viele Menschen zu kochen. Qamar Jehan und Ahmed brachten meiner Mutter bei, die komplizierten Gewürzpasten zu mischen.

„Egal welches Curry du machst, erst brätst du Zwiebeln und Knoblauch an, danach gibst du die Gewürzmischung dazu. Es ist wichtig, dass du die Gewürze ein paar Minuten anbrätst, bevor du Fleisch oder Gemüse und Wasser hinzufügst", erklärte ihr Qamar Jehan. „Sonst sind die Gewürze unverträglich und verderben den Magen."

Meine Mutter schnitt Gemüse und Fleisch, bereitete Fladenbrote zu, kochte Berge an Reis. Und ständig zischten Zwiebelringe in *Ghee*, geklärter Butter. „Noch heute, wenn ich Ingwer schneide und meine Finger danach riechen, sehe ich das weiße Haus in Karatschi vor mir, in dem ich aufgewachsen bin, sehe den großen Garten und wie die Sonne dort aufs Gras brennt", sagt sie gelegentlich. „Es war eine schöne Zeit."

Jedes der Geschwister meiner Mutter hatte eine oder mehrere Aufgaben im Haushalt. Meine Mutter kochte, und Qamar Jehan bezahlte sie gelegentlich sogar dafür, weil diese Arbeit angesichts der Mengen, die sie Tag für Tag zubereitete, die größere Anstrengungen erforderte als das, was die Geschwister leisten mussten. Es war das erste selbst verdiente Geld.

„Meine Schwester Parveen hatte zum Beispiel die Aufgabe, den Kühlschrank zu reinigen. Das tat sie, völlig unnötigerweise, jeden Tag. Außerdem gab sie die Schmutzwäsche an den *Dhobi*, den Wäscher, und kontrollierte, dass er eine Woche später diese Wäsche vollständig zurückbrachte", erzählt meine Mutter.

Ihren Kindern haben Manzoor Ali Naqvi und Qamar Jehan selten etwas von sich, von ihrer Vergangenheit, ihren Gefühlen erzählt. Ohnehin war es bei zwölf Kindern schwierig, sich jedem einzelnen zu widmen. „Ich weiß nicht, ob sie je ausführlich mit uns über irgendetwas gesprochen haben“, sagt meine Mutter.

Ich habe meine Großeltern bei meinen Besuchen in Pakistan erlebt. Sie sind Ende der Neunziger gestorben. Beide haben ein hohes Alter erreicht – welches genau, ist ebenso unklar wie bei meinen Großeltern väterlicherseits.

Eine Wahrsagerin hatte Manzoor Ali Naqvi einmal prophezeit, er würde seine Frau um fünfzehn Jahre überleben. Es kam so, aber doch anders als gedacht: Als er ein Jahr nach Qamar Jehan starb, war er etwa fünfzehn Jahre älter als seine Frau geworden.

Meine Großmutter war wie alle Omas: Sie kaufte mir Süßigkeiten, Obst, Spielzeug, vielleicht mehr als Omas ihren Enkelkindern üblicherweise kaufen, aber dafür sahen wir uns ja auch sehr selten. Besonders gern mochte ich die Plastikventilatoren, man konnte an einem Band ziehen, dann drehte sich der Propeller ein paar Sekunden lang. Straßenhändler verkauften dieses Spielzeug für wenige Rupien. Ich habe eine Szene vor Augen, wie sie in einem rosafarbenen *Shalwar Kameez* – knielanges Oberteil und Pluderhose aus Baumwollstoff – über die Einkaufsstraße geht und mir ein gelbes Plastikauto kauft, einen VW-Käfer, dazu einen Ventilator. Meist war das Ding schon am Abend kaputt. Am nächsten Tag bekam ich einen neuen.

Qamar Jehan war eine bewundernswerte Frau. Zwölf Kinder großzuziehen hat sie Geduld gelehrt und die Erkenntnis, Menschen so zu akzeptieren, wie sie sind.

Mein Großvater nahm mich bei meinen Besuchen gerne zur Seite für ein Gespräch von Mann zu Mann, und ich befürchtete jedes Mal, über Religion belehrt zu werden. Aber er schnitt das Thema nie an. Er schloss die Tür, als Zeichen für alle, dass wir nicht gestört werden wollten, und setzte sich, sein weißes Hemd über der weißen Baumwollhose, auf einen Hocker. Stattdessen befragte er mich über meine beruflichen Pläne und Ziele und erkundigte sich ausgiebig nach dem, was ich in der Schule lernte. „Das sind sicher gute Schulen in Deutschland", sagte er dann, und man merkte ihm an, dass er durchdrungen war von der Überzeugung, dass Bildung der Schlüssel für ein angenehmes Leben ist.

Manzoor Ali Naqvi war sehr gläubig, er betete dreimal täglich, wie es sich für einen guten Schiiten gehört, und bemühte sich, nach den Vorschriften des Koran zu leben. Aber er zwängte seinen Glauben niemand anderem auf: seiner Frau nicht und seinen Kindern ebenfalls nicht, auch wenn es ihn ärgerte, dass sie sich überhaupt nicht für Religion interessierten.

Üblicherweise beginnen Kinder mit dem Koranunterricht ab dem Alter von vier Jahren, vier Monaten und vier Tagen. Zu diesem Anlass organisieren die Eltern ein Fest. Diesem Brauch folgend, engagierte mein Großvater einen Geistlichen, der seinen Kindern das Koranlesen beibringen sollte. „Aber meinen Geschwistern fiel oft eine Ausrede ein, genau dann nicht da zu sein, wenn der Mullah kam", sagt meine Mutter. Die älteren Schwestern entschuldigten sich zum Beispiel mit ihrer Periode. „Manche gaben sogar jede Woche vor, ihre Regel zu haben. Am Ende war ich die Einzige, die mit dem Mullah dasaß."

Mein Großvater gab auf. Sollten seine Kinder doch zusehen, ob und wie sie den Weg zu Gott fänden.

Eine gute Allgemeinbildung für seine Kinder war ihm wichtiger: Er schickte sie auf christliche Schulen, die den Ruf hatten, die besten der Stadt zu sein.

Meine Mutter kam also an eine britische Klosterschule, ihre Lehrerinnen waren ausschließlich Nonnen, Frauen aus Großbritannien, aber auch aus den USA. Man sprach Englisch miteinander. Hier an der Klosterschule *St. Lawrence* lernte meine Mutter viele Mädchen aus liberalen Häusern kennen: Töchter von Großindustriellen, Unternehmern, Politikern, Anwälten, die meisten von ihnen ebenfalls aus islamischen Familien, die davon überzeugt waren, in St. Lawrence die beste Bildung für ihre Kinder zu bekommen.

„Im Vergleich zu denen kam ich aus einer armen Familie", sagt meine Mutter. „Ich fand neue Freundinnen, und wenn ich sie besuchte, staunte ich über den Reichtum, in dem sie lebten."

Eine Familie besaß eine Baumwollfabrik und mehrere Passagierschiffe, sie zählte damals zu den zwanzig reichsten Familien Pakistans. Deren zwei Töchter, Naheed und Fakhra, luden meine Mutter regelmäßig ein, und als Manzoor Ali Naqvi einmal nicht seinen Fahrer schickte, sondern seine Tochter persönlich abholte, stellte sich heraus, dass er dieses Schmuckstück von Haus konstruiert hatte.

Eine andere Freundin war die Tochter des pakistanischen Außenministers. „Diese Familie lebte in einem riesigen Haus mit beeindruckend vielen Bediensteten", erinnert sich meine Mutter. „Manchmal ließ sie mich von ihrem Fahrer mit einer großen Limousine abholen."

Meine Mutter denkt gern an diese Zeit. „Alle diese extrem reichen Mädchen waren ganz normal, überhaupt nicht arrogant. Wir gingen gemeinsam ins Kino, hörten zusammen Elvis

Presley und später die Beatles." Die Schallplatten brachten ihre Freundinnen meist von Urlauben in England oder in den USA mit. Aber auch die Plattenläden in Karatschi gewannen zunehmend Kundschaft.

Als eines Tages eine Freundin nach London umzog, lernte meine Mutter das Gefühl des Neids kennen. „Ich wollte unbedingt auch nach England, doch mein Vater wollte nichts davon wissen. Er hielt mich für verrückt."

In der Schule kam meine Mutter gut mit. Hin und wieder erhielt sie Schläge von den Nonnen, eine Ohrfeige oder einen Hieb mit dem Lineal auf die Finger, damals übliche Erziehungsmittel. „Unseren Eltern haben wir nie davon erzählt, ansonsten hätten wir zu Hause noch einmal Prügel bekommen." Mein Großvater vertraute eben auch in dieser Hinsicht den Erziehungskünsten der Nonnen.

Kürzlich kramte meine Mutter ihre Zeugnisse aus einem alten Koffer hervor, den sie über all die Jahre sorgfältig aufbewahrt hat und an dem die Zeit und die vielen Umzüge ihre Spuren hinterlassen haben. Die Zeugnisse – kleine Heftchen aus inzwischen vergilbtem Papier mit aufgedrucktem Schulwappen, einem Segelschiff, und dem Schriftzug „*Ad caritatem per veritatem*" – weisen in der ersten Klasse farbige Sternchen als Beurteilung aus: Blau bedeutete „exzellent", rot „sehr gut", grün „gut", braun „ausreichend" und schwarz „ungenügend". In ihrem Heft stehen vor allem rote und grüne Sterne, nur der hinter „Arithmetik" ist braun. An der *High School* wurden dann Noten in Prozent vergeben: Hundert Prozent war eine Eins, allerdings so gut wie nie zu erreichen. Wenn man in einem Fach neunzig Prozent erhielt, zählte man schon zur Spitze. Meine Mutter gehörte immer zu den Besten ihrer Klasse.

Zur Belohnung für ihre guten Leistungen wurde meiner Mutter Ende der fünfziger Jahre eine ganz besondere Aufgabe zuteil: Als sich die noch junge Königin Elizabeth II. aus England für einen Besuch in Pakistan ankündigte, wurde meine Mutter für ein Begrüßungskomitee ausgewählt. Sie durfte ein pakistanisches Fähnchen halten und der Königin damit winken. „Sie fuhr in einem offenen Auto an unserer Schule vorbei, mit ihr im Wagen saß General Ayub Khan, der pakistanische Präsident.“ Das ganze Spektakel dauerte nur ein paar Minuten. Immerhin blieb es meiner Mutter in Erinnerung.

Im Anschluss an die Klosterschule besuchte meine Mutter vier Jahre lang das *College* für Hauswirtschaft an der *University of Karachi*, machte dort ihren *Bachelor* und unterrichtete später Grundschüler im Fach Englisch.

Die Erzählungen ihrer Freundinnen über Reisen in westliche Länder, die Spielfilme aus Hollywood und die Musik von Elvis und den Beatles ließen den Westen in den Augen meiner Mutter als das gelobte Land erscheinen. In dieser Zeit wuchs ein unbändiger Wunsch in ihr heran: Irgendwann, nahm sie sich vor, würde sie weggehen, nach Amerika oder nach England, wo die Mädchen sich so modern kleideten und auf Partys gingen, wo es so sein musste wie in all den amerikanischen Filmen, die im Kino gezeigt wurden und die sie auch im Fernsehen sah, denn seit 1964 thronte ein großes Schwarzweißgerät im Wohnzimmer der Familie. Die gesamte Großfamilie fand auf den zwei Ecksofas Platz und konnte in die Welt blicken.

Und plötzlich fiel ihr die Lösung ein: Sie musste Stewardess werden, und schon stand ihr die Welt offen. Nicht die Arbeit während des Fluges hatte sie im Kopf, sondern die Zeit zwischen den Flügen: Bummeln in New York, Shoppen in London, vielleicht auch in Paris und in Bagdad. Heimlich bewarb sie sich bei drei Fluglinien – schließlich wusste sie, dass ihr Vater mit dieser Berufswahl nicht einverstanden sein würde. Sie schrieb an *Air France*, an *Alia Jordanian Airlines*, die damals noch den Namen der jordanischen Königstochter in der Firmenbezeichnung trug und später zur *Royal Jordanian Airlines* wurde, und an die *British Overseas Airways Corporation (BOAC)*, die Vorgängerin von *British Airways*. Alle drei luden sie zum Vorstellungsgespräch in Karatschi ein. Bei der BOAC sagte man ihr nach der ersten Vorstellungsrunde, sie solle zu einem weiteren Gesprächstermin kommen, möglicherweise müsse sie sich auch in London vorstellen. Bei Air France erklärte man ihr, dass Personal für den Schalter am Flughafen von Karatschi gesucht werde; um Stewardess zu werden, müsse sie fließend Französisch sprechen – meine Mutter sprach kein Wort dieser Sprache. Den dritten Termin hatte sie bei der jordanischen Fluggesellschaft, in einem Hotel. „Dort wollte man überhaupt nicht mit mir reden, sondern mich und die anderen Bewerberinnen nur anschauen. Ich sollte meine langen Haare anheben und den Nacken freimachen, dann wollten die meine Beine begutachten. Ich sagte denen: ‚Das könnt ihr vergessen, ich werde doch nicht Stewardess, um euren männlichen Passagieren zu gefallen.' Die behandelten uns wie Tiere." Wutentbrannt verließ sie das Hotel.

Das Weiterkommen bei der britischen Fluglinie musste sie ihrem Vater gestehen, schließlich stand sie kurz davor, zum Vorstellungsgespräch nach London eingeladen zu werden. „Willst du unbedingt die Kotze anderer Leute wegwischen?", entgegnete er. Er versuchte seiner Tochter zu verdeutlichen, dass es ein körperlich harter und außerdem erniedrigender Job war, den sie da anstrebte – seiner Meinung nach vergleichbar mit der Arbeit einer Putzfrau. Meine Mutter erwähnte ihre Erfahrungen bei der jordanischen Personalauswahl lieber nicht. „Direkt verboten hat er mir nicht, Stewardess zu werden, er äußerte nur seine Bedenken“, sagt sie.

Doch zur nächsten Vorstellungsrunde kam es gar nicht. Meine Mutter war inzwischen zweiundzwanzig Jahre alt, und bevor sie sich weitere Fluchtmöglichkeiten in die weite Welt überlegen konnte, ebnete ihre Schwester Suraiya ihr einen ganz anderen Weg Richtung Westen: Sie organisierte ihr einen Ehemann und plante ihre Hochzeit – sehr zum Verdruss von Manzoor Ali Naqvi, der in dieser Beziehung etwas eigen war. Im Gegensatz zu vielen anderen Vätern, die ihre Töchter mit Freude verheiratet sahen, wollte er, dass seine Kinder studierten und einen akademischen Beruf ergriffen. Seiner Meinung nach waren Ehemänner womöglich sogar hinderlich für ein berufliches Fortkommen.

Aber er konnte sich nicht immer durchsetzen. Drei seiner sechs Töchter heirateten.

Damals ahnte meine Mutter allerdings noch nicht, dass sie schon bald ihren Traum vom Leben im Westen verwirklichen und nach Deutschland ziehen würde. Und sie ahnte nicht, dass sie für die Verwirklichung dieses Traums hart würde kämpfen müssen.

Es war heiß und staubig, als der noch fünfjährige Hasan gemeinsam mit seinem Vater Kazim Ali Khan, seiner Mutter Afsar Begum und seinen vier Geschwistern im Herbst 1947 die Dwarka im Hafen von Karatschi verließ. Kazim Ali Khan war wütend, weil das Gepäck verschwunden war. Entweder hatte es jemand von den Passagieren gestohlen, oder ein Besatzungsmitglied hatte es sich angeeignet, jedenfalls war es weg: Kleidung, Bilder, Geschirr, ein paar Erinnerungsstücke. Glücklicherweise hatte Kazim Ali Khan noch Bargeld bei sich, Erlöse aus dem Landverkauf.

Von Indien aus hatte er eine Unterkunft für seine Familie organisiert, ein kleines Haus in den *Pakistan Quarters*, einer Siedlung nahe dem Zoo von Karatschi. Die Häuschen waren von der Stadt eigens für Flüchtlinge aus Indien gebaut worden, die hier leben konnten, bis sie eine andere Bleibe gefunden hatten. Die Unterkünfte stehen noch immer dort. Auf einer Reise nach Pakistan im Frühjahr 2008 habe ich das Viertel besucht und mit Hilfe meiner Tante sogar das Haus gefunden, in das mein Vater damals mit seinen Eltern und Geschwistern einzog: ein niedliches Gebäude, klein, aber durchaus gemütlich.

„Wir kamen zu siebt in dem Haus mit zwei Zimmern unter", erinnert sich mein Vater.

„Und wo bringen wir die Pferde unter?", fragte Afsar Begum besorgt, als ihr Mann ihr das weiß gestrichene Gebäude mit dem schiefen Blechdach und dem winzigen Innenhof zeigte. Sie hatte ganz vergessen, dass sie keine Pferde mehr besaßen, dass sie nichts mehr hatten von all den Annehmlichkeiten. So tief waren sie also gesunken: von einem herrschaftlichen Anwesen mit Stallungen in eine Hütte. All die materiellen Reichtümer, die sie bisher gewohnt waren – dahin.

Hinzu kam, dass manche Einheimische den Flüchtlingen aus Indien, den *Mohajirs*, mit Verachtung begegneten. Wie heruntergekommen diese Leute doch aussahen, sagten ihre Blicke. Und dass sie ja nicht auf die Idee kämen, auch noch Ansprüche zu stellen! In den Pakistan Quarters blieben die Mohajirs unter sich. Man unterhielt sich über das frühere Leben, über den einstigen Wohlstand. Es sollte einige Zeit dauern, bis sich die Neu-Pakistaner wirklich integriert hatten in Pakistan. Heute gelten sie als hart arbeitende und daher wohlhabende Gruppe. Auch das macht sie nicht bei allen beliebt.

Afsar Begum weinte, wenn sie sich ans Afzal Mahal in Lucknow erinnerte und sich dann in der neuen Wohnung umsah, aber für ein größeres Haus reichten die Rücklagen bei Weitem nicht, es fehlte an allem und Kredite wurden in dieser schwierigen Zeit nicht vergeben. Kazim Ali Khan nahm seine Arbeit in der Stadtverwaltung auf, er legte jede Rupie, die er erübrigen konnte, zur Seite. Als stolzer Nachfahre eines Rajas wollte er nicht nur ein eigenes, sondern ein repräsentatives eigenes Haus.

Sechs lange Jahre verbrachte die Familie in den Pakistan Quarters: „In unserer Wohnung wurde es enger und enger, denn wann immer ein Verwandter oder Freund aus Indien nach Pakistan kam, nahmen wir ihn erst einmal für ein paar Tage auf“, erzählt mein Vater.

Nach und nach kamen auch einige Hausangestellte der Familie nach Pakistan, zum Beispiel der Koch Rafiq, der später ein *Hijra*, ein Transvestit, wurde und in die Unterwelt abtauchte, und andere: Sie hatten sich entschieden, gemeinsam mit der Familie von Kazim Ali Khan einen Neustart zu wagen. In Karatschi fragten sie sich zu der Familie durch: „Wo lebt Kazim Ali Khan, ein Mann mit einer Frau und fünf Kindern?“ Zeitweise schliefen bis zu fünfzehn Menschen in den zwei Zimmern.

Mein Großvater entwarf eine Residenz, wie er sie sich vorstellte. Groß und weiß verputzt sollte sie sein, mit vier Türmchen. 1952 hatte er das Geld endlich beisammen. *Chattar Manzil* sollte das Gebäude heißen, damit seine Frau nach all den Jahren im

Afzal Mahal wieder ein Haus mit einem Namen hatte. Chattar kommt von *Chattri*, Schirm, und Manzil bedeutet Haus. Die Dächer der vier Türmchen sahen aus wie Schirme. Ein Jahr später konnte die Familie einziehen, und jetzt erst wurde für Afsar Begum die Erinnerung an Lucknow etwas erträglicher.

Kazim Ali Khan begann wieder ein Leben wie ein Provinzfürst: Er traf sich häufig mit Freunden, organisierte Feste, setzte Geld auf Hahnenkämpfe und auf Drachenwettkämpfe, spielte Rummy und Poker. Er genoss das Leben, genoss, was er sich und seiner Familie aufgebaut hatte. „Leider gab er mehr Geld aus, als er besaß", sagte ein Onkel. Geld war daher immer knapp.

Im Chattar Manzil wurde mein Vater groß. „Ich hatte mein eigenes geräumiges Zimmer. An die Tür habe ich ein Schild genagelt, Gorilla-Hütte stand darauf." Seine Freunde aus der Nachbarschaft kamen regelmäßig zu Besuch. Sie nannten sich Gorillas, entdeckten den Tabakgenuss und entwarfen gemeinsam Pläne. Wer mitmachen wollte, musste sich erst einmal ihren Respekt verdienen und in den Rang eines verbündeten Gorillas aufsteigen.

Einmal machten sie sich Gedanken darüber, welche Wirkung wohl Schlaftabletten auf Hühner hätten. „Wir mischten heimlich zerkrümelte Tabletten unter das Futter der Hühner unserer Nachbarn", erzählt mein Vater. Anstifter dieses Plans war der älteste Bruder meines Vaters, Mustafa. Die Vögel fielen in einen tiefen Schlaf – und wachten nie wieder auf. Das Rätsel des massenhaften Hühnertods blieb ungelöst, aber das nachbarschaftliche Verhältnis war fortan von Misstrauen geprägt.

Oder mein Vater und seine Freunde ließen sich mit einer Fahrradrikscha in verwinkelte Stadtteile fahren, um dann – ohne zu bezahlen – abzuspringen und zu Fuß dem schimpfenden Fahrer in den Gassen zu entkommen. „Wir durften dem Fahrer nur nicht wieder begegnen, sonst hätte es mächtig Ärger gegeben."

An Tagen, an denen ihnen kein Unsinn einfiel, saß mein Vater zusammen mit seinem Bruder Ali stundenlang mit einem Block auf dem Schoß vor dem Haus und notierte Marke, Modell und Nummernschild der wenigen vorbeifahrenden Autos. Die Schreiberei hatte kein Ziel, außer Zeit zu vertreiben. Über die Wochen füllten sie so viele dicke Bücher.

Später, als mein Vater etwas älter war und ein verantwortungsvolles Hobby suchte, entdeckte er die Zucht von Wellensittichen für sich. Er setzte zwei Pärchen in einen selbst gebauten mannshohen Käfig, stellte zwei tönerne Brutkästen hinein und wartete. Ein paar Jahre später lebten in dem Verschlag Hunderte Wellensittiche.

Karatschi war damals noch keine ins Chaos versunkene Stadt. Als die ersten Vertriebenen und Einwanderer aus Indien dorthin kamen, zählte der Ort etwa dreihunderttausend Einwohner. Heute sollen es mehr als fünfzehn Millionen sein, aber so genau weiß das niemand.

In dieser Zeit besuchte mein Vater, ein kleiner, dürrer Junge mit seitengescheiteltem, geöltem Haar, diverse urdusprachige Schulen, an denen Englisch als Fremdsprache unterrichtet wurde. Im Herbst 1959 machte er seinen Abschluss.

Das große Vorbild für meinen Vater war sein Bruder Ali, der zunächst eine Offizierslaufbahn bei der pakistanischen Luftwaffe begann und sich zum Kampfpiloten ausbilden ließ. Später flog er als Airbus-Pilot für die pakistanische Fluggesellschaft *Pakistan International Airlines*.

Mein Vater wollte auch so einen angesehenen Beruf, wollte Uniform tragen und die Welt erobern. Aber er wollte seinem Bruder nichts nachmachen, sondern eigene Wege gehen.
Mitte der fünfziger Jahre, als Vierzehnjähriger, begann mein Vater mit dem Autofahren. Sein Onkel hatte einen Wagen, den er und seine Brüder sich gelegentlich ausliehen, um Karatschi zu erkunden. Einen Führerschein hatte mein Vater nicht, aber das interessierte niemanden. „Sehr selten hielt uns ein Polizist an, dem gaben wir dann ein paar Rupien und damit war die Sache erledigt.“ In dieser Zeit fuhr mein Vater auch Moped und Motorrad, die er sich von seinen Freunden oder seinen Brüdern lieh. Und wenn nichts Motorisiertes zur Verfügung stand, nahm er eben sein Fahrrad – Hauptsache, er war mobil.
Jahrzehnte später, als er längst in Deutschland lebte, erzählte mein Vater, er habe das Autofahren von seinen Brüdern und durch die Herausforderungen des Straßenverkehrs in Karatschi gelernt. Seinen Führerschein machte er nie, sondern er kaufte ihn in den Sechzigern, als er einmal mit seinem Schiff in Saudi-Arabien lag. „Meine Schwester lebte dort und hatte gute Verbindungen zur Regierung. Sie beantragte eine Fahrerlaubnis für mich, ich musste sie nur in einem Amt abholen. Das ging ohne Unterricht und Prüfung, man zahlte einfach ein bisschen Geld und bekam dafür einen internationalen Führerschein.“ Damit durfte er später drei Monate lang in Deutschland fahren, anschließend legte er eine Prüfung ab und schon hatte er ein deutsches Dokument – auch ohne eine einzige Fahrstunde. Als er mir davon erzählte, habe ich mich nicht getraut, ihm zu sagen, dass man das gelegentlich merkt. Meiner Meinung nach ist der größte Fehler der deutschen Bürokratie der unerschütterliche Glaube an die Aussagekraft von Papieren.

Pakistan blühte auf. Jinnah war bereits kurz nach der Staatsgründung gestorben, diverse zivile Regierungen wechselten sich ab, bis General Mohammed Ayub Khan sich 1958 an die Macht putschte. Nach Meinung vieler Pakistaner war er ein guter Regierungschef, einer, der das Land voranbrachte, der für Modernisierung sorgte, für wirtschaftliche Entwicklung, und der sich religiösen Gesetzen nicht verschrieb. 1961 verbot er Polygamie und schuf die rechtlichen Voraussetzungen, dass auch Frauen die Scheidung einreichen konnten. Aus Sorge vor einem indischen Angriff verlegte er 1961 die Hauptstadt Pakistans vom südlichen Karatschi ins nördliche Rawalpindi und gab den Bau einer neuen Hauptstadt nur wenige Kilometer entfernt in Auftrag; so entstand das moderne Islamabad, das 1967 Sitz der Regierung wurde. Er intensivierte die Beziehungen Pakistans zu China und griff 1965 Indien an, nachdem der große Nachbar drei Jahre zuvor einen Grenzkrieg mit China verloren hatte, 1964 Jawaharlal Nehru gestorben war und Indien mit Lal Bahadur Shastri einen aus pakistanischer Sicht schwachen Regierungschef bekommen hatte. Ayub Khan ging es darum, den Grenzverlauf zwischen Indien und Pakistan neu zu definieren und außerdem die Kaschmir-Frage zu klären.

Pakistan unterlag in diesem Krieg zwar, aber das Land litt ökonomisch kaum darunter.

„In der Zeit, als Deutschland das Wirtschaftswunder erlebte, hatten wir längst ein Auto, einen Fernseher und ein Telefon zu Hause“, erinnert sich mein Vater.

Der Familie meiner Mutter ging es ähnlich gut. Bis heute spricht meine gesamte Verwandtschaft eher mit Wehmut über die sechziger Jahre; Sorge vor einer Militärregierung und Angst vor Krieg spielen in ihren Erzählungen keine Rolle.

Es sind nicht immer die großen Momente, die das weitere Leben bestimmen. Manchmal ist es eine Kleinigkeit, die einem Lebensweg eine neue Richtung gibt. Ist es Schicksal oder Zufall? Göttliche Fügung oder Vorsehung?

Eine solche Kleinigkeit war eine Zeitungsanzeige, die das Leben meines Vaters veränderte. Die Deutsche Dampfschifffahrtsgesellschaft Hansa aus Bremen, eine der damals weltgrößten Reedereien, benötigte dringend Personal: Matrosen, angehende Offiziere, Stewards, Kaufleute. Die deutsche Wirtschaft boomte, der Export nahm zu, entsprechend gut ging es der Schifffahrt. „Kadetten gesucht" überschrieb die Hansa deshalb eine Annonce im Januar 1962 in der renommierten pakistanischen Tageszeitung *Dawn*. „Das wäre doch etwas für Hasan", meinte Kazim Ali Khan zu seiner Frau Afsar Begum. Die anderen Kinder hatten den Schritt in die Berufstätigkeit bereits getan, Zahra studierte Medizin, Mustafa arbeitete als Geschäftsmann, Ali machte seine Pilotenausbildung bei der Luftwaffe und Safia studierte Soziologie, anschließend Jura, um später als Journalistin zu arbeiten. Hasan hatte die Schule schon vor zwei Jahren beendet, er war jetzt zwanzig Jahre alt und sollte sich nach Ansicht seiner Eltern endlich für einen Beruf oder für ein Studium entscheiden.

Afsar Begum nahm die Zeitung und las sich die Stellenanzeige durch. Sie überlegte. „Aber dann muss er weg, nach Deutschland."

Ihr Mann schaute sie an. „So ist das nun einmal im Leben: Wer etwas erreichen will, zahlt einen Preis dafür."

Kazim Ali Khan gab die Zeitung seinem Sohn. „Schau mal, das wäre sicher ein guter Job für dich. Was meinst du?" Mein Vater blieb die Antwort erst einmal schuldig. Im Innern wusste er:

Das war der richtige Beruf. Auf diese Weise würde er wie sein Bruder, der Pilot, die Welt sehen, dabei aber seinen eigenen Weg gehen.

Ein paar Tage später trafen sie einen Freund der Familie, der für die Hafenbehörde von Karatschi arbeitete. „Kennst du die Hansa-Reederei?", fragte ihn mein Großvater. „Was hältst du überhaupt von deutschen Firmen?" Der Freund, ein Beamter, hatte bisher nur gute Erfahrungen mit deutschen Reedereien gemacht: Sie waren hervorragend organisiert, zahlten pünktlich die Hafengebühren und verhandelten nicht lange, wenn mal etwas mehr Geld als üblich verlangt wurde. Da er jemanden von der Hansa in Bremen kannte, setzte er für meinen Vater ein Empfehlungsschreiben auf. Mein Vater schrieb eine Bewerbung, legte eine Kopie des Abschlusszeugnisses und die Empfehlung bei und schickte die Unterlagen nach Bremen. Einen Versuch war es wert, wahrscheinlich klappte es sowieso nicht, denn er hatte keinerlei seemännische Erfahrung und wusste zudem nichts über Deutschland.

Ein paar Wochen später brachte der Briefträger die Antwort: Man freue sich über das Interesse. In wenigen Tagen, im März 1962, werde das Ausbildungsschiff der Reederei, die „Goldenfels", in Karatschi festmachen. Dort möge er sich bitte beim Kapitän melden und anheuern. Alle nötigen Papiere und Informationen zur Ausbildung werde er an Bord erhalten.

Bis heute bewundere ich die Entschlossenheit meines Vaters. Wenn ich irgendwohin für zwei Wochen verreise, kaufe ich nicht nur einen Reiseführer, sondern alle, die ich in den Buchhandlungen dazu finde. Ich lese alles, was ich an Artikeln über das Reiseziel bekomme. Wahrscheinlich ist das eine Berufskrankheit. Und mein Vater entschied sich von heute auf morgen für einen Beruf, ohne zu wissen, worauf er sich einließ. Er entschied sich, für eine deutsche Firma zu arbeiten, ohne zu wissen, was ihn erwartete. Ich glaube, das ist ein wesentlicher Unterschied zwischen deutscher und südasiatischer Mentalität: In Südasien ist das Vertrauen in die Zukunft einfach größer, egal, ob es um die Berufswahl geht oder darum, eine Reise zu planen. Ist es Leichtsinn? Ich bin überzeugt, es ist der Glaube an die Güte des Lebens. Bis heute treffen meine Eltern viele Entscheidungen viel sorgloser als ich.

Die Goldenfels war nach der Dwarka das zweite Schiff, das mein Vater in seinem Leben betrat – nun als Kadett. Die ganze Familie begleitete ihn an dem Nachmittag zum Hafen von Karatschi. Sie brachten ihn an Bord, wünschten ihm viel Glück und Gesundheit. Afsar Begum vergoss Tränen, wann würde sie ihren Sohn wiedersehen? Dann verabschiedeten sie sich, mein Vater musste sich schlafen legen, denn um zwei Uhr morgens sollte die Goldenfels Richtung Indien in See stechen.

Fünfundvierzig Mark Heuer pro Monat sollte er bekommen, außerdem fünfzig Pfennig pro Überstunde. „Die Kadetten, die schon an Bord waren, erklärten mir, bei dem kargen Gehalt müsse man so viele Überstunden wie möglich machen.“ An Bord waren neben dem Kapitän und drei Offizieren, allesamt Deutsche, sechs deutsche Kadetten, zwei aus Burma, sechs Iraner, vier Iraker und ein Inder, außerdem mein Vater als einziger Pakistaner. „Ich kam mit fast allen gut aus“, erinnert er sich. Am meisten verband ihn mit dem Inder, sein Name war Singh Dev. Sie sprachen über Indien und Pakistan, über die gemeinsame Erfahrung der Teilung, über die südasiatische Küche. „Außerdem freundete ich mich mit einem der Iraner an. Vier Iraner kündigten recht bald, ihnen war die Arbeit auf dem

Schiff körperlich zu anstrengend. Sie hatten erwartet, dass sie sehr schnell zu Offizieren aufsteigen würden, anstatt dauerhaft an Deck schuften zu müssen."

Mein Vater und die anderen Kadetten klopften Rost, führten Malerarbeiten aus, schrubbten das Deck, räumten auf, gingen Laderaumwache, sprich: schauten nach, ob die Ladung ordentlich verstaut war und auch einen Sturm und schweren Seegang ohne Schäden überstehen würde.

Die Goldenfels war ein Stückgutfrachter, in dem fünftausend Tonnen Waren in Säcken und Kisten Platz fanden. Auf diesem Schiff hatte mein Vater seine ersten Begegnungen mit diversen deutschen Eigenheiten – zum Beispiel mit dem Buchstaben Ü. Ihm war nicht klar, was es mit diesem U mit den zwei Punkten darüber auf sich hatte, er wusste nur, dass rund dreitausendfünfhundert Tonnen Erdnüsse, die sie im indischen Kandla im nordwestlichen Bundesstaat Gujarat geladen hatten, für die Firma Ültje in Emden bestimmt waren. Wie sprach man das aus? Ultsche? Altschi?

Von Gujarat ging es weiter nach Bombay, wo Gewürze geladen wurden.

So lernte mein Vater die Häfen dieser Welt kennen. „Bei einer anderen Reise haben wir in Cochin, in Indien, Kokosnussöl in Tanks geladen. Als wir in Hamburg ankamen, war das Öl hart geworden. Es dauerte Stunden, bis wir es mit der bordeigenen Heizung wieder geschmolzen hatten."

Beim Laden und Löschen musste immer ein Kadett Wache stehen, damit nichts von der Ware verschwand. Es genügte schließlich, wenn die Besatzung sich selbst ein bisschen an der Fracht bediente. „Einmal hatten wir ein paar tausend Tonnen Datteln, Mandeln und Pistazien in Basra, im Irak, geladen. Auf dem Weg nach Bremen haben wir Unmengen von dem Zeug gegessen. Und im persischen Golf waren die Fischer scharf auf Datteln. Mit denen haben wir einen guten Tausch gemacht: Für ein paar Kisten davon bekamen wir säckeweise Krabben.“

Das Leben an Bord war ein Nehmen und Geben. Der Kapitän ließ sich nur selten blicken, meist war er auf der Brücke oder in seiner Kajüte. Die Kadetten bekamen ihn nur beim Ein- und Auslaufen zu Gesicht.

Mein Vater und seine jungen Kollegen hatten ihren eigenen Aufenthalts- und Speiseraum, die Kadettenmesse. Und es gab hier, um Gottes willen, Schweinefleisch! Und Alkohol! Für die muslimischen Besatzungsmitglieder wurde zwar extra gekocht, aber mein Vater dachte sich, er könnte ja nicht immer etwas anderes essen als die Deutschen – und griff beim Schweinefleisch zu. „Es schmeckte mir von Anfang an“, sagt er heute. „Nur vor Kasseler habe ich mich geekelt.“ Das geräucherte Fleisch sah seiner Meinung nach roh aus und roch merkwürdig. Heute isst er selbst Kasseler sehr gerne. Mit Grünkohl.

In anderen Dingen zeigte er sich nicht so anpassungswillig. „Alkohol habe ich schon getrunken, abends ein Bier oder zwei, aber nie so viel, dass ich betrunken war.“ Und niemals ließ er sich, wie viele seiner Kollegen, tätowieren. Mein Vater mit einer Meerjungfrau auf dem Arm – eine komische Vorstellung.

In der Kadettenmesse wie in ihren Kajüten, wo sie jeweils zu zweit untergebracht waren, hielten sich die Matrosen nur selten auf: Von sechs bis siebzehn Uhr war Dienst angesagt, außerdem mussten sie schon bald auch auf der Brücke Wache gehen und lernen, das Schiff zu navigieren. „Wir hatten Schichten von null bis vier Uhr morgens, von vier bis acht und von acht bis zwölf Uhr. Das wechselte im Wochenrhythmus.“ Die ersten beiden

Schichten waren die beliebtesten, denn sie zählten komplett als Überstunden.

Bis 1974 fuhr mein Vater in verschiedenen Positionen zur See, mit dem Familienleben war es erst einmal vorbei. „Ungefähr einmal pro Jahr legten wir in Karatschi an, nur dann hatte ich Gelegenheit, meine Eltern und Geschwister zu sehen." Den Jahresurlaub verbrachte er in Deutschland, und da er – wie viele junge Seeleute – keine Wohnung hatte, kam er auf dem Hansa-Wohnschiff „Alibaba" in Bremen unter. „Dort wurde mir eine Koje zugewiesen, aber meistens war ich sowieso von meinen deutschen Kollegen eingeladen." Auf diese Weise lernte mein Vater Deutschland kennen, kam er nach Wuppertal und Garmisch-Partenkirchen.

Nach Monaten als Decksjunge, Jungmann, Leichtmatrose und Matrose bekam er eine Uniform als Offiziersanwärter und wurde auf verschiedene Schiffe der Hansa-Reederei versetzt. Ihre Namen hörten alle mit „-fels" auf, das war das Erkennungszeichen der Hansa-Schiffe: Steinfels, Marienfels, Kybfels, am Ende wieder die Goldenfels. Damals machte mein Vater die Abrechnungen für die Heuer der Besatzungsmitglieder und für die Kantine an Bord. Bei den Offizieren kam er gut an, weil er im Gegensatz zu anderen Offiziersanwärtern, insbesondere denen aus Deutschland, nur selten Alkohol trank und seine Arbeit ordentlich machte. „Meine Abrechnungen stimmten immer."

Seine säuberlich abgehefteten Zeugnisse belegen das. In einer Beurteilung nach dem ersten Berufsjahr bewertet der Kapitän seine „Diensttüchtigkeit" mit „sehr gut", hinter „Nüchternheit" und „Betragen" steht „stets sehr gut". Nach einer Fahrenszeit an Bord der Hohenfels vermerkt deren Kapitän hinter „Schiffskunde", „Decksarbeit", „Signaldienst" und „Brückendienst auf See" ein „Gut". Nur hinter Rechtskunde notiert er: „Ohne Zensur, da noch keine perfekten Deutschkenntnisse." Weiter bescheinigt er ihm, den Namen meines Vaters falsch schreibend: „Kazim Hazan fuegte sich sehr schnell in die Bordgemeinschaft ein und ist ein beliebter Kamerad. Seine ehrlichen und erfolgreichen Bemuehungen im Studium der deutschen Sprache muessen besonders anerkannt werden."

Kein Beruf ohne Schule: Mein Vater sollte 1966/1967 die Seefahrtschule in Bremen besuchen und dort in eineinhalb Jahren sein erstes Kapitänspatent machen. Es war eine ungünstige Zeit: An der Seefahrtschule wurde gestreikt, Unterricht war auf unabsehbare Zeit unmöglich. „Ein Freund von mir, Dieter, und ich entschieden uns, unsere Ausbildung stattdessen in England zu machen." Die beiden Männer packten ihre Sachen und meldeten sich an einer Seefahrtschule in London an. Mein Vater hatte das deutsche Seefahrtsbuch, damit war ihm ein Aufenthalt in Großbritannien erlaubt, solange er dort nur die Seefahrtschule besuchte und keine andere Arbeit annahm. Er kam bei seinem Halbbruder Wajid Ali Khan und dessen Frau Naseem unter, die einige Jahre zuvor nach London ausgewandert waren.

Das Experiment scheiterte: Die Briten pflegten eine andere Tradition in der Seefahrt, sie hatten ihre eigenen, meinem Vater fremden Begriffe. Mein Vater hatte sich inzwischen an die deutsche Sprache gewöhnt, hatte sich die deutsche Seemannssprache angeeignet. Viele Jahre lang sagte mein Vater zum Beispiel *Fullbrass* zu Mülleimer, und ich dachte noch als Jugendlicher, das sei Urdu. Mein Fehler wurde mir erst Jahre später klar, als ich bei der Marine war und ein paar Wochen mit dem Segelschulschiff „Gorch Fock“ durch die Welt reiste. Dort wurde das Ausbringen der Fullbrass befohlen, einer stinkenden Röhre, durch die Lebensmittelreste ins Meer gekippt werden. Meinem Vater und seinem Freund Dieter machte die Schule in London keinen Spaß. Die Briten taten ihrer Meinung nach so, als wären sie die Seefahrtnation schlechthin, außerdem war die Ausbildung ganz anders strukturiert als in Deutschland. Deshalb beschlossen sie, wieder bei der Hansa anzuheuern und das Kapitänspatent irgendwann später in Deutschland zu machen. So fuhr mein Vater weiter zur See – bis 1974. Inzwischen war er zweiunddreißig Jahre alt, hatte viel von der Welt gesehen und war ein erfahrener Seemann.

Nur eines fehlte ihm zu einem erfüllten Leben: eine Frau und eine eigene Familie. Er hatte zwar gelegentlich die eine oder andere Freundin in Deutschland gehabt, doch das waren keine Frauen, mit denen er sich ein Leben vorstellen konnte. Und wenn doch, so hätte er sie wohl kaum bei seinen Eltern in Pakistan durchsetzen können – es musste schon eine pakistanische, eine muslimische Frau sein. Seine Eltern und Geschwister hatten sich schon längst ihre eigenen Gedanken gemacht: Sie waren auf Brautschau gegangen und fündig geworden. Die Frau, die sie für eine gute Partie hielten, war jung, schön und lebte bei ihren Eltern in Karatschi: meine Mutter.

Sie riefen meinen Vater nach Hause.

Er sollte kommen, um seine künftige Frau kennenzulernen.

Eine arrangierte Hochzeit

„Du hast mit deiner Frau zusammengelebt, bevor ihr verheiratet wart?"

Vineet und Uday gucken ungläubig, als ich ihnen das Foto von meiner Frau Janna zeige und ihnen sage, dass ich sie 1998 in meiner norddeutschen Heimatstadt Stade kennengelernt und 2005 geheiratet habe.

„Ihr wart schon sieben Jahre vor eurer Hochzeit ein Paar?", hakt Uday nach, noch bevor ich auf die erste Frage antworten kann.

Vineet will wissen: „Hattest du viele Freundinnen? Und deine Eltern hatten nichts dagegen?" Außerdem interessiert ihn: „Ist deine Frau Deutsche? Ich meine, richtige Deutsche, nicht so wie du?" Er nimmt mir das Foto aus der Hand und schaut es sich noch einmal genau an.

Mit Vineet und Uday habe ich bei einem Aufenthalt in Bombay Bekanntschaft gemacht. Sie sind ungefähr in meinem Alter, wurden in Bombay geboren und wuchsen dort auf. Jetzt leben und arbeiten sie in dieser Megastadt, sie sind Verlagsmanager. Beide sind noch unverheiratet.

In ihrer Vorstellung ist das Miteinander der Geschlechter in der westlichen Welt von Erotik, Abenteuer, Romantik und Verruchtheit geprägt. Was sie über die Liebe in Amerika und in Europa zu wissen glauben, haben sie aus Hollywood-Filmen.

Vineet und Uday stammen aus ganz normalen indischen Familien, sind gebildet und wurden als gläubige Hindus erzogen. Aber wenn sie mit mir über Frauen sprechen, und das tun sie oft und gerne, erwarten sie von mir, dass ich ihnen wilde Geschichten aus dem exotischen Deutschland erzähle.

„Nein, weder meine Eltern noch die meiner Frau hatten etwas gegen unsere Hochzeit. Meine Verwandten in Südasien mussten sich zwar daran gewöhnen, dass sie Christin ist und wir viele Jahre unverheiratet zusammengelebt haben, aber am Ende haben sie es akzeptiert. Ein paar waren sogar bei der Hochzeit in Deutschland dabei. Sie haben gesagt: Na, wenigstens ist sie monotheistisch."

Kaum habe ich das ausgesprochen, ist es mir peinlich – Vineet und Uday sind schließlich Hindus. Sie gucken mich zweifelnd an. Ich räuspere mich und überspiele die Situation, indem ich Gegenfragen stelle: „Wie wollt ihr denn eure künftigen Frauen kennenlernen? Warum heiratet ihr nicht einfach diejenige, die euch gefällt? Oder habt ihr euch während eures Studiums nie verliebt?"

Betretenes Schweigen für einen Moment, jetzt sind sie es, die sich verlegen räuspern. Ich habe einen wunden Punkt getroffen. „Jede Ehe ist nur ein Kompromiss", setzt Uday an. Eine Beziehung bestehe aus einer Aneinanderreihung von Situationen, in denen einer der beiden Partner sich zurücknehmen und dem anderen den Vortritt lassen müsse. „Da ist es wichtig, dass der Ehepartner einen guten Charakter hat. Das ist wichtiger als gutes Aussehen, denn was nützt das Aussehen?", sagt er. Er klingt sehr überzeugt. Und dann folgt ein Satz, den alle indischen und pakistanischen Eltern ihren Kindern sagen und der in vielen indischen Filmen vorkommt: „Die Liebe kommt später ganz von allein."

Partnerwahl ist wohl weltweit Glückssache. Und seit Jahrtausenden überlässt man in Südasien das Glück nicht dem Zufall, sondern seinen Eltern – ob Hindu, Muslim, Sikh, Parse oder auch Atheist. *Arranged marriage*, arrangierte Hochzeit, heißt dieses Modell der Partnersuche, aus dem heute noch wahrscheinlich neunundneunzig Prozent aller Ehen in Pakistan und Indien hervorgehen (die übrigen sind die Beziehungen, über die in der gesamten Nachbarschaft getratscht wird): Die Eltern suchen den passenden Partner für ihr Kind im Bekanntenkreis, lassen sich von Freunden Empfehlungen geben, durchforsten Hunderte von Anzeigen in den Tageszeitungen oder nutzen die seit ein paar Jahren boomenden Partner-Internetseiten.

Mich wundert, dass die erwachsenen Söhne und Töchter diese wichtige Entscheidung ihren Eltern überlassen. Außerdem widerspricht das dem täglich in Hollywood- und Bollywood-Filmen vorgeführten Ideal von der ewigen Liebe zwischen schönen Menschen, die – vielleicht nach mühsamem Werben umeinander oder nach Umgehen familiärer, sozialer, wirtschaftlicher Hürden – ohne Hilfe ihrer Eltern oder sogar gegen deren Willen zueinander finden.

Vineet und Uday lieben solche Filme. Sie schwärmen für nahezu alle Schauspielerinnen, amerikanische wie indische. „Mann, so eine Frau hätte ich auch gerne“, sagen sie, wenn ihnen eine besonders gefällt. Aber am Ende werden sie doch heiraten, wen Mutter und Vater ihnen präsentieren.

„Meine Eltern wissen, was gut für mich ist“, erklärt Vineet. „Außerdem ist es ja nicht so, dass sie mir jemanden vorsetzen und ich ihre Wahl akzeptieren muss. Wenn sie jemanden vorschlagen, kann ich immer noch ablehnen. Oder ich bitte meine Eltern, die Eltern eines ganz bestimmten Mädchens zu fragen. Eines Mädchens, das mir gefällt.“ Uday stimmt zu. „Bei uns gibt es viel weniger Scheidungen als bei euch“, sagt er und grinst, als er meinen zweifelnden Blick sieht – aber ich unterdrücke die Frage, ob er nicht auch glaubt, dass eine Menge unglücklicher Paare nur wegen des familiären Drucks oder aus gesellschaftlichen Zwängen heraus zusammenbleiben. So, wie Vineet und Uday reden, merkt man, dass ihre Eltern gerade eifrig auf Partnersuche sind.

Die beiden haben Glück, viele junge Menschen in Indien und Pakistan trifft es deutlich härter: jene, die von ihren Eltern schon im Kindesalter einem Partner versprochen werden. Sie haben kein Vetorecht. „Auf dem Land ist das vielleicht so, in den Städten nicht", sagt Uday. „In den Städten gibt es inzwischen auch immer mehr Liebesheiraten." Er hält einen Moment inne und fügt hinzu: „Aber ich finde diese Entwicklung nicht so gut."

Wieso sollte er auch, überlege ich, denn was bleibt ihm nicht alles erspart dank der Dienstleistung seiner Eltern? Er bekommt seine künftige Partnerin auf dem Tablett serviert – kein pubertäres Balzritual, keine Konkurrenzkämpfe um eine Frau, kein peinliches Werben sind nötig, Selbstzweifel und stundenlanges Zurechtmachen vor dem Ausgehen entfallen, Pickel bedeuten keinen Weltuntergang. Und wenn er sich verliebt, regeln die Eltern das. An Romantik scheint ihm nur wenig zu liegen.

Uday und Vineet gucken mich an, als würden sie meine Gedanken lesen. „Glaub bloß nicht, dass es bei uns einfacher wäre als bei euch", sagt Vineet. „Wir haben auch unsere Probleme, bei uns ist immer der Druck da, spätestens mit dreißig Jahren verheiratet zu sein. Bei Frauen fängt der Stress schon mit fünfundzwanzig an." Sie erzählen mir, dass ältere Singles oft mitleidige Blicke ernten: Der Arme, hat keine mehr abbekommen! Kriegt wohl nie mehr eine! „Und wenn man endlich verheiratet ist, kommt permanent die Frage: Wo bleibt der Nachwuchs? Furchtbar!"

Uday fügt hinzu: „In Großstädten gibt es zwar immer mehr Singles, die behaupten, sie wollten sich selbst verwirklichen. Das ist gleichbedeutend mit: Sie wollen keinen festen Partner." Aber gesellschaftlich sei diese Haltung noch lange nicht akzeptiert.

So neugierig wie Uday und Vineet mich über das deutsche Liebesleben ausfragen, so erstaunt sind meine Freunde in Deutschland, wenn ich ihnen von arrangierten Hochzeiten in meiner pakistanischen und indischen Verwandtschaft erzähle. Manche fragen ungläubig nach: „Wie, deine Eltern kannten sich nicht, als sie heirateten?"

„Nein, sie kannten sich so gut wie überhaupt nicht", antworte ich und versuche einen Ton zu treffen, der deutlich macht, dass das in vielen Teilen der Welt so üblich ist.

„Ihre Eltern und Geschwister haben sie füreinander ausgesucht?"

„Könnte man so sagen."

„Und sie sind immer noch verheiratet?"

„Ja, seit mehr als fünfunddreißig Jahren."

„Und lieben sie sich?"

„Nach meiner Wahrnehmung so, wie sich die meisten Eltern meiner gleichaltrigen Freunde auch lieben. Kein Unterschied."

Meine deutsche innere Stimme sagt gelegentlich: Partnervorgabe von den Eltern? Niemals! Wieso sollten Eltern darüber entscheiden, mit wem ich, wenn es gut läuft, den Rest meines Lebens verbringe? Gott sei Dank haben sie sich nie – zumindest nie offensichtlich – auf Partnersuche für mich gemacht. Wenn ich höre, was Pakistaner und Inder, aber auch Türken mir erzählen, die in Deutschland aufgewachsen sind, bin ich meinen

Eltern außerordentlich dankbar, dass sie sich kulturell so sehr den westlichen Gebräuchen angepasst haben.
Prompt erschrecke ich über meine selbstgerechte Haltung und meine südasiatische innere Stimme lässt sich vernehmen: Woher nehme ausgerechnet ich mir das Recht, die Lebensweise und die Traditionen von Millionen von Menschen zu verurteilen? Natürlich gibt es gruselige Fälle von vierzig-, fünfzig-, sechzigjährigen Männern, die sich eine Zehnjährige zur Frau nehmen. Von Menschen, die sich nicht lieben, die aber trotzdem von ihren Familien zur Heirat gezwungen werden. Aber was ist mit meinen unzähligen Cousins und Cousinen, die in aller Welt verstreut leben, aber einen sehr südasiatischen Lebensstil pflegen? Wer von ihnen verheiratet ist, hat seinen Partner mit freundlicher Unterstützung der Familie gefunden – und alle erzählen, es gehe ihnen bestens. Über meine „deutschen Bedenken" lachen sie. „Du bist halt ganz anders aufgewachsen als wir", meinen sie. Und es klingt überhaupt kein Vorwurf darin mit.
Was wohl aus mir geworden wäre, wenn mich meine Eltern in Pakistan erzogen hätten? Vielleicht lebte ich heute in einem großen, weiß verputzten Haus mit einer mir von der Verwandtschaft präsentierten pakistanischen Frau und mindestens vier Kindern am Stadtrand von Karatschi, hätte Hausangestellte und keine Ahnung von Deutschland. Wer weiß das schon?
Aber was, wenn sie mich streng islamisch erzogen hätten – in Deutschland? Wenn sie mir irgendwann eine Frau präsentiert und gesagt hätten: Die heiratest du jetzt. Hätte ich rebelliert oder mich meinem Schicksal gefügt?
Bei solchen Gedanken bin ich am Ende doch froh, dass meine Eltern mich sehr westlich erzogen haben. Ich frage mich: Wie haben sie es bloß geschafft, sich so zu verändern? Was

hat dazu geführt, dass sie die Art und Weise ihres eigenen Zusammenkommens nie auf ihre Kinder, auf meine Schwester und mich, übertragen haben?
Je mehr ich darüber nachdenke, desto mehr erstaunt mich, dass die ersten Lebensjahrzehnte meiner Eltern so anders verlaufen sind als meine eigenen. Und dass sie uns einen so gänzlich anderen Lebensweg ermöglicht haben als den, den sie selbst gegangen sind. Dabei hatten sie ja keine schlechte Kindheit und Jugend, es mangelte ihnen an nichts. Und wenn es um Geschichten von früher, ums Essen, um die Sprache Urdu oder um ihre Kindheitserinnerungen geht, haben sie uns viel mitgegeben.

Ich frage meine Eltern selbst: „Kanntet ihr euch wirklich überhaupt nicht, bevor ihr geheiratet habt?"
„Doch, wir haben uns ein paar Mal vor der Hochzeit getroffen. Aber kennen wäre zu viel gesagt, wir haben uns nur kurz gesehen." Meine Mutter denkt nach und versucht sich zu erinnern. „Wer weiß, ob ich ihn überhaupt geheiratet hätte, wenn ich ihn besser gekannt hätte", sagt sie und lacht.
Für das Zusammenkommen hatten die Geschwister meiner Eltern gesorgt. Safia, die Schwester meines Vaters, war eine Kollegin von Suraiya, der Schwester meiner Mutter, sowie deren Mann. Sie alle arbeiteten bei Radio Pakistan.
Welche Seite nun im Sommer 1973 den ersten Schritt machte, darüber gehen die Erzählungen in der Verwandtschaft auseinander. Fest steht jedenfalls: Es kam zu zwei, drei sorgfältig vorbereiteten Treffen, bei denen, wie es sich gehört, auch die Geschwister dabei waren.
„Wie war das?", frage ich meine Eltern.

„Ach, na ja, er gefiel mir ganz gut", ist alles, was meine Mutter verrät.

„Ja, sie gefiel mir ganz gut", sagt auch mein Vater.

Das ist alles, was ich zu diesem Thema aus ihnen herausbekomme. „Drum prüfe, wer sich ewig bindet, ob das Herz zum Herzen findet", schrieb Friedrich Schiller in seinem Gedicht „Die Glocke" – in manchen Kulturen müssen eben wenige Treffen ausreichen, um zu prüfen, wie es um die Herzen steht. Mindestens genauso wichtig wie die Frage, ob die beiden jungen Leute zueinander passten, war: Passten die Familien zusammen? Da beide Familien ihre Wurzeln im Norden Indiens hatten, beide schiitischen Glaubens waren, beide Wert auf ihre gute Herkunft und auf Bildung legten – was sollte da noch schief gehen?

In Südasien heiratet man immer unter seinesgleichen. Der soziale Status sollte dem der eigenen Familie entsprechen. Die regionale Herkunft spielt auch eine Rolle: Ein Mann, der in Karatschi lebt, dessen Familie aber ursprünglich aus Nordindien stammt, wird mit großer Wahrscheinlichkeit mit einer Frau zusammengebracht, deren Familie ebenfalls aus Nordindien ausgewandert ist – am besten aus demselben Dorf, was aber nur in den seltensten Fällen klappt.

Ein Seemann also, der auf einem deutschen Schiff fährt: Deutschland, Europa, wieso eigentlich nicht?, dachte sich meine Mutter. „Es gab ja immer noch die Möglichkeit, später nach England oder in die USA umzuziehen, wenn es mir in Deutschland nicht gefiel. Eigentlich war das sowieso mein Ziel, für mich war Deutschland nur als Übergangsstation geplant." Bislang hatte sie keinen Schritt aus ihrer Geburtsstadt heraus gemacht, und nun stand ihr, sollte sie sich für diesen

Mann entscheiden, Deutschland offen. „In den amerikanischen Spielfilmen waren die Deutschen damals immer die Bösen, wie später die Russen, aber ich hatte trotzdem keine schlechte Meinung von ihnen“, sagt sie. Sie überlegt kurz und fügt hinzu: „Eigentlich hatte ich gar keine Meinung.“

Schwerer wog die Tatsache, dass der Mann zur See fuhr. Sie musste sich also darauf einstellen, künftig immer wieder monatelang allein zu sein, während ihr Mann in der Welt unterwegs war. Noch dazu in Deutschland, wo sie niemanden kannte, wo die Kultur so fremd war? „Mir machte dieser Gedanke keine Angst. Vielleicht war das naiv, aber ich habe mir wirklich keine Sorgen gemacht.“

In der Familie meiner Mutter gibt es noch eine andere Version der Geschichte vom Zusammenkommen meiner Eltern: Demnach traf mein Vater meine Mutter schon Anfang 1973 während eines Urlaubs, ließ dann aber über ein Jahr lang nichts von sich hören. Er wartete ab – ohne die Zustimmung seiner Familie wollte er nicht heiraten. Seine Schwestern prüften, ob sich nicht doch eine andere Frau für ihren Bruder fand. Sie waren sehr, sehr kritisch – und für ihren kleinen Bruder war keine Frau gut genug.

Manche in der Familie meiner Mutter tragen den Schwestern meines Vaters heute noch ihre Zurückhaltung nach.

„Das war nicht sehr nett“, sagen sie.

Meine Mutter war ärgerlich darüber, so lange nichts zu hören, – und schrieb ihn in Gedanken ab; sie ahnte nicht, dass er sich eigentlich längst für sie entschieden hatte und nur die Schwestern noch zögerten.

Eines Tages räumte eine Schwester meiner Mutter Altpapier weg, da flog aus dem Stapel Zeitungen ein Foto meines

Mein Vater in Marineuniform – mit diesem Foto warb er um meine Mutter

Vaters heraus: ein junger Mann in Marineuniform.
„Das ist deins“, sagte die Schwester und gab meiner Mutter das Bild, das beim ersten formellen Treffen überreicht worden war.
„Was soll ich damit? Ich will das nicht!“, antwortete meine Mutter verärgert und warf es weg.
Schon wurde das Bild durch die Hände der Geschwister gereicht, die, durch die barsche Reaktion neugierig geworden, alle einen Blick auf das Foto werfen wollten.
Am Ende landete es mit den Zeitungen im Müll.

Zufälligerweise meldete sich mein Vater ein paar Tage danach bei meiner Mutter, um sie erneut um ein Treffen zu bitten. Meine Mutter zögerte, stimmte dann aber doch zu. Dieser Geschichte zufolge kam es erst sehr lange nach dem ersten Treffen zu einem offiziellen Heiratsantrag.
Wie auch immer es sich zugetragen hat, – beide Seiten erklärten sich einverstanden. Erst jetzt informierten die Geschwister von Nasreen und Hasan jeweils ihre Eltern. An den Eltern meines Vaters lag es nun, den nächsten Schritt zu machen: Telefonisch baten Kazim Ali Khan und Afsar Begum um einen Termin bei den Eltern meiner Mutter.
Am Tag der Verabredung kam Manzoor Ali Naqvi absichtlich zu spät von der Arbeit zurück. Er blieb einfach im Büro. Was fiel seiner Tochter nur ein? Warum musste sie unbedingt heira-

ten? Nun saßen da die Eltern irgendeines Burschen in seinem Wohnzimmer und hielten um die Hand seiner Tochter an!
Qamar Jehan war ärgerlich. Wo blieb er nur? Er wusste doch, dass er pünktlich zu Hause sein sollte. Meine Mutter bekam von all dem nichts mit – sie saß oben mit ihren Schwestern in ihrem Zimmer und wartete darauf, dass die Sache irgendwann vorbei war.
Erst spät, als es schon dunkel war, wagte Manzoor Ali Naqvi sich nach Hause, in der Hoffnung, dass die Eltern des Jungen wieder verschwunden wären. Er schlich um das Haus herum, ging in den Garten und schaute durchs Fenster ins Wohnzimmer – da saßen sie immer noch, ein älterer Herr mit seiner Frau. Aber wer war denn das? Kannte er den Mann nicht? Er betrat das Haus zur Verwunderung seiner Frau und der Gäste durch den Terrasseneingang.
„Kazim Ali Khan? Was machen Sie denn hier?"
Mein Großvater, der nervös auf dem Sofa dieser fremden Leute saß, war verblüfft. „Ach, Manzoor Ali Naqvi, was für eine Überraschung! Ich wusste gar nicht, dass wir bei Ihnen zu Besuch sind!"
Die beiden kannten sich tatsächlich – schließlich standen beide im Dienst der Stadt Karatschi und man war sich bei der einen oder anderen Gelegenheit schon begegnet. In beiden Familien waren die Namen der Eltern zwar genannt worden, doch keinem war bewusst geworden, dass man sich flüchtig kannte.
Gemeinsam verbrachten sie noch einige Stunden im Wohnzimmer und sprachen über ihre Kinder. Manzoor Ali Naqvi entschuldigte sich für sein Zuspätkommen und verwies auf die Arbeit, die noch hatte erledigt werden müssen.

„Was meinst du?“, fragte Qamar Jehan am späten Abend ihren Mann, als die Eltern meines Vaters nach Hause gefahren waren. „Was soll ich schon sagen?“, antwortete Manzoor Ali Naqvi mürrisch. „Ihr habt euch doch längst ohne mich entschieden.“ So stimmte auch er der Hochzeit meiner Eltern zu.

Es wurde ein wunderschönes Fest. Die Familien des Paares waren äußerst großzügig bei der Finanzierung der Hochzeit. Eine der Feiern bezahlte mein Vater selbst, denn das Geld, das er bisher als Seemann verdient hatte, hatte er größtenteils zurückgelegt. Während der langen Reisen blieb keine Zeit etwas auszugeben.

Mein Vater hatte mehrere Wochen Urlaub genommen, um Anfang Januar, rechtzeitig zu den Feierlichkeiten, zu Hause bei seinen Eltern zu sein. Viel zu tun gab es für ihn ohnehin nicht – die Hochzeitsvorbereitungen trafen die Eltern und Geschwister des Paares.

Vier Tage lang wurde im Januar 1974 in Karatschi gefeiert: Zu Beginn fand sich die große Verwandtschaft aus der ganzen Welt ein, das künftige Ehepaar und die Gäste kleideten sich traditionell in Gelb.

Am Tag darauf wurde im Haus der Brauteltern *Mehndi* gefeiert. Die Hände und Arme der Braut wurden kunstvoll mit Henna verziert. Die Farbpaste musste mindestens eine Stunde einwirken, damit das Muster auch wirklich ein paar Tage hielt, danach durfte meine Mutter die überschüssige Farbe abreiben. Auch viele der weiblichen Gäste schmückten ihre Hände mit Henna.

Der Bräutigam kam mit seiner Verwandtschaft zur Braut, Afsar Begum beschenkte ihre künftige Schwiegertochter mit Gold

und schwerem Schmuck als Zeichen dafür, dass sie nun als neues Familienmitglied, als Tochter akzeptiert war.
„Ich habe den Schmuck nur zu meiner Hochzeit angelegt, danach nie wieder. Aber ich habe ihn natürlich noch", sagt meine Mutter und zeigt mir prächtige Ketten, Armbänder und Ringe, die sie üblicherweise in einem Bankschließfach aufbewahrt. Seit sie in Deutschland lebt, gibt es kaum Gelegenheit, solch pompösen Schmuck zu tragen. Einige Stücke hat sie meiner Schwester zu deren Hochzeit geschenkt.
An Mehndi mussten meine Eltern einiges erdulden: Zu speziellen Liedern tanzten die Gäste der Reihe nach um das Brautpaar herum, steckten ihm Geld zu und fütterten Braut und Bräutigam mit Süßigkeiten, Keksen und Kuchen. Manche Gäste bewarfen das Paar regelrecht mit Geld und Süßigkeiten. Ich glaube, Mehndi ist ein Fest, bei dem die Gäste mehr Spaß haben als Braut und Bräutigam.
Am dritten Tag folgte die eigentliche Hochzeit, *Shaadi*, zu der traditionsgemäß die Brauteltern einladen. Manzoor Ali Naqvi und Qamar Jehan ließen Einladungskarten drucken und verschickten Hunderte davon, in weiß und rosé gehaltene Doppelkarten mit Goldrand und in roter Schrift mit *Wedding* beschriftet. Der Text ist, wie zu solchen Anlässen üblich, sehr förmlich gehalten: „Frau und Herr Manzoor Ali Naqvi würden sich über Ihre Gesellschaft bei der Hochzeit ihrer Tochter Nasreen mit Hassan Kazim, Sohn von Frau und Herrn Kazim Ali Khan, freuen." Den Namen meines Vaters schrieben sie falsch: mit doppeltem S anstatt mit einem.
Meine Eltern heirateten nach muslimischem Ritual – *Nikah* genannt. Sie ersparten sich einen Besuch in einer Moschee, die Zeremonie fand im Hotel *Intercontinental* in Karatschi mit

rund dreihundert Gästen statt. Die Geistlichen kamen ins Hotel und ließen meine Eltern, die noch in getrennten Räumen saßen, den amtlichen Ehevertrag unterschreiben und fragten sie unter Zeugen, ob sie in die Ehe einwilligten. In dem Vertrag wurde auch festgelegt, welche Summe mein Vater meiner Mutter im Falle einer Scheidung zahlen muss.

In dem Koffer, in dem meine Mutter ihre Schulzeugnisse aufbewahrt, liegt auch dieser Ehevertrag, ein Dokument in Heftform, das in Urdu verfasst ist und daher von rechts nach links gelesen wird, geblättert wird von hinten nach vorne. Das Deckblatt ist mit bunten Blumen bedruckt. Es existiert außerdem eine beglaubigte Übersetzung dieses Dokuments, die im Oktober 1974 in Oldenburg angefertigt wurde, damit meine Eltern gegenüber den deutschen Behörden ihre Heirat nachweisen konnten.

Der „Heiratsvertrag“, wie er betitelt ist, liest sich durchaus amüsant. Von beiden Partnern sind die Namen (auch hier ist der Vorname meines Vaters durchgängig falsch geschrieben, diesmal „Hason“), Berufe (bei meinem Vater steht „Militärdienst“, obwohl er nie beim Militär war, bei meiner Mutter steht „Hausfrau“), Religion („Shia“), Anschrift sowie Vormund (jeweils der Vater) angegeben. Bei meinem Vater steht außerdem: „Haben Sie noch eine andere Frau: nein“, bei meiner Mutter: „Noch nicht verheiratet gewesen oder Witwe“.

Eine „Mitgift“ ist auf „Rs. 25.000–, in Worten: nur fünfundzwanzigtausend Rs.“ festgelegt, wobei das Wort falsch übersetzt ist: Es handelt sich nicht um die Summe, die einer der Partner in die Ehe einbringen muss, also um die eigentliche Mitgift, sondern um jenen Betrag, den mein Vater meiner Mutter zahlen muss, wenn er sich von ihr trennt.

Meine Mutter merkt spitz an, dass ihre Schwester Suraiya, die ein paar Jahre vor ihr geheiratet hatte, einhunderttausend Rupien in ihrem Vertrag stehen hat.

„Da bin ich gut weggekommen, was?", sagt mein Vater amüsiert und lacht.

Damals war die pakistanische Rupie noch viel wert, die festgelegte Summe, die mein Vater hätte zahlen müssen, entsprach mehr als sechstausend Mark. Heute sind fünfundzwanzigtausend Rupien nur noch etwa zweihundertfünfzig Euro wert. Nach pakistanischem Recht könnte er sich für diesen Betrag scheiden lassen. Weitere Ansprüche hätte meine Mutter nicht – keine Unterhaltszahlungen, nichts.

Die eigentliche Mitgift, die meine Mutter in die Ehe einbrachte, bestand aus ein paar Möbeln. „Die Mitgift liegt ganz im Ermessen der Brauteltern", sagt sie mir. Suraiya, die so etwas wie die Verhandlungsführerin meiner Mutter war, versprach der Familie meines Vaters, man würde exklusive Möbel von einem der besten Tischler in Karatschi anfertigen lassen. Aber dann wurde Suraiya klar, dass diese Investition ja gar nicht nötig war – das Paar würde sowieso bald ins Ausland gehen und sicher keine Möbel mitnehmen. Wozu also teure Stücke als Mitgift?

Sie bestellte im Auftrag ihrer Eltern günstigere Sachen, ohne die Änderung der Abmachung der Familie meines Vaters mitzuteilen. Eine Schwester meines Vaters soll das später kritisch angemerkt haben.

Meine Mutter erinnert sich, dass sie ihren Mann an diesem Tag erst nach dem Unterzeichnen des Ehevertrags sehen durfte. „Wir wurden jeweils von unseren Familien in den Festsaal geführt und durften dort auf einer Bühne nebeneinander Platz nehmen." Das Paar wurde mit Jubel und Gesang begrüßt.

Doch viel zu sehen gab es für die beiden nicht: Das Gesicht meines Vaters war von einem Vorhang aus Rosen verdeckt,

Hochzeitsfoto meiner Eltern

meine Mutter hatte, wie es sich für eine Braut gehört, den Schleier ihres roten Saris tief ins Gesicht gezogen. Sie blickte ohnehin die ganze Zeit etwas verschämt nach unten. Nur aus den Augenwinkeln konnte sie hier und da einen Blick auf ihren Mann und auf die Festgesellschaft werfen. Meinem Vater in seinem *Sherwani*, einem Anzug aus knielanger Jacke und enger Hose, war es immerhin vergönnt, im Laufe des Abends den Rosenvorhang abzunehmen.

Auch am Tage der Hochzeit herrschten chaotische Verhältnisse in Karatschi. Wie so oft war es zu Gewalt zwischen Sunniten und Schiiten gekommen. „Als wir zum Hotel fuhren, sahen wir, wie ein Tanklastzug in Brand gesetzt wurde und explodierte“, erinnert sich Tante Safia. „Benzin war ausgelaufen, und es brannte auf der ganzen Straße. Wir mussten den Flammen ausweichen und sind so schnell wie möglich zum Hotel gerast." Manche Gäste waren daher alles andere als entspannt zur Hochzeit erschienen. Andererseits: Sie kannten das Leben in dieser Stadt, wussten, dass Gewalt, Verbrechen, Naturkatastrophen, Stromausfälle und Wassermangel zum Alltag gehörten. Wozu sich über Explosionen aufregen, wo doch so köstliches Essen aufgetragen wurde?

Meine Eltern bekamen von der Aufregung in den Straßen nichts mit, sie waren mit ihrer eigenen Aufregung beschäftigt. In den Gesichtsausdruck meiner Mutter mischte sich, wie auf den Fotos verewigt, Trauer: darüber, dass sie mit der Hochzeit ihre Familie verließ und von nun an zu der ihres Mannes gehörte.
Eine wohl noch tiefere Traurigkeit erfasste Manzoor Ali Naqvi: Von nun an hatte er keinen Einfluss mehr auf das Leben seiner Tochter. Fortan schrieb meine Mutter in Formularen im obligatorischen Feld „Vater oder Ehemann" – dieses Feld füllen Frauen in pakistanischen und indischen Formularen bis heute aus – einen anderen Namen als bisher, nämlich den ihres Mannes. Und sie selbst legte mit der Hochzeit ihren Familiennamen ab: Von nun an hieß sie nicht mehr Nasreen Manzoor Ali, sondern Nasreen Kazim.
Nach dem Essen, nach Tanz und Gesang, folgte am späten Abend die *Rukhsati*-Prozedur: Erstmals verlässt das Paar, nun offiziell verheiratet, gemeinsam eine Feier. Rukhsati symbolisiert den Auszug aus dem Elternhaus und den Einzug der Braut ins Haus ihres Mannes oder ihrer Schwiegereltern. Der Hochzeitsdramaturgie zufolge dürfen Braut, Brauteltern und Freundinnen der Braut an dieser Stelle Tränen vergießen.

Manche Paare ziehen nach der Hochzeit in ein eigenes Haus oder in eine eigene Wohnung. Sie müssen es sich allerdings leisten können, finanziell, aber auch sozial, denn nicht alle Familien tolerieren einen Auszug. Üblich ist immer noch das Zusammenleben in der Großfamilie, mit drei oder gar vier Generationen unter einem Dach. Und immer zieht die Frau zur Familie des Mannes – niemals umgekehrt.

Gelegentlich feiern Paare Rukhsati erst ein paar Tage oder gar Wochen nach der Heirat, wenn beispielsweise die neue gemeinsame Wohnung noch nicht bezugsfertig ist oder der Ehemann so weit weg wohnt, dass für den Umzug noch einiges vorzubereiten ist. Für meine Eltern stand das Haus von Kazim Ali Khan und Afsar Begum offen – allerdings nicht mehr das Chattar Manzil. Das hatte mein Großvater Mitte der sechziger Jahre, als mein Vater längst zur See fuhr, verkaufen müssen, um die Schulden aus seinem aristokratischen Lebenswandel zu tilgen, sehr zum Ärger von Afsar Begum. Was von dem durchaus üppigen Verkaufserlös übrig blieb, investierte er in ein paar kleine Wohnungen, eine davon bezog die Familie selbst.

Erst Anfang der siebziger Jahre ging es bei Kazim Ali Khan finanziell wieder aufwärts, er hatte inzwischen ein Alter erreicht, in dem er weise geworden war und einen verschwenderischen Lebensstil für unsinnig hielt. Ein paar Autominuten vom Chattar Manzil entfernt kaufte er ein Grundstück und baute ein zweistöckiges großes Haus – es ist das Haus meiner Großeltern, das ich kenne.

Hier sollte meine Mutter wohnen, bis mein Vater die Formalitäten für ihre Einreise nach Deutschland erledigt und das Flugticket besorgt hätte. Bis zum Umzug nach Deutschland würde mein Vater allerdings die meiste Zeit auf dem Schiff verbringen, Anfang März endete sein Urlaub. Meine Mutter musste sich darauf einstellen, einige Monate ohne ihren Mann in einer neuen Familie zu leben.

Meine Eltern feierten eine eher moderne Form von Rukhsati. Sie verließen die Festgesellschaft nicht in Richtung Elternhaus meines Vaters, sondern hatten sich eine Hochzeitssuite im Hotel gemietet.

Eine Feier stand jetzt noch aus: *Valima*, die von den Eltern des Bräutigams organisierte Begrüßung der Braut im Hause ihrer neuen Familie. Kazim Ali Khan und Afsar Begum hatten die Gästeliste zusammengestellt und waren auf etwa siebenhundert Namen gekommen. Sie sahen keine Chance, diesen Andrang in ihrem neuen Haus zu bewältigen, und luden deshalb ebenfalls ins Hotel Intercontinental ein. Auch sie verschickten Hunderte Karten, grüne Klappkarten mit goldenem Muster und goldener Wedding-Aufschrift. Diesmal freuten sich „Frau und Herr Kazim Ali Khan über die Gesellschaft von", und hier ist der Name des Eingeladenen handschriftlich eingetragen, „bei der Hochzeitszeremonie ihres Sohnes Hasan Kazim mit Nasreen, Tochter von Manzur Ali". In dieser Einladung ist der Name des Brautvaters falsch geschrieben.

Daraus ließe sich nun die Geschichte konstruieren von zwei Familien, die sich nicht mögen und nicht einmal gegenseitig ihre Namen richtig schreiben können oder wollen, – aber es wäre eine erfundene Geschichte. Wahrscheinlich hatte die Sache damals keine Bedeutung: Wen interessiert die Schreibweise eines Namens, wenn selbst das Geburtsdatum eines Menschen egal ist? Die Fehler mögen von der Übertragung aus der arabischen in die lateinische Schrift herrühren. Vielleicht war es auch einfach nur südasiatische Ungenauigkeit. Jedenfalls haben die Eltern des Hochzeitspaares einander die falsch geschriebenen Namen nicht verübelt. Ich kann mir sogar vorstellen, dass sie ihnen nicht einmal aufgefallen sind.

Drei Tage nach der Hochzeit traf sich die Festgesellschaft also zu Valima am gleichen Ort wieder. Und wieder gab es Essen, Tanz, Gesang. „An Valima wird Essen und Geld an Bettler verteilt", erzählt meine Mutter. „An diesem Tag sollen sie an der Freude des Hochzeitspaares teilhaben."

Es waren schöne, aber anstrengende Tage. Alkohol floss keiner oder jedenfalls nicht öffentlich. Der eine oder andere mag an der Hotelbar vielleicht doch einen Whiskey getrunken haben.

Meine Mutter packte ein paar Tage nach der Hochzeit einen großen Koffer und zog von einem Ende Karatschis zum anderen. Von nun an lebte sie bei ihren Schwiegereltern. Sie nahm sich gleichwohl die Freiheit zu tun und zu lassen, was sie wollte – und so verbrachte sie zwischendurch einige Tage bei ihren Eltern. Mein Vater packte ebenfalls wieder seinen Koffer: Am 9. März 1974 verließ er an Bord der Steinfels Karatschi.

Da saß meine Mutter nun, verheiratet zwar, aber doch allein, bei dieser immer noch fremden Familie. Ihre Schwiegereltern, Schwägerinnen und Schwäger waren fürsorglich und freundlich, mischten sich aber auch erwartungsgemäß in ihr Leben ein: Was trägst du da für Kleidung? Ist es dafür nicht zu kalt? Du isst zu wenig! Warum willst du unbedingt ins Ausland? Weshalb bleibst du nicht lieber hier? Die Schwiegerfamilie unterschied sich von ihrer eigenen vor allem darin, dass sie in religiösen Dingen konservativer war. Die Besuche bei ihren eigenen Eltern sahen ihre angeheirateten Angehörigen nicht gern.

Es gehörte sich nicht, die neue Familie allein zu lassen. Doch meiner Mutter war das egal.
Ein Gedanke allerdings heiterte sie auf: Bald schon würde sie ihren Mann wiedersehen. Mein Vater hatte ihr versprochen, dass sie ihn auf dem Schiff begleiten könnte, sobald die Erlaubnis der Reederei vorläge. Die ersehnte Nachricht kam schnell: Im Mai würde das Schiff in Dubai festmachen, dorthin könnte sie reisen und dann ein paar Wochen an Bord bleiben. Dubai! Das erste Mal in ihrem Leben würde sie Karatschi verlassen.
Die Zeit bis Mai verging rasch, ständig besuchten sie Freundinnen, die mit ihr über die Hochzeit und über ihre Zukunft reden wollten, sie gingen ins Kino und genossen das Leben. Meine Mutter lernte einige Verwandte meines Vaters besser kennen und unternahm viel mit seinen Schwestern und Cousinen.
Und dann war der ersehnte Tag endlich da: Sie saß zum ersten Mal in ihrem Leben in einem Flugzeug, auf dem Weg von Karatschi nach Dubai. Ein Agent der Hansa-Reederei holte sie am Flughafen ab und brachte sie in ein Hotel – die Steinfels hatte noch keinen Liegeplatz zugeteilt bekommen und musste vier Tage vor der Küste ankern. So wartete meine Mutter nun allein weit weg von ihrer Heimat auf ein Schiff, das für die kommenden Wochen ihr Zuhause sein sollte.
Was für ein Schritt: Da reist eine Frau, die ihr Leben lang in Karatschi bei ihrer Familie gelebt hat, zu ihrem Ehemann, den sie kaum kennt, und begibt sich in die Welt der Seeleute, die ihr komplett fremd ist.
Sie begegnete erstmals Deutschen, hörte ihre merkwürdige Sprache, probierte deren Essen. Mein Vater war der Vierte Offizier, ab dem Dritten Offizier aufwärts waren alle

Deutsche. Insgesamt siebenundvierzig Männer arbeiteten auf dem Schiff. Heute fahren selbst die größten Frachtschiffe nur noch mit durchschnittlich fünfzehnköpfiger Besatzung. Siebenundvierzig Männer – und meine schöne Mutter, zweiundzwanzig Jahre alt.

Die meisten Crewmitglieder waren Pakistaner, sodass meine Mutter, wann immer sie das Bedürfnis nach Heimat, nach einem Plausch auf Urdu hatte, mit ihnen reden konnte. „Möchten Sie gerne pakistanisches Essen, *Baji*?", fragte sie einer der Pakistaner, und meine Mutter war froh, vom Steward ab und zu *Biriyani* – duftenden Bratreis – auf ihre Kajüte gebracht zu bekommen und dem deutschen Essen in der Offiziersmesse zu entgehen. Wie mein Vater hatte auch sie ihre erste Begegnung mit Schweinefleisch auf einem Schiff, hielt sich aber mit dem Probieren zurück. Alkohol schmeckt ihr bis heute nicht.

„Komm, wir bringen dir Deutsch bei", schlugen ihr irgendwann der Schiffsingenieur Uwe Teerling und ein Steward namens Wolfgang vor. Beide sprachen gut Englisch und unterhielten sich daher häufig mit ihr. „Uwe und Wolfgang – das waren für mich sehr merkwürdige Namen", sagt meine Mutter. „Wolfgang klang so fremd, und bei Uwe wusste ich nicht einmal, wie man das buchstabieren sollte." Als sie die Namen zum ersten Mal geschrieben sah, las sie: „Wulfgäng" und „Iuw".

Wie zu erwarten, lernte meine Mutter von den Männern vor allem Schimpfwörter und derbe Seemannssprüche. „Alles Scheiße" ist ein Ausdruck, der ihr aus dieser Zeit an Bord der Steinfels in Erinnerung geblieben ist. Sie sah in einer Zeitschrift das Wort „etwas" und hielt es für die deutsche Version von *it was*, also „es war". „Quatsch", sagten ihre bordeigenen Deutschlehrer – und widmeten sich lieber wieder den

Schimpfwörtern. Es sollte noch einige Jahre dauern, bis meine Mutter den ersten richtigen Deutschunterricht bekam.
Mein Vater musste häufig nachts Wache gehen, und meine Mutter begleitete ihn auf die Brücke. „Das war eine schöne Zeit, oft waren der Kapitän und ein weiterer Offizier dort und unterhielten sich mit uns. Sie erzählten mir einiges von Deutschland. Zwischendurch kam immer wieder ein Steward vorbei und brachte belegte Brötchen, Tee und Kaffee."
Die Steinfels lief in dieser Zeit irakische, iranische und kuwaitische Häfen an und blieb jeweils für einige Tage. Damals wurden die Liegezeiten noch in Tagen gerechnet, nicht in Stunden wie heute, wo Seeleute kaum noch die Chance auf einen Landgang haben. Es blieb also genügend Zeit, die Gegenden jenseits der Häfen zu erkunden.
Irak, Iran, Kuwait waren Mitte der siebziger Jahre äußerst attraktive Reiseziele, mit wunderschönen Märkten und Basaren, auf denen es noch buntere Stoffe, noch üppigeren Schmuck, noch süßere Früchte zu kaufen gab als in Pakistan. Iran hatte die islamische Revolution noch nicht erlebt, der Schah von Persien regierte und Irak und Iran führten noch keinen Krieg gegeneinander. Meine Mutter genoss ihren ersten Ausflug in die weite Welt. An Bord feierte sie im Juni ihren dreiundzwanzigsten Geburtstag, die Besatzung schenkte ihr eine große Dose englischer Pralinen: *Quality Street*, ihre Lieblingsmischung. Hatte sie Heimweh? „Nein."
Am meisten erstaunte meine Mutter die Mode in Kuwait. „Die Frauen trugen extrem kurze Miniröcke, es waren eben die Siebziger." Dort gefielen den Besatzungsmitgliedern die Ausflüge an Land besonders gut. „Einmal gingen sie in eine Parfümerie, wo die Verkäuferinnen alle Miniröcke trugen." Die

Flakons, erinnert sie sich, waren in einem Regal bis zur Decke aufgereiht. Die Männer ließen sich mit Vergnügen die Parfüms aus den obersten Regalen zeigen. Mein Vater traute sich solche Späße natürlich nicht, was sollte seine gerade angetraute Ehefrau von ihm denken?

Auch Irak und Iran waren moderne Gesellschaften, die Menschen lebten ein freies Leben, machten einen glücklichen Eindruck. Wann immer meine Eltern von dieser Zeit erzählen, habe ich das Gefühl, sie reden von zwei ganz anderen Ländern als jenen, die ich unter den Namen Irak und Iran kenne. Diese Länder sind Beispiele dafür, was die unheilvolle Kombination von schlechten Politikern, religiösen Fanatikern und Weltmachtinteressen anrichten kann.

Mit der Zeit sah man meiner Mutter an, dass sie schwanger war. Im Juli 1974 bat sie der Kapitän, das Schiff möglichst bald zu verlassen. Sie brauchte medizinische Versorgung und er könnte nicht die Verantwortung für eine schwangere Frau an Bord übernehmen. Meine Mutter hatte nach drei Monaten ohnehin genug vom Leben auf See. Sie verabschiedete sich noch im Juli, als die Steinfels in Karatschi einlief. „An meinem letzten Tag an Bord gab es eine Grillparty. Der Kapitän hatte Schüler der Deutschen Schule zu einem Empfang eingeladen, lauter Zehnjährige tobten auf dem Schiff herum."

Es sind Erinnerungen an längst vergangene Zeiten. Die Steinfels ist verschrottet, die Deutsche Dampfschifffahrtsgesellschaft Hansa bankrott und auch die Deutsche Schule in Karatschi gibt es seit 2001 nicht mehr.

Kürzlich habe ich den Schiffsingenieur Uwe Teerling ausfindig gemacht. „Ich glaub es ja nicht!", sagte er am Telefon, als er erfuhr, dass ich der Sohn seines alten Kollegen Hasan

Kazim wäre, derjenige, mit dem meine Mutter damals an Bord schwanger war. „Und ich dachte, ihr wärt längst nicht mehr in Deutschland. Habt ja bald dreißig Jahre nichts von euch hören lassen."

Er war es, der meiner Mutter die Pläne, sofort nach London zu ziehen, ausgeredet hatte. Sie wollte unbedingt nach England, weil dort der Halbbruder meines Vaters mit seiner Familie lebte, außerdem hatte einer ihrer Brüder am *King's College* in London studiert und ihr von der Stadt vorgeschwärmt. Allerdings verlangten die Briten von Pakistanern ein Visum. Nach Deutschland konnte man 1974 dagegen noch ohne Visum fliegen, man bekam es direkt bei der Einreise, gültig für drei Monate. „Siehst du, das ist viel einfacher, außerdem ist dein Mann doch viel öfter in Deutschland als in England", überzeugte sie Teerling damals. „Meine Frau Heidi kann dir eine Wohnung in Delmenhorst besorgen."

Delmenhorst. Ein komischer Name für einen Ort, dachte meine Mutter.

Sie verabschiedete sich in Karatschi von meinem Vater, und er versprach, dass sie sich bald wiedersehen würden – wo auch immer. Dann legte die Steinfels ab.

Was nun? Meine Mutter verbrachte ihre Tage wieder bei ihren Schwiegereltern, besuchte zwischendurch ihre eigene Familie und machte nun konkrete Pläne für einen Umzug nach Deutschland.

Afsar Begum versuchte, sie davon abzubringen. „Warum um Himmels willen willst du ausgerechnet jetzt Pakistan verlassen? Du bist schwanger, was willst du allein mit deinem ersten Kind in einem Land, wo du keinen Menschen kennst? Du hast keine Erfahrungen als Mutter, niemanden, der dir dort helfen kann, was soll das also?“ Ihre Einwände klingen für mich nachvollziehbar und vernünftig. Meine Mutter, habe ich das Gefühl, wundert sich heute selbst ein bisschen über ihre Starrköpfigkeit – und ihren Mut. Aber damals wollte sie partout nicht auf ihre Schwiegermutter hören. Afsar Begum wandte sich an Suraiya. Sie hatte auf den Hochzeitsfeiern bemerkt, dass meine Mutter und ihre älteste Schwester ein sehr enges Verhältnis zueinander hatten, und hoffte, dass meine Mutter auf sie hören würde. Suraiya rief an und erfuhr, dass meine Mutter endlich weg wollte, ins Ausland, Richtung Westen, dass es ihr in Karatschi nicht mehr gefiele und sie es dort nicht mehr aushielte. Suraiya überlegte und gab ihr schließlich einen Rat: „Wenn es so ist, wie du sagst, dann sieh zu, dass du deine Sachen packst und so schnell wie möglich wegkommst.“ Es war genau der Rat, den Afsar Begum sich nicht erhofft hatte. Suraiya, selbst mit dem Plan beschäftigt, nach Texas auszuwandern, war davon überzeugt, dass man sein Glück selbst in die Hand nehmen und, wenn nötig, dazu um die halbe Welt ziehen müsste.

Was, wenn meine Mutter auf Afsar Begum gehört hätte? Dann wäre ich in Karatschi geboren worden. Dann hätten die Verwandten nach ein paar Monaten höchstwahrscheinlich gesagt: Das Kind ist noch so klein, warum willst du jetzt weg? Warte noch ein bisschen. Später: Jetzt hat das Kind seine Freunde hier in Karatschi, weshalb willst du es aus seinem Umfeld herausreißen? Wäre meine Mutter jemals ins Ausland gegangen, wenn nicht damals? So sehr ich Afsar Begums Einreden auf meine Mutter heute verstehe – wahrscheinlich hätte ich genauso argumentiert –, glaube ich, dass manchmal unvernünftige Entscheidungen nötig sind, um Lebensziele zu erreichen und glücklich zu werden.

Schließlich willigte die Schwiegerfamilie doch in den Umzug ein. Mein Vater hatte den Entschluss gefasst, sein Kapitänspatent anzugehen und dazu eine Seefahrtschule in Deutschland zu besuchen. Er würde also für längere Zeit nicht mehr zur See fahren und bei meiner Mutter bleiben.

Meine Mutter informierte meinen Vater über ihren Entschluss, Pakistan so schnell wie möglich zu verlassen. Der meinte, sie sollte besser erst Mitte September kommen, wenn er Urlaub hätte. Sie träumte sich nach Delmenhorst, ihren künftigen Wohnort, von dem sie so gut wie nichts wusste.

Doch es kam alles ganz anders.

Khudahafiz Pakistan, guten Tag Deutschland

Es war eisig, als Nasreen Kazim in Frankfurt landete, zu kalt für die Schlaghose und die dünne Bluse über dem inzwischen gewaltigen Schwangerschaftsbauch. Tagelang hatte sie sich den Kopf darüber zerbrochen, was sie für ein Leben in Deutschland brauchte und was davon alles in einen Koffer passte – und dabei ganz außer Acht gelassen, dass ein deutscher Septembertag nicht vergleichbar war mit einem pakistanischen Herbsttag. Die wenigen warmen Kleidungsstücke, die sie besaß, waren im Koffer.

Die Eltern und Geschwister meines Vaters hatten aufgegeben, meine Mutter vom Bleiben in Karatschi zu überzeugen, als sie ihnen ihr Flugticket präsentierte: Karatschi-Frankfurt-Bremen mit dem Reisedatum 22. September 1974. Die Verwandten halfen ihr resigniert bei den Vorbereitungen. Allen war klar, dass weitere Überredungsversuche nichts nützen würden. Die Sehnsucht nach ihrem Mann, ihr Wille, Pakistan Richtung Westen zu verlassen, ihre Abenteuerlust hatten gesiegt.

Meine Mutter hatte Zähigkeit bewiesen, über die sich manch Angehöriger geärgert haben mag. Aber diese Eigenschaft sollte ihr später helfen, in Deutschland zu bleiben.

Von ihren Eltern hatte sich meine Mutter einige Tage vor ihrer Abreise verabschiedet. Zum Flughafen begleitete sie ihre gesamte Schwiegerfamilie und einige ihrer Schwestern. Es wurde ein langer Aufenthalt, denn die Lufthansa-Maschine, die aus Bangkok kommen sollte, hatte Verspätung – am Ende einen vollen Tag. Aber keiner ärgerte sich darüber, schließlich zögerte sich so der Abschied, ein Abschied für Jahre, ein wenig hinaus. „Wir unterhielten uns über alles Mögliche, nur nicht darüber, dass ich jetzt für lange Zeit wegging“, erinnert sich meine Mutter an die Stunden auf dem Flughafen. Wann würden sie sich wieder gegenüberstehen? Und wann würden die Verwandten das Kind sehen, das demnächst zur Welt kommen sollte? Diese Fragen traute sich niemand zu stellen – es hätte auch niemand eine Antwort gewusst. Und so verabschiedeten sich meine Mutter und ihre Verwandten, *„Khudahafiz*, Khudahafiz“, und versprachen einander, man werde sich, *„Inschallah“* – so Gott will –, bald wiedersehen. Es war inzwischen der 23. September.

Mit einem Tag Verspätung also kam meine Mutter in Frankfurt an, um ein neues Leben zu beginnen: eine dreiundzwanzigjährige Frau, im achten Monat schwanger, mit einem großen Koffer und annähernd ohne Deutschkenntnisse. Sie hatte keine Ahnung, auf was sie sich da einließ, aber die Willenskraft war stärker als jede Angst. „Heute wäre es wahrscheinlich umgekehrt“, sagt sie. War da überhaupt ein Keim von Angst, ein Moment von Unsicherheit?

Der Grenzbeamte begrüßte sie freundlich, warf einen Blick in ihren grünen pakistanischen Pass, drückte ein drei Monate gültiges Touristenvisum hinein, „wenn Sie länger bleiben wollen, gehen Sie bitte zu der örtlichen Ausländerbehörde“, das war alles. Herzlich willkommen in Deutschland! Dieses Land sollte allerdings nur Zwischenstation sein – es ging ja noch weiter westlich, vielleicht in ein paar Monaten schon oder in einem Jahr. England oder Amerika waren das eigentliche Ziel, dort lebten Verwandte.

Sie wankte frierend durch die Flughafenhalle. Der Anschlussflug nach Bremen war längst weg, sie musste sich um eine neue

Verbindung kümmern, aber wie? Der Flughafen war so groß, und die Reisenden, die sie ansprach, verstanden sie nicht.
Fünf Männer, die sie um Hilfe bat, benahmen sich etwas merkwürdig, aber das merkte sie zu spät. „Ich wollte wissen, zu welchem der vielen Schalter ich musste. Aber sie redeten irgendeinen Unsinn, den ich nicht verstand, ich weiß nicht, ob es Deutsch oder eine andere Sprache war. Heute bin ich mir sicher, dass sie betrunken waren.“ Einer von ihnen griff nach ihrer Hand, gab ihr einen Handkuss und furzte dabei vernehmlich.
„Ich war geschockt. Ich dachte: Diese Menschen haben überhaupt keine Manieren. Für einen Moment hielt ich es sogar für möglich, dass diese Art von Handkuss in Deutschland üblich ist.“
Die Männer suchten lachend das Weite.
„Ich fand eine pakistanische Familie, endlich Leute, die mich verstanden. Aber sie hatten keine Zeit, mir zu helfen, weil sie ihren Anschlussflug nach Chicago kriegen mussten.“
Chicago war Musik in ihren Ohren. Ihr Ziel hieß leider Bremen.
Eine Lufthansa-Angestellte erklärte ihr schließlich, dass an diesem Tag kein Flug mehr nach Bremen ginge. Sie nannte ihr ein Hotel für gestrandete Flugreisende. „Hotel Ariane hieß es, ich kann mich noch genau erinnern. Dorthin wurde ich gebracht, zusammen mit anderen Passagieren, die ebenfalls ihre Anschlussflüge verpasst hatten.“ Am nächsten Morgen sollte es weitergehen. Die erste Nacht in Deutschland, im Hotel Ariane.
„Mein Koffer wurde mir ausgehändigt, ich konnte, Gott sei Dank, meinen Mantel anziehen. Als ich am nächsten Morgen ganz früh aus dem Fenster schaute, fuhr gerade ein Mann mit dem Fahrrad vorbei und winkte mir zu. Jetzt hatte ich das

Gefühl, dass die Menschen in Deutschland doch ganz freundlich waren."

An diese Szene denke ich oft, seitdem meine Mutter sie das erste Mal geschildert hat: Ein Mann, der sich wahrscheinlich nichts dabei denkt, winkt einer Fremden zu. Keine aufdringliche Geste, einfach nur freundlich. Mir fällt dazu eine andere Begebenheit ein: wie ein Baggerfahrer an einer Baustelle mich böse anguckt, Grimassen schneidet und mich anschließend brüllend wegjagt, ich war damals vielleicht fünf oder sechs Jahre alt. Noch lange konnte ich Baggerfahrer nicht ausstehen. Mir wird die Bedeutung von ersten Eindrücken bewusst. Ich nehme mir vor, immer freundlich zu Unbekannten zu sein, vor allem an Flughäfen. Vielleicht sind das besondere Begegnungen für diese Menschen, an die sie sich noch Jahre später erinnern, während ich sie längst vergessen habe. Wie meine Mutter und der Radfahrer in Frankfurt.

Am Tag zuvor hatte mein Vater am Flughafen in Bremen vergeblich auf meine Mutter gewartet. Ein Kollege, Horst Meyer, der als Schiffskoch arbeitete, hatte ihm angeboten, vorerst im Haus der Eltern seiner Frau Karin unterzukommen: bei Mariechen und Erich Koch in Rastede, ein paar Kilometer nördlich von Oldenburg. Mein Vater hatte das Angebot dankend angenommen. Doch keine Spur von meiner Mutter, stattdessen die Nachricht, dass die Maschine aus Pakistan einen Tag Verspätung hatte.

Am 24. September wartete mein Vater erneut am Bremer Flughafen, und diesmal war die Maschine pünktlich. Meine Eltern trafen sich nach zwei Monaten wieder: ein Mann und eine Frau, die seit acht Monaten miteinander verheiratet waren, sich in dieser Zeit aber bis auf die ersten Wochen nach der

Hochzeit und die drei Monate gemeinsamer Schiffsreise nicht gesehen hatten.
Auf nach Rastede! Was für eine schöne Fahrt, meine Mutter war begeistert: „Obwohl es Herbst war, war die Landschaft so grün. Die ganze Strecke über sah ich Felder und saftige Wiesen, auf denen Kühe weideten. Kühe, die wie in Bilderbüchern schwarzweiß oder braunweiß gefleckt waren und viel gesünder aussahen als die schmutzigen, abgemagerten, Müll fressenden Kühe in den Straßen von Karatschi. Und kein einziger Bettler!"
Bisher kannte sie nur diese Stadt mit ihren Millionen von Menschen, zerfallene Häuser wie Steinbrüche neben abgeriegelten Villenvierteln, Bettler und verkrüppelte Menschen auf den Straßen, den Staub und den Schmutz, knatternde Motorrikschas, die schwarze Rauchwolken hinter sich herzogen. Außerdem hatte sie bei Fahrten entlang des Stadtrands von Karatschi, an heruntergekommenen Dörfern vorbei, eine Ahnung vom ländlichen Pakistan bekommen.
„Aber so etwas wie der Weg nach Rastede, das war völlig neu für mich." Jetzt war sie plötzlich in einer ganz anderen Welt: keine brennenden Müllberge, keine Schlaglöcher, keine streunenden Hunde, stattdessen manikürte Gärten mit millimetergenau angeordneten Blumenarrangements, umgeben von Grasflächen, so gleichmäßig wie ein Teppich.
„Ich fand es sehr, sehr schön", beschreibt meine Mutter ihre erste Autofahrt in Deutschland.
Und alles war so bemerkenswert still: kein Gehupe, kein Geschrei. Statt einer Mischung aus Abgasschwaden, Gewürzwolken und üblem Kloakengestank lag der Geruch von Kuhdung in der Luft, der ihr auf andere Weise die Besinnung raubte.

Meine Eltern lernten den Spruch: „Landluft ist gesund.“
„Hattest du kein Heimweh?“, frage ich sie.
„Überhaupt nicht“, sagt meine Mutter. „Damals nicht. Das kam erst viel später, für kurze Momente.“
„Nie“, erklärt auch mein Vater, der ohnehin selten lange an einem Ort in der Welt blieb, sondern per Schiff die Erde erkundete.
Meine Mutter lernte Mariechen und Erich Koch kennen, eine Frau mit dichtem, schon weißem Haar, immer adrett, und einen hochgewachsenen, kräftigen Mann mit seitengescheiteltem, weißem Haar und großen Händen. Die beiden schlossen die junge Frau aus Pakistan sofort ins Herz.
Und da meine Mutter mitbekam, wie Karin „Mutti“ und „Vati“ zu ihnen sagte, tat sie es ihr gleich.
Mariechen freute sich: „Ja, sag Mutti zu mir.“
Sie zeigte auf ihren Mann.
„Und das ist Vati.“
Sie zeigte auf sich.
„Mut-ti.“
Finger auf Erich.
„Va-ti.“
Und so wurde dieses Paar zu Mutti und Vati für meine Eltern – und später zu Omi und Opi für mich. Sie wurden eine Art Großelternersatz. Zwei weitere sollten im Laufe meines Lebens noch dazukommen. Wahlverwandte.
Heute mutet es seltsam an, dass Menschen ein fremdes Paar aus einem fernen Land aufnehmen, und zwar bedingungslos, nicht wissend, wie lange die Gäste bleiben werden. Es wurden mehrere Monate. Omi und Opi haben niemals Miete von meinen Eltern verlangt, niemals einen Pfennig für Essen und Trinken,

fragten nie, wann sie sich denn endlich eine eigene Wohnung nähmen. Sie gaben, ohne zu fordern – so wie man seinen Kindern gibt. Sie leben seit einigen Jahren nicht mehr, ich würde ihnen heute gern noch einmal sagen, wie großartig ich das finde. Sie verlangten nur, dass meine Eltern am Familienleben teilnahmen, an den gemeinsamen Mahlzeiten und an Besuchen bei diversen Verwandten, sich also nicht in sich verkrochen.

Meine Mutter sagt, ohne die beiden hätte sie es wohl nicht geschafft. Sie waren die Starthilfe, die sie brauchte und mit der niemand in Pakistan gerechnet hatte, als die Warnungen auf sie einprasselten.

Omi und Opi sprachen kein Wort Englisch. Wenn Karin und Horst da waren, die im Haus direkt hinter ihnen lebten, übersetzten sie für die beiden, ansonsten ging es auch mit Händen und Füßen. Täglich schauten Karins Zwillingsschwester Ilse und deren Mann Hans-Hermann vorbei, auch sie halfen bei der Verständigung. Mein Vater sprach zu der Zeit schon einige Brocken Deutsch, die er an Bord und auf der Seefahrtschule gelernt hatte. Trotz der Sprachbarrieren haben sich alle gut verstanden.

Gleich am Tag nach ihrer Ankunft in Rastede fuhr meine Mutter mit Karin los, um Kleidung einzukaufen. Sie hatte nur eine sommerliche Garderobe in ihrem Koffer, dazwischen einen einzigen Mantel. „Ich kaufte auch Zeug für das Baby, denn es waren ja nur noch ein paar Wochen bis zur Geburt."

Karin kümmerte sich um die Aufenthaltserlaubnis für meine Mutter bei der zuständigen Behörde in Westerstede im Landkreis Ammerland. Ein Besuch genügte, schon war ein Stempel im Reisepass mit dem Eintrag „Aufenthaltserlaubnis für die Bundesrepublik Deutschland einschl. des Landes

Berlin". Darunter stand: „Selbständige Erwerbstätigkeiten oder vergleichbare unselbständige Erwerbstätigkeiten nicht gestattet". Sicherheitshalber fügte der Sachbearbeiter handschriftlich hinzu: „Arbeitsaufnahme nicht gestattet."

Meine Mutter durfte bleiben, solange mein Vater sich in der Ausbildung zum Kapitän befand, vorerst jedoch nur bis zum 22. September 1975, also ein Jahr. Danach konnte sie, je nach Ausbildungsstand meines Vaters, eine Verlängerung beantragen. Die Aufenthaltsgenehmigung ließ sich die Behörde mit zwanzig Mark bezahlen. Zwanzig Mark für ein Jahr Deutschland – 1974 war die Bundesrepublik noch ein offenes Land. Sechs Jahre später sollte ein Beamter, der unsere Ausweisung betrieb, schreiben, die Aufenthaltsgenehmigung für meine Mutter sei „aus humanitären Gründen" erteilt worden. Wie gnädig.

Hätten meine Eltern damals die Staatsbürgerschaft beantragt, wer weiß, ob sie sie nicht problemlos bekommen hätten. Aber die Entscheidung, auf Dauer hierzubleiben, war noch nicht gereift. Und als sie getroffen wurde, war es zu spät.

Mein Vater verbrachte die Tage wieder in Bremen. Der Urlaub war vorüber, er machte eine Fortbildung an der Seefahrtschule und meine Mutter war in einer Familie umsorgt, wie sie es sich vor ein paar Tagen nicht hätte vorstellen können. Alle Befürchtungen der Verwandten in Pakistan, sie hätte niemanden in Deutschland, der ihr zur Seite stehen könnte, bewahrheiteten sich nicht. Wieder hatte sich gezeigt: Das Vertrauen in das Leben wird belohnt. Schade, dass ihre Eltern und Schwiegereltern die Rasteder Familie nie persönlich kennengelernt haben. Was sie wohl voneinander gehalten hätten?

Sabine, die zwölfjährige Tochter des Hauses, musste ihr Zimmer räumen und meinen Eltern zur Verfügung stellen. Opi holte ein blaues Himmelbettchen vom Dachboden, in dem schon mehrere Kinder der Familie geschlafen hatten, und bereitete es für das Kind vor, das demnächst zur Welt kommen sollte. Mein erstes Bett.

Was Sabine wohl von meinen Eltern gedacht hat? Schließlich bewohnten sie, Wildfremde, plötzlich ihr Zimmer. Und was Omi und Opi, Karin und Horst, Ilse und Hans-Hermann wohl von uns hielten? Kamen ihnen meine Eltern mit ihrem anderen Aussehen, ihrer Sprache, ihrem anderen kulturellen Hintergrund nicht sehr fremd vor? Als ich einmal meine Schulferien in Rastede verbrachte, fragte ich Omi. Sie sagte nur: „Och, gar nicht. Ich fand euch gar nicht anders." Sie sagte das in dem Singsang, der den Menschen in dieser Region Niedersachsens eigen ist. „Ihr wart so schön braun. Seid ihr ja immer noch." Dann lachte sie ihr wunderbar schnatterndes Lachen und strich mir durchs Haar.

Die Einschätzung meiner Mutter deckt sich mit der von Omi. „Alle diese Menschen kamen mir überhaupt nicht fremd vor. Ist das nicht komisch? Ich fühlte mich von Anfang an wohl." So anders lebten die Deutschen gar nicht, dachte sie – das Modell der Großfamilie war ihnen jedenfalls nicht gänzlich unbekannt. Kochs waren eine Patenfamilie.

Vielleicht braucht jeder, der aus einem fremdem Land, einer anderen Kultur kommt, so eine Patenfamilie: Menschen, die den Neuankömmling an die Hand nehmen, mit ihm zum Einkaufen gehen, ihm die nächste Stadt zeigen, ihn zu Behördengängen begleiten und ihm so die Angst nehmen sowie ihn behutsam mit dem heimischen Essen vertraut machen. Das würde Integration sehr erleichtern: Beide Seiten würden voneinander lernen. Man sollte jeden Politiker, der von Ausländern mehr

Integrationswillen fordert, verpflichten, für drei Monate eine ausländische Familie aufzunehmen.

Meine Mutter machte das erste Mal in ihrem Leben Bekanntschaft mit Schweinen. Die Tiere standen auf einer Wiese, sie entdeckte sie, als sie mit Omi und Opi unterwegs war. „Ich wunderte mich: ‚Was sind das für riesige Viecher? Schafe?' Aber sie hatten kein Fell. Schweine kannte ich nur aus pakistanischen Bilderbüchern: kleine, rosafarbene Tiere. Diese Wesen hier waren schwarzbraun und riesengroß, fast so groß wie Kühe." Sie starrte die Schweine an, sie begriff, dann entfuhr ihr: „*Pigs*! There are pigs!" Omi fiel diese Szene regelmäßig ein, wenn sie Geschichten von früher erzählte. „Deine Mutter sagte nur: ‚Pigs!' Und ich: ‚Ja, das sind pigs'. Die hatte sie wohl noch nie zuvor gesehen."

Schnatterndes Gelächter.

Es war nur eine Frage der Zeit, bis das Fleisch dieser Tiere auch auf dem Teller meiner Mutter landete. Ich weiß nicht, inwiefern Omi meine Eltern gefragt hat, ob sie Schweinefleisch essen, oder ob sie es ihnen überhaupt angeboten hat. Meine Mutter hatte es bis dahin trotz des Bratengeruchs an Bord und bei Kochs zu Hause nicht probiert, weil sie innerlich nicht dazu bereit war – noch nicht. Jahrelang hatte sie gehört, wie eklig Schweinefleisch wäre. Sie hatte gesehen, dass mein Vater Schweinefleisch aß, und fand es nicht weiter schlimm. Sie selbst rührte es nicht an. Aber dann briet Omi eines Abends Schweinekoteletts, kochte Kartoffeln und Rotkohl dazu und dünstete im Bratfett Ananasstücke an. Meine Mutter, hochschwanger, hatte großen Appetit.

„Was gibt es zum Abendessen?"

„Koteletts mit Ananas."

„Ah, Koteletts mit Ananas!"
Kotelett hatte sie gelernt, und Ananas heißt auch auf Urdu Ananas.
Es schmeckte ihr so gut, dass sie noch heute davon schwärmt. „Aus Pakistan kannte ich Lammkoteletts vom Grill, die sehen fast genauso aus." Allerdings sind solche Lammkoteletts viel schärfer, aber das war wohl zweitrangig. Fortan war Schweinefleisch für meine Mutter kein Problem mehr.
Dass Muslime kein Schweinefleisch essen, ist häufiger Gesprächsthema in meinem Bekanntenkreis. Gelegentlich höre ich Bewunderung heraus für die Entbehrung, die Muslime aus religiösen Gründen freiwillig auf sich nehmen durch den Verzicht auf ein schönes Stück Schweinebraten – was ihnen da Leckeres entgeht! Mein Hinweis, dass auch Juden kein Fleisch dieses Tieres und Hindus so gut wie gar kein Fleisch verzehren, zieht meist Erörterungen über die Verderblichkeit von Schweinefleisch, über Trichinen, winzige Fadenwürmer, und über die womöglich als unrein empfundene Lebensweise von Schweinen nach sich – schließlich fräßen sie jeden Dreck und man könne daher schon nachvollziehen, dass manche Menschen das unappetitlich fänden.
„Das Schweinefleischverbot hat historisch gesehen sicherlich praktische Gründe", lautet die Schlussfolgerung.
Ich kenne die persönlichen Gründe nicht, weshalb die halbe Menschheit kein Schwein isst. Meine Verwandten in aller Welt verzichten jedoch nicht auf Schweinefleisch, weil sie sich strikt an das Verbot in der zweiten Sure im Koran halten wollen oder weil sie an eine gesundheitsschädliche Wirkung glauben – sie finden es schlicht aus der Tiefe ihrer Seele heraus ekelhaft. Alkoholgenuss ist aus ihrer Sicht noch halbwegs verzeihlich,

manche meiner Onkel und Cousins würden zu einem Whisky oder einem Bier nicht Nein sagen. Aber Schweinefleisch? Niemals!

„Warum bloß?“, wundern sich manche meiner deutschen Freunde, wenn ich ihnen das erzähle.

Die Antwort ist einfach: aus dem gleichen Grund, weshalb einige Menschen Hundefleisch nicht unbedingt als Delikatesse betrachten, das manche Chinesen und Koreaner aber als kulinarische Köstlichkeit feiern. Religion, Erziehung, Gewöhnung – Appetit setzt sich aus vielen Faktoren zusammen.

Meine Eltern mochten Kotelett mit Ananas auf Anhieb, aber nicht immer gestaltete sich die Übernahme von Essgewohnheiten so einfach. Manches war äußerst gewöhnungsbedürftig. „Von zu Hause kannte ich, dass Essen gewürzt wird. Hier war das nicht der Fall.“ Salz und Pfeffer zählen für meine Eltern bis heute nicht zu den ernstzunehmenden Gewürzen. Omi verwendete nicht einmal Knoblauch – Knoblauch war ihr geradezu verhasst. Nie gab es *Chapatis*, *Rotis*, *Puris*, *Naan* oder eine der anderen etwa fünfhundert Fladenbrotsorten, selten Reis, stattdessen Kartoffeln – ein Gemüse als Beilage! Man kann Fladenbrot oder Reis doch auch nicht durch Blumenkohl ersetzen!

Und dann der andere Rhythmus: nur ein warmes Essen am Tag, meistens mittags. Zu Hause in Karatschi gab es mindestens zweimal eine warme Mahlzeit, oft hatte der Koch sogar zum Frühstück ein Gemüsecurry und heißes Fladenbrot zubereitet. „An Omis Geburtstag war ich erstaunt, als sich die Gäste alle an einen Tisch setzten“, erinnert sich meine Mutter. „Feiern in Pakistan sind meistens Stehpartys, wo es vielleicht ein paar Tische und Stühle gibt, aber keine feste Sitzordnung. Und das Essen wird immer als Buffet serviert.“

Mit der Zeit lernten meine Eltern weitere Gerichte kennen und schätzen. Mein Vater mag Bratwürste besonders gerne, während meine Mutter bis heute eine Abneigung gegen Würste aller Art hegt und sie nur isst, wenn es keine Alternative gibt – wie übrigens die meisten meiner Verwandten Würste nicht mögen, sogar hassen, sie wegen ihrer Form für etwas Obszönes und wegen ihrer Konsistenz für etwas Ekelerregendes halten. „Püriertes Fett im Darm, das ist doch pervers!", lautet das Urteil eines Cousins. Einmal, als uns eine Cousine aus Karatschi besuchte, musste sie sich nach einem einzigen Biss in eine Bratwurst übergeben, während meine Schwester und ich mit Genuss gleich zwei Stück in uns hineinstopften. Unsere Hemmungslosigkeit bestürzte sie. Heute weiß ich: Die Bratwurst ist eine Trennlinie zwischen West und Ost.
Auf meine Eltern machte vor allem die Brot- und Brötchenvielfalt Eindruck. Und all die herrlichen Torten und Kuchen! Inzwischen backt meine Mutter längst selbst Altländer Apfelkuchen, würzen meine Eltern, wenn es Schweinebraten gibt, nur mit Salz und Pfeffer. Und ihre Gäste dürfen sich an den Tisch setzen.

Am 19. Oktober 1974 wurde ich in Oldenburg geboren. Am Tag zuvor war meiner Mutter schlecht geworden. Karin und Omi hatten sich in der Küche gestritten, ob es sich um Wehen handelte. Karin setzte meine Mutter und meinen Vater in ihr Auto und fuhr mit ihnen ins Oldenburger Krankenhaus. Meine Mutter erinnert sich: „Eine Krankenschwester, Schwester Edith nannten sie alle, redete ununterbrochen, aber ich verstand kein Wort und sagte zu allem Ja. Keine Ahnung, was sie mir erzählte oder was sie von mir wollte."

Karin fragte meine Eltern, wie das Kind denn heißen sollte, und da es damals noch nicht üblich war, vor der Geburt das Geschlecht des Kindes zu kennen, nannte meine Mutter ihr zwei Namen: Ramona und Hasnain. Beides waren Mitte der siebziger Jahre moderne Namen in Pakistan, Hasnain allerdings nur bei den Schiiten – der Name entlarvt meine schiitischen Wurzeln noch heute unter denen, die sich mit dem Islam auskennen.

„Aber das Kind braucht einen deutschen Namen", versuchte Karin meine Mutter zu überzeugen. „Ihr wollt doch in Deutschland leben!" Meine Mutter, mitten in der Wehenhölle, mochte ihr just in diesem Moment nicht ihre England- und USA-Pläne erläutern. Sollte Karin ruhig glauben, dass sie in Deutschland bleiben wollte. Aber sie dachte sich: Wozu ein deutscher Name?

Karin nannte ihr mehrere zu der Zeit in Deutschland beliebte Vornamen, die meine Mutter größtenteils furchtbar fand. Bei dem Vorschlag „Niels" äußerte sie, das klänge gut. Wahrscheinlich erinnerte es sie an „Neil", nur mit einem S am Ende. Karin fasste das wohl als Zustimmung auf. Mein Vater bekam von diesem Gespräch kurz vor meiner Geburt nichts mit.

Der Arzt gratulierte meinen Eltern und verkniff sich nach einem Blick in die Unterlagen nicht die Bemerkung, der Sohn wäre ja auf den Tag genau neun Monate nach der Hochzeit geboren. Pünktlichkeit war schon immer meine Stärke.

Als er meinen Eltern die Geburtsurkunde aushändigte, trauten sie Ihren Augen nicht: Da stand tatsächlich „Hasnain Niels Kazim" – und Niels war als Rufname unterstrichen.

Karin hatte mich bei einem Standesbeamten gemeldet.

Ich war vielleicht acht Jahre alt, als meine Eltern mir davon zum ersten Mal erzählten und konnte es nicht glauben: Ich heiße Niels wegen eines Missverständnisses. „Gegen diesen Namen hatte ich ja nichts, aber ich dachte in diesem Moment, dass meine Eltern mich für komplett verrückt erklären würden", erinnert sich meine Mutter. „Nicht mal einen Monat ist sie in Deutschland, und schon gibt sie ihrem Sohn so einen Namen."
Später erklärte sie ihrem Vater Manzoor Ali Naqvi, wie es zu „Niels" in der Geburtsurkunde gekommen war. Der beruhigte sie: „Wer weiß, am Ende ist es vielleicht gut für den Jungen. Er wird doch sicher im Westen aufwachsen."
Heute bin ich hin- und hergerissen, wie ich die Tatsache finden soll, dass ich nicht nur Hasnain, sondern auch Niels heiße. Einerseits hat so der deutsche Anteil in mir einen – eigentlich skandinavischen – Namen, und allein schon die skurrile Art und Weise, wie ich zu diesem Namen gekommen bin, lässt ihn mich akzeptieren. Andererseits: Hasnain Niels Kazim, das ist wie Dieter Mohammed Müller – es passt einfach nicht zusammen. Und unter Niels stelle ich mir einen hellhäutigen, blonden Hünen vor, was nicht gerade meinem Ebenbild entspricht.
Müsste ich die indischen, pakistanischen und deutschen Anteile in mir abwägen – ich meine nicht die genetischen, sondern die gefühlten –, dann wäre ich allerdings ein kleines bisschen mehr Niels als Hasnain. Es gab Zeiten im Kindergarten und in der Grundschule, da hätte ich den Namen Hasnain am liebsten getilgt – und meine braune Haut und die schwarzen Haare gleich dazu – und alles durch Niels und nielskonformes Äußeres ersetzt. Ich war froh, dass mich meine Kindergartenfreunde „Hansi" nannten. Sie wussten nichts von meinem richtigen Namen.

Längst habe ich mich mit Hasnain versöhnt. Über viele Jahre stand Niels nicht in meinem Reisepass, in keinem meiner Zeugnisse taucht dieser Name auf, er war irgendwann unter den Tisch gefallen, bis vor wenigen Jahren eine Sachbearbeiterin im Einwohnermeldeamt bei der Ausstellung eines neuen Reisepasses meine Geburtsurkunde sehen wollte. Seither steht Niels wieder drin. Meinen vollen Namen schreibe ich nur in Formularen, der Vollständigkeit halber. Mit Niels habe ich noch nie unterschrieben.

Als Opi von meiner Geburt erfuhr, sagte er: „Endlich ein Junge in der Familie!“ Zwei Enkelinnen, Tanja und Ronda, hatte er zu diesem Zeitpunkt schon, er freute sich, dass nun ein Enkel dazukam: Niels. Der Gedanke an Opis Freude lässt auch mich diesen Namen akzeptieren. Im Laufe der Jahre bekam ich mehrmals von ihm zu hören: „Bist ’n richtiger Oldenburger Jung.“ Aber auch er nannte mich später immer „Hansi“, nicht Niels.

„’n richtiger Oldenburger Jung“

„Niedlich“ war eines der Wörter, die meine Eltern häufig zu hören bekamen, als ich von Omis und Opis Verwandtschaft begutachtet wurde. Niedlich? Meine Eltern wunderten sich, sie verbanden niedlich mit dem englischen *neat*: sauber, rein. Wieso sagten die Leute ständig, das Baby wäre so sauber? Waren deutsche Babys etwa dreckiger?
Ich glaube, meine Mutter hat sich damals vieles zusammenreimen müssen, wahrscheinlich hat sie etliche Dinge noch nicht verstanden. Nur so erkläre ich mir ihre Auswahl in meinem Baby-Fotoalbum. Dort hat sie auf die Seite, auf die die Nachrichten des Geburtstags gehören, zwei Artikel aus einer Illustrierten eingeklebt: Der eine ist mit „Rußland-Deutsche fühlen sich von Bonn im Stich gelassen“ überschrieben. Es geht um die Sorge der sowjetischen Regierung, dass zu viele Menschen das Land Richtung Deutschland verlassen wollen. Noch besser finde ich aber den zweiten Artikel: „Wie in der DDR die Todesstrafe vollstreckt wird“. Darin wird beschrieben, wie Strafgefangene „in Lastwagen geführt und darin mit den Auspuffabgasen getötet“ werden. Ich bin mir sicher, dass sie damals nicht wusste, was sie ins Album klebte.
Nun begannen, trotz der Fürsorge einer ganzen Familie, schwierige Zeiten für meine Mutter. Mein Vater war tagsüber unterwegs, Omi, Opi und deren Angehörige verstand sie kaum. Wie gerne hätte sie ihre Verwandten aus Pakistan bei sich gehabt! Erst jetzt, einen Monat nach ihrer Ankunft in Deutschland, spürte sie in bedrückender Deutlichkeit, dass sie in einer anderen Welt, in der Fremde war: das andersartige Essen, die schwierigen deutschen Wörter, die vielen neuen Menschen, keine Schwester oder Freundin, mit der sie über alte Zeiten oder den neuesten Kinofilm reden konnte. Und nun auch noch das

schreiende Kind und keiner ihrer Verwandten in der Nähe, der sie in Sachen Kindererziehung unterstützen konnte.

„Aufgrund der Sprachschwierigkeiten kam es hin und wieder zu Missverständnissen." Die kleine Ronda wollte sich das Baby angucken, als es gestillt wurde, und hüpfte dabei auf dem Sofa herum, auf dem meine Mutter mit mir saß. Meine Mutter wollte ihr sagen, dass sie still sitzen müsste, sonst wackelte es zu sehr. Ronda verstand sie nicht, rannte aus dem Zimmer und begann zu weinen. Sie dachte, meine Mutter wollte sie beim Stillen nicht dabeihaben. „Ich konnte mich ihr nicht verständlich machen." Das Reden mit Händen und Füßen hatte seine Nachteile.

Ich war, sagt man mir, ein Schreikind, das seinen Eltern viel Aufmerksamkeit abverlangte. Ich machte es ihnen in einer Zeit voller neuer Eindrücke nicht gerade leichter.

Inzwischen war es Anfang Dezember, meine Eltern lebten schon seit zweieinhalb Monaten bei der Familie Koch. Wäre es nach Omi und Opi gegangen, wären wir wahrscheinlich noch heute dort, aber meine Eltern bekamen allmählich ein schlechtes Gewissen. Eine eigene Wohnung zu mieten, trauten sie sich in diesem fremden Land jedoch nicht, zumal mein Vater jetzt – weil schon lange geplant – sein Kapitänspatent machen wollte, aber nicht feststand, welche Seefahrtschule den nächsten Lehrgang anbieten würde.

In diese Überlegungen hinein rief Ingnot Schmeiser an, ein Schiffsingenieur, mit dem mein Vater eine Zeit lang zur See gefahren war. Ingnot lebte mit seiner Frau Ingrid und den Töchtern Heidi und Anja in Mannheim, besuchte aber auch gerade eine Schule in Bremen. Er merkte meinen Eltern eine gewisse Unruhe an, meine Mutter erklärte ihm, dass sie dringend eine Unterkunft bräuchten, nachdem sie schon so viele

Wochen bei Kochs gelebt hätten. Spontan luden Schmeisers sie nach Mannheim ein: Sie könnten doch ein paar Tage bei ihnen bleiben, bis klar wäre, wo der nächste Lehrgang zum Kapitänspatent begänne. Dann könnten sie sich in Ruhe eine Wohnung suchen. Erleichtert sagten meine Eltern zu.

Ich glaube, Kochs waren alles andere als glücklich, dass meine Eltern weg wollten. Sie ließen uns nur ungern ziehen. Dauerhaft verübelt haben sie die Entscheidung meinen Eltern aber nicht, denn der Kontakt blieb über all die Jahrzehnte bestehen. Sie waren eben meine Omi und mein Opi und wurden es später auch für meine Schwester.

So zogen wir im Dezember 1974 in die Lange Rötterstraße nach Mannheim. Der Umzug verlief problemlos: Viel besaßen meine Eltern nicht, insgesamt passte alles in zwei Koffer. Auch mit Ingrid verständigte sich meine Mutter mit Händen und Füßen. Ingrid erfuhr, dass meine Mutter gerne nähte, und lieh ihr ihre Nähmaschine. Eines Tages bekam ich, wie alle Säuglinge, Fieber und musste mich übergeben. Meine Mutter erklärte Ingrid gerade, dass sie Medikamente für mich bräuchte, aber Ingrid schnappte sich nur ihre Jacke und rannte aus der Wohnung. Meine Mutter war irritiert. Hatte sie etwas Falsches gesagt? Ein paar Minuten später kam Ingrid zurück – sie hatte die richtigen Mittel schon besorgt. „Ich wusste ja, was das Kind braucht. Es war kurz vor 18 Uhr, die Apotheke machte gleich zu und es hätte einfach zu lange gedauert, dich ausreden zu lassen“, entschuldigte sie sich später.

Ingrid arbeitete bis zum Nachmittag, meine Mutter erkundete in der Zeit zu Fuß die unmittelbare Umgebung. Für längere Spaziergänge legte sie mich in den Kinderwagen, den sie gebraucht für fünfzig Mark erstanden hatte. Gegen Mittag, nach

Schul- und Kindergartenschluss, trudelten die neunjährige Heidi und die fünfjährige Anja ein. „Anja sagte zur Begrüßung immer: ‚Die Mutti kommt um eins.' Ich glaube, sie sagte es eher zu sich selbst als zu mir, um sich zu beruhigen", erzählt meine Mutter. Ingrid erinnert sich daran, dass ihre Töchter meine Gesellschaft geliebt haben: Plötzlich war ein Baby da, um das sie sich kümmern konnten. „Für uns war es eine wunderbare Zeit."

Das erste Weihnachten in ihrem Leben feierten meine Eltern in Mannheim, zum ersten Mal sahen sie einen geschmückten Tannenbaum in einer Wohnung. Ingnot und mein Vater waren aus Bremen gekommen, sie hatten bis ins neue Jahr hinein frei. „Gefeiert wurde im Kreis der Familie", erzählt meine Mutter, „bei Ingnots Eltern, die auch in Mannheim lebten." Marlies, eine Freundin Ingrids, lud alle zu Silvester ein. Sie wohnte ein paar Stockwerke über Ingrid, sodass sie nur die Treppe hinaufsteigen mussten. „Von dort haben wir das Feuerwerk über der Stadt gesehen, und um Mitternacht gab es Sekt", erinnert sich meine Mutter. Bei Omi und Opi hatte sie schon mal an einem Glas Wein genippt, nun trank sie ihr erstes Glas Sekt. „Ich verstehe nicht, wie Leute vergammelten Traubensaft mögen können", sagt sie noch heute.

Es enttäuschte sie, dass kein Schnee fiel. Bislang kannte sie die weiße Pracht nur aus Bildern und Filmen. „Ich hatte gehört, dass in Deutschland im Winter immer Schnee liegt, aber im Winter 1974/1975 war nichts davon zu sehen."

Die größere Enttäuschung musste meine Mutter aber ein paar Tage vor Weihnachten verkraften: Mein Vater hatte in Bremen erfahren, dass im Frühjahr 1975 der nächste Lehrgang für das Kapitänspatent, das sogenannte Befähigungszeugnis für die

Kleine Fahrt, in einem Ort mit dem Namen Grünendeich stattfinden sollte. In diesem Kurs hatte er einen Platz bekommen. Wo um Himmels willen lag Grünendeich? War das eine Stadt oder ein Dorf? Was gab es dort außer einer Seefahrtschule? Meine Eltern hatten so sehr auf Bremen gehofft. Nun verlangte das Schicksal, dass sie an einen Ort ziehen sollten, dessen Namen sie noch nie gehört hatten, ihn nicht einmal aussprechen konnten und in dem auch mein Vater niemanden kannte. Ein Blick in den Atlas linderte die Enttäuschung keineswegs: Der Ort war so klein, dass er darin nicht verzeichnet war. Erst eine Straßenkarte brachte Klarheit: Grünendeich war ein Dorf in einer Region, die „Altes Land" hieß, vierzig oder fünfzig Kilometer von Hamburg entfernt, mit vermutlich wenigen hundert Einwohnern. Der Ort gehörte zum Landkreis Stade, und die nächsten Städte, die diese Bezeichnung verdienten, weil sie auf der Landkarte immerhin mit einem stecknadelkopfgroßen roten Fleck verzeichnet waren und nicht nur mit einem schwarzen Punkt, waren eben jenes Stade und ein Ort mit dem selbst für deutsche Verhältnisse merkwürdigen Namen Buxtehude.
Meine Mutter kam aus Karatschi und träumte von London oder New York. Und was bekam sie? Grünendeich.
Aber mein Vater strebte sein Patent unbedingt an – schließlich hatte er einen ersten Anlauf in London abgebrochen und wollte nun beruflich weiterkommen. Um als Kapitän fahren zu dürfen, musste er diese eineinhalbjährige theoretische Ausbildung absolvieren. Und schließlich hatte er ja das deutsche Seefahrtsbuch, das ihm einen Aufenthalt in Deutschland und die Ausbildung an einer deutschen Seefahrtschule erlaubte. Diese Chance wollte er nicht ungenutzt verstreichen lassen – und wäre sie verbunden mit einem Umzug nach Grünendeich.

Dieser Ort hätte schon sehr schrecklich sein müssen, um ihn von seinen Plänen abzubringen.
Kaum hatte er die Nachricht erhalten, beschloss er, sich das Dorf anzuschauen. Ernüchtert stellte er fest, dass es keine Bahnanbindung gab – das letzte Stück musste er mit dem Taxi zurücklegen.
Eigentlich ganz hübsch, diese Gegend, dachte er. Lediglich ein Deich und eine Straße trennten die Seefahrtschule, einen modernen, weiß verputzten Bau, von der Elbe. Vom Deich aus konnte man sogar Hamburg auf der anderen Elbseite erahnen. Und die ganze Taxifahrt über hatte er Obstbäume an den Straßenrändern gesehen: kilometerweit Kirsch- und Apfelbäume. Hier könnten sie sich sicher wohlfühlen.
Meine Eltern entschieden sich in Mannheim für Grünendeich. Ingrid schlug vor, zum Jahresanfang in der Lokalzeitung per Kleinanzeige eine Wohnung in der Nähe der Seefahrtschule zu suchen. Meine Eltern schalteten eine Anzeige im „Stader Tageblatt“, das später mehrere Artikel über den Kampf meiner Familie um ein Leben in Deutschland veröffentlichen und bei dem ich Jahrzehnte später meine ersten journalistischen Erfahrungen machen sollte.
Die Ausbeute war gering, schließlich wollten sie eine möblierte Wohnung, groß genug für eine Familie mit einem Kleinkind, aber nicht zu teuer – wir mussten in den kommenden Monaten mit Erspartem und mit der Unterstützung der Großeltern aus Pakistan auskommen.
Mein Vater fand zwar einige Monate später heraus, dass es eine staatliche Ausbildungsunterstützung gab – die aber wurde ihm mit dem Hinweis verweigert, er wäre Ausländer und daher stünde ihm solche Hilfe nicht zu. Dabei hatte er in

Deutschland schon ein paar Jahre Steuern und Sozialabgaben gezahlt. Als er anmerkte, dass zwei Klassenkameraden von ihm aus dem Libanon sehr wohl Geld bekämen, wurde er barsch zurechtgewiesen: Zum Libanon hätte Deutschland nun einmal ganz andere Beziehungen als zu Pakistan. Mein Vater gab nicht auf. Nach langem Streit mit den Behörden erhielt er das Geld, etwa fünftausend Mark. Zu diesem Zeitpunkt hatte er seine Ausbildung in Grünendeich längst abgeschlossen und seine Familie mit Mühe ernährt.

Zwei Wohnungen wurden meinen Eltern angeboten. Anfang Januar mieteten sie ein Auto, packten die Koffer und den Kinderwagen ein und machten sich auf den Weg Richtung Norden. Ingnot kam mit, er musste ohnehin wieder nach Bremen, Stade lag da fast auf dem Weg. Ingrid wäre auch gerne mitgefahren, aber mit dem ganzen Gepäck im Wagen war kaum mehr Platz. So blieb sie mit ihren zwei Töchtern in Mannheim. Vor allem für meine Mutter war es der zweite tränenreiche Abschied von neu gewonnenen Freunden, die zur Ersatzfamilie geworden waren. Wir machten uns auf einen siebenhundert Kilometer langen Weg in einen Ort, der unsere neue Heimat werden sollte.

Angekommen in der Fremde

Es begann schon dunkel zu werden, als Ingnot und meine Eltern in Stade ankamen: ein Städtchen mit kleinem Hafen, knapp tausend Jahre alt, Fachwerkhäusern, viel Kopfsteinpflaster, schon von Weitem fielen die zwei Kirchtürme ins Auge. In manchen Fenstern hing noch die Weihnachtsbeleuchtung.

Für einen Stadtrundgang war keine Zeit, außerdem hatte niemand Lust dazu: Die gut siebenstündige Fahrt war anstrengend gewesen, ich hatte fast ununterbrochen geschrien.

So fuhren sie direkt zum ersten Besichtigungstermin: eine Wohnung in einem Betonblock in der Nähe des Krankenhauses, nur wenige hundert Meter von der Innenstadt entfernt. „Man betrat sie durch die Küche, und in einer Ecke war die Dusche", erinnert sich meine Mutter, und man merkt ihr eine gewisse Erschütterung an. Nach einem hastigen Blick in alle Zimmer verabschiedeten sie sich von dem Wohnungseigentümer, einem alten, mürrischen Mann.

„Wo wolltet ihr eigentlich nach den Besichtigungsterminen übernachten?", frage ich meine Eltern.

„In einer der Wohnungen."

„In welcher Wohnung?"

„Na, in einer von denen, die wir uns angeschaut haben."

„Aber das waren doch nur zwei."

„Ja, und?"

„Und was, wenn euch keine gefallen hätte? Oder wenn der Vermieter gesagt hätte, dass ihr erst später einziehen könnt?"

„Aber es hat doch geklappt."

Eine der zwei Wohnungen musste, Inschallah, passen, und zwar so, dass die Familie sofort einziehen konnte – andernfalls hätten sich meine Eltern ein Hotel oder eine Pension suchen müssen, was sie sich für eine längere Zeit kaum leisten konnten. Und die erste Wohnung war schon ein Reinfall.

Ich glaube, heute würden meine Eltern wohl nicht mehr so handeln: einfach auf das Schicksal vertrauend, ohne Vorkehrungen getroffen zu haben.

Ich frage sie: „Würdet ihr das heute wieder so machen?"

„Bist du verrückt? Wo hätten wir denn die kommenden Tage übernachten sollen, wenn wir keine Wohnung bekommen hätten?"

Die zweite Wohnung lag auf halber Strecke zwischen Stade und Grünendeich, im Dorf Hollern-Twielenfleth.

Eigentlich sind es zwei Dörfer – Hollern, das etwas landeinwärts liegt, und Twielenfleth direkt an der Elbe –, die zusammen eine Gemeinde bilden. Twielenfleth wurde erstmals im Jahr 1059 urkundlich erwähnt, Hollern 1143. Einer Dorfchronik zufolge waren die ersten Siedler sächsische Bauern, die „zu Schiff ankamen". Noch heute leben viele Einwohner von der Landwirtschaft – die Region, das Alte Land, ist mit seinen Millionen von Bäumen auf etwa zehntausend Hektar Land eines der größten Obstanbaugebiete Europas.

„Im Kampf mit den Naturgewalten, mit Krieg, Feuer und Wassersnot nahm sie (gemeint ist die Entwicklung des Dorfes) ihren Fortgang und prägte einen Menschenschlag eigener Art, der sich unter unvorstellbaren Mühen und Opfern an Leben und Gut durch die Zeiten fortpflanzte bis auf den heutigen Tag: kernig und fest, eigen und stolz", heißt es in dem Vorwort einer Festschrift zum neunhundertjährigen Bestehen von Twielenfleth. Zuletzt waren es immer wieder die Wassermassen der Elbe, die das Land überschwemmten und, als die Deiche standen, diese Schutzwälle auflösten wie Kekse, die man in Kaffee tunkt.

Die Wohnung befand sich in Hollern, in der Hollernstraße. Die Autofahrt dorthin dauerte von Stade aus zehn Minuten. Meine Mutter war begeistert: überall am Straßenrand schöne alte, reetgedeckte Bauernhäuser, viel Fachwerk. Dazwischen die Weite der Obsthöfe, überwiegend Kirsch- und Apfelbäume in langen Reihen, hier und da Zwetschgen- und Birnbäume, durch die man in dieser blattlosen Zeit kilometerweit bis zum Deich in Twielenfleth blicken konnte, hinter dem die Elbe in Richtung Nordsee fließt.

Sie hielten vor einem alten Backsteinhaus mit vier Wohnungen, umgeben von einem großen Obstgarten mit Kirschbäumen. Vor dem Haus überragte ein beeindruckender Ahornbaum das Dach. Der Hausbesitzer hatte demjenigen, der ihm einen zuverlässigen Mieter verschaffte, hundert Mark Belohnung versprochen, viel Geld für die damalige Zeit. Eine Frau aus Twielenfleth, die sich die Summe verdienen wollte, hatte auf die Zeitungsannonce meiner Eltern reagiert und sie in Mannheim angerufen.

„Ich erinnere mich noch, als wäre es gestern gewesen: Es war inzwischen schon dunkel draußen, im gegenüberliegenden Haus brannte Licht“, sagt meine Mutter. Der Ort strahlte eine Behaglichkeit aus, die ihr sofort gefiel. „Als wir den Hausflur betraten, hörte ich, wie in einer Wohnung eine Frau Englisch sprach. Da dachte ich: Gott sei Dank, hier kann mich jemand verstehen. Hier bleiben wir.“ Später stellte sich heraus, dass es sich bei der Frau um eine ältere Dame handelte, Frau Budde, die zwar kein Wort Englisch, dafür aber Plattdeutsch sprach. Das hatte meine Mutter als Englisch wahrgenommen.

Meine Eltern stiegen die achtzehn Stufen zu der oberen Wohnung hinauf. Der Hausbesitzer Peter Cordes, der direkt nebenan ein Bauunternehmen führte, war an jenem Tag nicht da. Die Wohnungsvermittlerin, sie hieß Gudrun Gondeck, schloss ihnen die Tür auf.

Es war ein gemütliches Zwei-Zimmer-Appartement im Dachgeschoss mit vielen Schrägen. „Die Wohnung war komplett eingerichtet, mit uralten, hässlichen Möbeln, wahrscheinlich noch aus Vorkriegszeiten", sagt mein Vater. „Aber das war uns in diesem Moment egal; wir waren froh, eine Wohnung gefunden zu haben, die uns gefiel."

Meine Eltern blieben.

Als Seemann passte mein Vater gut in die Region, die eine lange Seefahrertradition hat. Schon 1774 fragte die Stader Regierung hier an, „ob ein oder ander Untertan mit eigenen Schiffsgefäßen nach auswärtigen Reichen und Häfen fahre und besonders, es sei für eigene Rechnung oder für Fracht, inländische Produkte und Kaufmannsgüter auswärts bringe und ob solche durch Prämien nicht noch mehr dazu aufgemuntert werden könnten". Ein bisschen erinnert der Wortlaut an die Anzeige der Bremer Reederei Hansa, auf die sich mein Vater beworben hatte.

Ingnot verabschiedete sich sofort nach Bremen. Er war froh, dass er dieses schreiende Kind nicht mehr ertragen musste.

Meine Mutter beschreibt ihren ersten Eindruck: „Auf dem Bett im Schlafzimmer lagen Kissen und Decken, aber natürlich keine Bettwäsche. Es war schon spät, und wir konnten nichts mehr einkaufen, also schliefen wir einfach so in dem Bett."

Und was, wenn nicht einmal Kissen und Decke da gewesen wären?

„Ja, weiß ich auch nicht. Es hat aber alles geklappt."

Es wurde das Paradies meiner ersten Lebensjahre. Ich erinnere mich an das Sofa im Wohnzimmer, mit beigefarbenem Stoff bezogen und elastischen Metallfedern ausgestattet, sodass man wunderbar darauf herumspringen konnte, an einen alten, dunklen Holzschrank mit Glaskasten, in dem meine Eltern die Andenken präsentierten, die mein Vater aus verschiedenen Ländern mitgebracht hatte: Schnitzereien, Vasen und eine spanische Flamenco-Tänzerin im gelben Kleid. Ich bestaunte diese Sachen oft. Mittlerweile bin ich überzeugt, dass fast jede pakistanische und indische Familie, egal wo sie lebt, bei sich zu Hause eine Glasvitrine mit Souvenirs hat.

Ich erinnere mich an einen Besuch als Kind bei einem Onkel und einer Tante in Karatschi. In ihrem Wohnzimmer stand ein Glasschrank, in dem Figuren aus „Star Wars“, Spielzeugautos und ein Taschenrechner ausgestellt waren, der auf Knopfdruck diverse Melodien in gruseligen Pieptönen spielte. Ihr Sohn durfte sich diese Gegenstände nur anschauen, aber nicht anfassen. Das Spielzeug hatten Verwandte aus den USA geschickt. Als ich zu Besuch war, wurden die Sachen ausnahmsweise herausgeholt, und mein Cousin und ich durften damit spielen. Den Taschenrechner bekam ich zum Abschied sogar geschenkt.

Meine Eltern haben sich in all den Jahren in Deutschland sehr verändert: Bei ihnen gibt es heute keinen Ausstellungsschrank mehr.

Im Schlafzimmer standen ein dunkelbrauner Kleiderschrank mit einem Spiegel an einer Tür, in dem ich mich manchmal versteckte, und – unter einer Schräge mit Kippfenster – ein dazu passendes Doppelbett. Wenn man im Bett lag, konnte man den Himmel und die Äste der Kirschbäume sehen. Von dort beobachtete ich gerne Flugzeuge, die Kondensstreifen hinterließen. Das Badezimmer war blau gefliest, in der Küche standen ein paar zusammengesuchte Schränke, ein Elektroherd und in einer Ecke ein Esstisch und Stühle mit rotem Kunststoffbezug.

Gudrun Gondeck kam am nächsten Tag wieder und führte meine Eltern durch das Dorf: zum Lebensmittelladen, nach heutigem Maßstab eher ein Kiosk, und zur Schlachterei Jenke – Geschäfte, die es längst nicht mehr gibt. Sie zeigte meinen Eltern die nächste Bushaltestelle und nahm sie in ihrem Auto mit nach Stade zu einem größeren Einkaufsmarkt, damit meine Eltern die alltäglichen Dinge kaufen konnten, die ihnen fehlten: Bettwäsche, Handtücher, ein paar Kosmetika, Lebensmittel. Anschließend fuhr sie meine Eltern zu einer Frau in Twielenfleth, von der sie wusste, dass sie ihr altes Kochtopfset verkaufen wollte – damals wurde weniger weggeschmissen als heute. Für fünfzig Mark erstanden meine Eltern vier gebrauchte Kochtöpfe. „Das war damals ganz schön viel Geld", sagt meine Mutter. „Aber egal. Hauptsache, wir hatten Töpfe."

Für meinen Vater war das der zweite Anfang bei Null, doch diesmal war keine Vertreibung vorausgegangen, war er nicht auf der Flucht. Und er wusste: Die Türen seines Elternhauses in Karatschi standen ihm, seiner Frau und seinem Sohn jederzeit offen – es gab ein Netz, in das er fallen konnte.

Ihre Sachen, die sie noch in Pakistan hatten, wollten meine Eltern nicht nach Deutschland verschiffen lassen. Es war preiswerter, sich vor Ort neu auszustatten.

Für meine Mutter war es eine gänzlich ungewohnte Situation: Zu Hause, in Karatschi, hatte ihre Familie zwei Autos mit Chauffeur, mehrere Angestellte, ein schickes Haus, einen Fernseher, längst Telefonanschluss. Ständig herrschte ein

Kommen und Gehen. Und hier? Nichts. Kein Auto, keine Bediensteten, kein Telefon. Keine Freunde, keine Verwandten. Nur eine Zwei-Zimmer-Wohnung.

Mein Vater musste bis zum Lehrgangsbeginn Anfang März wieder aufs Schiff, meine Mutter blieb allein mit mir zurück.

„Ich hatte nicht mal einen Fernseher oder ein Radio", sagt sie. „Ich weiß gar nicht, wie ich das ausgehalten habe. Im Vergleich zum Leben in Karatschi hatte sich mein Standard deutlich verschlechtert. Heute würde ich gleich am zweiten Tag davonlaufen."

Sie denkt an diese Zeit.

„Erst jetzt kam der Kulturschock."

Ein Leben in der Kleinfamilie, ohne Hilfe der großen Verwandtschaft. Jeden Tag selbst kochen, die Wohnung putzen, das Kind versorgen. Alles allein machen müssen. Und niemanden haben, der das Problem versteht, kein Pakistaner, kein Inder weit und breit. Nur wir. Eine solche Situation kann einen Kulturschock ausmachen.

Auf die Idee, Fernseher und Radio ohne meinen Vater zu kaufen, kam sie gar nicht. Dazu fühlte sie sich noch viel zu unsicher in der fremden Umgebung. Erst einige Wochen später nahmen meine Eltern etwas von den Ersparnissen und kauften diese Geräte und einen Plattenspieler mit futuristisch gerundetem, weißem Kunststoffgehäuse gleich dazu.

Geld war knapp, obwohl mein Vater immer sparsam gelebt und zuletzt als Offizier gut verdient hatte. Aber die Rücklagen mussten für die kommenden eineinhalb Jahre ausreichen. Solange mein Vater die Seefahrtschule besuchte, verdiente er kein Geld. Das sorglose Leben in Wohlstand war in Pakistan geblieben. „Doch wir waren glücklich, vielleicht hatten wir nicht viel, als wir nach Hollern kamen, aber es fehlte uns an nichts", stellt mein Vater heute fest.

Nach und nach besorgten sie sich elektrische Geräte, wie Haartrockner, Kühlschrank und Waschmaschine, außerdem Winterkleidung, Küchenutensilien, ein paar Möbelstücke.

Meine Mutter hätte regelmäßig explodieren können, wenn manche Leute so taten, als wäre sie dem Urwald entflohen. „Ach, Sie hatten schon einen Herd? Ich dachte, so etwas gibt es dort noch nicht, in – na, wie heißt das noch gleich, wo Sie herkommen?", wunderte sich einmal eine Frau, mit der sie im örtlichen Blumengeschäft über Rezepte ins Gespräch kam.

„Sie dachte wirklich, ich hätte in Pakistan in einer Höhle gelebt und über offenem Feuer gekocht, was die Männer tagsüber gejagt hätten. Wahrscheinlich glaubte sie auch, dass ich aus dem Fell unsere Kleidung nähte, mit Nadeln aus Knochen."

Auf solche Fragen ging meine Mutter aber trotzdem höflich ein, erklärte, dass sie es in Karatschi sehr gut gehabt hätte, ersparte den Menschen aber Details über den Wohlstand ihrer Familie. „Wahrscheinlich hätten sie mir sowieso nicht geglaubt."

Vielleicht hätten sie sich gewundert, weshalb jemand ein so bequemes Dasein in einer südasiatischen Metropole aufgibt, um in der norddeutschen Provinz in zunächst ärmlichen Verhältnissen zu leben. Vielleicht hätten sie nicht verstanden, dass Menschen aus Abenteuerlust und getrieben von einem unbändigen Willen, ein Leben in einer neuen Welt zu beginnen, ausgerechnet in ihr Dorf ziehen. Was sollte an Hollern-Twielenfleth schon abenteuerlich sein?

Vom Leben in Indien und Pakistan, von den dortigen Familientraditionen mit den besonderen Erwartungen, Regeln und Verpflichtungen hatten sie keine Vorstellung. Also kamen sie

Das erste pakistanische Paar in Hollern-Twielenfleth

nicht auf die Idee, dass jemand einfach ein anderes Konzept verwirklichen wollte und deshalb siebentausend Kilometer weit weg zog. Sie waren überzeugt: „Die sind hergekommen, weil es ihnen hier wirtschaftlich besser geht, weil sie einen höheren Lebensstandard suchen und endlich einen Herd mit Stromanschluss haben."

Aber so dachten nur die wenigsten, jedenfalls bekamen meine Eltern es nur sehr selten mit. Die meisten Menschen begegneten ihnen mit einer Mischung aus Freundlichkeit und Hilfsbereitschaft, bei manchen war natürlich auch eine Prise Neugier dabei. Wir waren die ersten Pakistaner in dem Dorf, und ich bin mir nicht sicher, ob seither jemals wieder eine pakistanische oder indische Familie nach Hollern-Twielenfleth gezogen ist.

„Ihr fielt damals auf, mit euren schwarzen Haaren", sagt Gudrun Gondeck. „Wie haben deine Eltern gut ausgesehen, deine Mutter mit ihrem langen Haar und in ihren schicken Klamotten!"

Ich frage mich, was in den Köpfen der Einheimischen vorging, als sie meine Eltern sahen: die Frau immer modisch gekleidet, Schlaghosen, Highheels, blumige Blusen und Kleider, die sie oft selbst nähte, der Mann mit Haaren bis über die Ohren und Elvis-Koteletten fast bis zum Kinn und ebenfalls in weiten Hosen. Dachten sie: So also sehen Pakistaner aus? Hätte meine Mutter Kopftuch oder Burka getragen, wie es manche Frauen in Pakistan tun, oder einen Sari – was hätten die Menschen in Rastede, in Mannheim, in Hollern dann gesagt? Welchen Unterschied hätte es gemacht?

Was die Kleidung betraf, waren meine Eltern längst im Westen angekommen: Im Schrank meiner Mutter hingen zwar noch ein paar Saris, fünf Meter lange, bunte Tücher, die auf eine ganz bestimmte Art und Weise um den Körper gewickelt werden, aber sie trug sie nicht mehr. Mein Vater benutzte seinen Shalwar Kameez als Haus- und Schlafanzug.

Zu jener Zeit wurde Pakistan nach Jahren der Militärdiktatur erstmals wieder demokratisch regiert. Nachrichten über dieses Land beschäftigten sich mit Kaschmir und dem Hass auf Indien, seltener mit der wachsenden Armut. Von Islamisten, bedrohlichen Koranschulen und Selbstmordattentätern war damals noch nicht die Rede.

Ausländer waren kein neues Phänomen in Hollern-Twielenfleth: In dem Ort lebten, wie in der ganzen Region, zahlreiche Türken, manche mit Familie, andere allein. Für die Hilfe bei der Obsternte bekamen sie von den Landwirten meist eine Unterkunft und ein bisschen Geld. Gelegentlich fuhr die Polizei durch die Straßen und kontrollierte ihre Papiere – für uns Dorfkinder spannende Augenblicke im Alltag. Manche Türken wurden weggeschickt, waren aber ein paar Wochen später wieder da. Kein Wunder, dass sie sehr zurückgezogen lebten und Kontakte zu anderen Dorfbewohnern mieden. Sie taten niemandem etwas und waren akzeptiert, nicht mehr und nicht weniger. Wer sonst hätte den Bauern damals für so wenig Geld geholfen?

Als ich sieben Jahre alt war, freundete ich mich mit einem Türken an, der auf einem benachbarten Obsthof arbeitete. Mehmet war immer sehr freundlich und schenkte mir regelmäßig Zitronenbonbons. Mit seinem unrasierten Gesicht und seinem schwarzen Haar im anfänglichen Ergrauungsstadium kam er mir uralt vor – er muss vielleicht Anfang dreißig gewesen ein. Mehmet erzählte mir, dass die Menschen in der Türkei Zwiebeln „wie Apfel“ essen. Er trat den Beweis an, nahm eine Zwiebel, häutete sie und biss herzhaft hinein. Mir reichte er auch eine,

und ich machte es ihm nach. Meine Augen tränten, aber nach einer Explosion im Gehirn verwandelte sich das Brennen in eine angenehm scharfe Süße. Seither bin ich ein großer Freund von Zwiebeln, esse sie allerdings nur ungern „wie Apfel".
Mehmet lachte. „Jetzt bist du auch ein Türke."
Ich überlegte mir, ihm im Gegenzug eine Chilischote anzubieten, ihn hineinbeißen zu lassen und ihm dann zu sagen: „Jetzt bist du auch ein Pakistaner." Aber dann hatte ich doch nie eine Schote dabei.
Er war meine erste und einzige Verbindung zu einem Türken in Hollern. Von einem Tag auf den anderen war er verschwunden. Ich habe ihn nie wieder gesehen.
Am Morgen nach dem spontanen Einzug in ihre erste eigene Wohnung hängten meine Eltern eine Tüte mit einem Fläschchen Sirup an die gegenüberliegende Wohnungstür, außerdem eine Karte: „Herzliche Grüße von Familie Kazim. Wir sind die neuen Nachbarn."
Ein paar Stunden später klopfte es an der Tür, davor stand die Nachbarin, die sich für das Geschenk bedanken und vorstellen wollte: Ottilie Truetsch, eine Frau Anfang vierzig. Bald schon sollte sie zu unserer Familie gehören – und wir zu ihrer. Auch sie war erst seit wenigen Monaten in Deutschland und vor Kurzem eingezogen. Sie stammte aus Siebenbürgen in Rumänien, wohin ihre Vorfahren im zwölften Jahrhundert von der Rhein- und Moselgegend ausgewandert waren. Man nannte sie die „Siebenbürger Sachsen".
Ottilies Bruder Alfred war im Zweiten Weltkrieg als junger Soldat nach Deutschland gekommen, Rumänien zählte in dieser Zeit noch zu den Verbündeten. Nach dem Krieg war das Land plötzlich kommunistisch – und Alfred durfte nicht wie-

der zurück. Fast zwanzig Jahre vergingen, bis er seine Eltern und seine Schwester beim ersten Besuch in Siebenbürgen seit Kriegsende wiedersah.

In den sechziger Jahren stellte die Familie einen Antrag auf Ausreise nach Deutschland – von deutscher Seite aus waren sie als Deutschrumänen im Rahmen der Familienzusammenführung willkommen, doch die rumänische Regierung verweigerte ihnen viele Jahre lang den Wunsch.

Und dann ging alles doch ganz schnell: 1970, nach fast zehnjährigem Bemühen um eine Genehmigung, reiste Ottilie Truetsch mit ihrer Mutter, die ebenfalls Ottilie hieß, und ihrem Vater Michael nach Deutschland. Alfred lebte mit seiner Frau inzwischen in Stade, und so zog Ottilie mit ihren Eltern in seine Nähe – nach Hollern-Twielenfleth.

Mit der Zeit wurde aus Ottilie Truetsch für uns Otti, aus ihren Eltern, die später im Erdgeschoss unseres Hauses wohnten, Oma und Opa, und ich erzählte Jahre darauf meinen Freunden in der Schule stolz, dass Oma 1901 und Opa sogar 1896 geboren wurde. Opa ist neben Kazim Ali Khan der einzige mir persönlich bekannte Mensch, der im neunzehnten Jahrhundert zur Welt kam.

Wir schlossen einander ins Herz.

Erst kürzlich sagte mir Otti zwischen einer ihrer vielen Reisen – denn sie reist für ihr Leben gern und hat fast alle Teile der Welt gesehen –, sie hätte zwar keine eigenen Kinder, aber dafür ja uns. Umgekehrt hatten wir keine Verwandten in unserer Nähe, dafür Otti, Oma und Opa.

Wir gaben uns gegenseitig, was uns ohne einander gefehlt hätte. In diesem Haus in der Hollernstraße kreuzten sich die Wege von zwei Familien, die in ihrer jeweiligen Heimat – die eine in

Rumänien, die andere in Pakistan – nicht mehr glücklich gewesen waren und einen Neuanfang suchten. Kurze Zeit zuvor hatten sie nicht nur nichts voneinander gewusst, sie hatten auch noch nie von Hollern-Twielenfleth gehört. Erstaunlich, wohin der Zufall führt.

„Für mich war es ein Segen, dass ihr da wart, denn mit deiner Mutter habe ich mich immer auf Englisch unterhalten und konnte so meine Sprachkenntnisse verbessern", erzählt Otti. „Bis heute reden wir Englisch miteinander, und wenn uns mal ein Wort nicht einfällt, nehmen wir eben das deutsche. Mit deinem Vater spreche ich aber erstaunlicherweise immer Deutsch." Nach kurzem Überlegen sagt sie: „Als ich deinen Vater kennenlernte, konnte er sich schon auf Deutsch verständigen. Es gab also keine Notwendigkeit, auf Englisch auszuweichen. Seither haben wir es so beibehalten."

Otti fand kurz nach ihrer Ankunft in Hollern Arbeit bei einem Stromerzeuger. Sie fuhr täglich mit ihrem goldenen Opel Kadett, den sie Bernie nannte, in ihr Büro auf dem Gelände des Stader Kernkraftwerks, das damals gerade ans Netz gegangen war. In meiner kindlichen Wahrnehmung arbeitete sie direkt im Reaktor; ich stellte sie mir als die Person vor, die die Schalter betätigte und so dafür sorgte, dass die Menschen Strom hatten.

Bis in meine Jugend hinein verband ich das Atomkraftwerk immer mit Otti und konnte nicht verstehen, warum Menschen dagegen demonstrierten – gegen Atomstrom zu sein, bedeutete für mich, gegen Otti zu sein. Als vor ein paar Jahren der Ausstieg aus der Atomenergie beschlossen wurde und das Stader Kraftwerk als eines der ersten vom Netz ging, war Otti schon im Ruhestand.

Meine Mutter freute sich, als sie vor dem reetgedeckten Haus gegenüber einen Kinderwagen entdeckte. Ihr Sohn war also nicht das einzige Baby in der Nachbarschaft. Sie fragte den Vermieter Peter Cordes, einen großen, kräftigen, ein bisschen brummigen, aber freundlichen Mann, wer denn die Nachbarn da drüben wären.

Es handelte sich um Irmgard und Simon Kirschner mit ihren Töchtern Gisela und Gertrud. Gisela war bereits verheiratet, und gemeinsam mit ihrem Mann Heiner Laurich freute sie sich auf ihr eigenes Heim, das gerade neben ihrem Elternhaus gebaut wurde. In diesem Haus habe ich meinem Gefühl nach meine halbe Kindheit verbracht.

Der Kinderwagen gehörte der einjährigen Marina, Giselas Tochter. Ein zweites Mädchen, Sabine, war noch keinen Monat alt und befand sich seit der Geburt im Krankenhaus, da es etwas zu früh zur Welt gekommen war.

Auch Kirschners und Laurichs hatten schon von der pakistanischen Frau mit dem Säugling gehört, deren Mann zur See fuhr. Eines Tages kam meine Mutter mit Gisela ins Gespräch. Wer kleine Kinder hat, überwindet kulturelle Grenzen leichter: Sie unterhielten sich über ihren Nachwuchs und meine Mutter bat Gisela, ihr einige Dinge aus der Stadt mitzubringen. Wir hatten zu der Zeit noch kein Auto, meine Mutter besaß gar keinen Führerschein. Die Busfahrten von Hollern nach Stade und zurück, mich auf dem Arm oder im Kinderwagen, dazu auf dem Rückweg Taschen und Tüten voller Einkäufe, die Sprachschwierigkeiten, die fremde Gegend – das war ein bisschen viel für sie allein.

Die Drogerie Reitemeier in Stade, ein Geschäft, in dem der Chef noch persönlich hinterm Tresen stand, bot meiner Mutter schließlich an, ihr die verschiedenen Breisorten in Gläschen und die Windeln nach Hause zu liefern.

Fast zwanzig Jahre später, 1994, gebe ich einen Negativfilm in diesem Geschäft zur Entwicklung ab. Als ich schon auf dem Weg zur Tür bin, sieht der Inhaber, Klaus Heeschen, meinen Namen auf der Auftragstüte. Quer durch den vollen Laden ruft er mir zu: „Herr Kazim, ich hab Sie gar nicht wiedererkannt! Ich weiß noch, welche Windeln Sie getragen haben!"

Wenn Heimat dort ist, wo der Kaufmann sich auch nach zwei Jahrzehnten erinnert, welche Windeln man getragen hat, dann wurden Hollern-Twielenfleth und Stade zu meiner Heimat.

Meine Mutter begann sich wohlzufühlen, fand Freunde, lernte nach und nach alle Nachbarn kennen, darunter die Plattdeutsch sprechende Frau Budde und Frau Stuhlemer, beides ältere Damen aus dem Erdgeschoss. Frau Stuhlemer konnte meinen Namen nicht aussprechen und sagte stattdessen einfach „Hansi", eine Schöpfung, die schon bald bis nach Pakistan und in die USA drang und die bis zum Ende meiner Schulzeit an mir haftete.

Meine Mutter merkte schnell, dass die Menschen in Hollern-Twielenfleth einander halfen, wenn Hilfe gefragt war – auch ihr, der fremden Frau aus dem fernen Pakistan. Sie war also nicht allein.

Ich wundere mich, wenn Leute sagen, die Altländer seien verschlossen, kühl und geizig noch dazu. Vielleicht brauchen manche ein bisschen Zeit, um sich gegenüber Fremden zu öffnen – aber dann sind sie die herzlichsten Menschen, die man sich vorstellen kann.

Die Tage vergingen jetzt rasch, meine Mutter hatte mit mir alle Hände voll zu tun, ich schrie nach wie vor viel. Nichts half, kein gutes Zureden, kein Füttern, kein Singen, kein Ins-Bett-legen. Erst als meine Eltern ein Radio besaßen, entdeckten sie das Wundermittel: „Sobald ‚Griechischer Wein' von Udo Jürgens lief, wurdest du ruhig", sagt meine Mutter. Was für ein Glück: Das Lied war 1975 ein Hit und wurde daher permanent gespielt. Vielleicht liegt es an dieser Prägung im Säuglingsalter, dass ich dieses Lied bis heute mag. Dass es um Ausländer geht, die von ihrer Heimat träumen, ist reiner Zufall und hat nichts zu bedeuten.

„Sie sagten sich immer wieder: Irgendwann geht es zurück. Und das Ersparte genügt zu Hause für ein kleines Glück. Und bald denkt keiner mehr daran, wie es hier war."

Ich kann mir Liedtexte nur selten merken, aus meiner Kindheit kenne ich kaum noch welche. Der von „Griechischer Wein" ist einer der wenigen, den ich seit Jahren vom Anfang bis zum Ende auswendig weiß.

Telefonieren kostete noch ein Vermögen, man unterschied zwischen Orts-, Regional- und Ferngesprächen und für ein längeres Telefonat nach Pakistan musste man zuvor fast schon einen Termin bei seinem Bankberater ausmachen, um über einen Kredit zu reden. Da wir kein Telefon besaßen, rief meine Mutter nur selten bei den Verwandten an, und zwar aus einer Telefonzelle, die Taschen voller Münzen. Meinen Vater konnte sie auf seinem Schiff nicht erreichen, dafür meldete er sich regelmäßig: Er wählte einfach die Nummer von Otti.

Ende Februar 1975 war er wieder zu Hause, in ein paar Tagen begann der Kurs an der Seefahrtschule in Grünendeich. Für die täglichen Fahrten dorthin kaufte er sich ein Mofa. „Das war so ein Ding mit einem kleinen Motor am Vorderrad", erinnert sich mein Vater. „Zum Starten musste man es wie ein Fahrrad treten und dann, wenn es Fahrt aufgenommen hatte, den Motor anwerfen."

Zwei Polizisten staunten, als sie sahen, wie eines Tages die gesamte Familie Kazim auf diesem Mofa die Hollernstraße entlangknatterte: Mein Vater fuhr, meine Mutter saß hinter ihm, dazwischen hatten sie mich, das Baby, geklemmt – alle ohne Helm. „Damals gab es noch keine Helmpflicht, aber sie fanden es natürlich trotzdem nicht gut", sagt mein Vater. Er hatte vergessen, dass er nicht in Indien oder Pakistan unterwegs war, wo es auch heute noch üblich ist, dass eine ganze Familie sich auf einem motorisierten Zweirad fortbewegt. Dort hätten sogar noch ein bis zwei weitere Personen auf das Gefährt gepasst.

Zu gern wüsste ich, was die Polizisten dachten. Ob sie uns für verrückt hielten?

Sie stoppten uns. „So geht das aber nicht, junger Freund", ermahnte einer der beiden meinen Vater. Sie kontrollierten seine Papiere, aber es blieb bei einer Verwarnung. Und mein Vater verzichtete fortan darauf, seine Familie auf dem Mofa mitzunehmen. Ein Auto musste her.

Das erste eigene Auto seines Lebens kaufte er von einem Kollegen, der mit ihm am Lehrgang in Grünendeich teilnahm: einen uralten weißen VW-Käfer für fünfzig Mark. Leider hielt es nicht lange, weil mein Vater auf unebener Straße mit der Ölwanne aufgesetzt hatte – der Wagen verlor Öl, mein Vater fuhr weiter, nach ein paar Kilometern qualmte der Motor. Der Hollerner Autohändler machte ihm klar, dass der Käfer kaum noch zu retten wäre, und verkaufte ihm einen rundlichen, himmelblauen Kombi, einen VW-Passat Variant. Er gefiel

meiner Mutter nicht. „Was hast du dir da andrehen lassen?“, schimpfte sie.
Ich weiß nicht, ob auch dieses Gefährt bald kaputtging oder ob es einfach die Unzufriedenheit war, jedenfalls kaufte mein Vater 1976 das dritte Auto: wieder gebraucht, wieder beim Händler in Hollern, dem einzigen, den es im Ort gab. Diesmal war es ein Käfer in Orange.
Es sind vergilbte Bilder, die ich aus dieser Zeit kenne. Fotos, über die sich ein braun-gelb-oranger Schleier gelegt hat, was aber nicht weiter stört, weil die Farben zu den siebziger Jahren passen. Knatternde Erinnerungen, die mein Vater mit seiner Super-Acht-Kamera gefilmt hat: Wie ich im gelben Strampler am Steuer des Kombis sitze. Wie ich um den orangen Käfer laufe. Ein kleiner Junge im Matrosenanzug. Mein Go-Cart. Mein erster Geburtstag im Oktober, Otti, die mich auf dem Arm hält, Gisela mit ihren Töchtern, unser Vermieter Peter Cordes mit seiner Frau Senta, Freunde aus Stade, auf dem Tisch ein Kuchen in der Form einer Eins.
Während es uns also gut ging, sorgten sich die Verwandten. Wie wir wohl in Deutschland lebten? Ob es an etwas fehlte? Wie meine Eltern in der Fremde zurechtkamen? Und warum riefen wir nur so selten an? Wann endlich bekamen wir einen Telefonanschluss? Wie entwickelte sich das Kind?
Mitte März, wir waren zehn Wochen in Hollern, reiste mein Großvater Kazim Ali Khan nach Deutschland, um nach dem Rechten zu sehen. Er muss damals schon über achtzig Jahre alt gewesen sein. Mein Vater wollte ihn vom Flughafen in Hamburg abholen und hatte sich mit dem weißen Käfer auf den einstündigen Weg gemacht. Doch am Flughafen traf er seinen Vater nicht an, obwohl das Flugzeug laut Anzeigetafel längst gelandet war.

Mein Großvater hatte sich kurzerhand in ein Taxi gesetzt. Meine Mutter erzählt: „Ich war zu Hause geblieben und wartete nun auf die beiden. Plötzlich hörte ich draußen Rufe auf Urdu: ‚Ist da jemand? Ist jemand zu Hause?'"

Kazim Ali Khan war in Hollern-Twielenfleth angekommen.

„Was machst du denn hier, ganz allein?"

„Ich wollte euch besuchen, was sonst."

„Ja, aber wie bist du ...?"

„Mit einem Taxi. Das war eine sehr nette Fahrerin, ich habe mich gut mit ihr unterhalten."

Unterdessen geriet mein Vater am Flughafen in Panik: Wo war sein Vater? Sollte er jemanden anrufen? Die Verwandten in Pakistan würde er womöglich unnötig in Sorge versetzen. Meine Mutter konnte er nicht erreichen, denn Otti war bei der Arbeit. Er machte sich wieder auf den Weg nach Hause – wo er einen fröhlichen Kazim Ali Khan vorfand, der mit seinem Enkelkind spielte.

Eine bemerkenswerte Szene: Ein Nawab aus Karatschi, Sohn eines Rajas, volles, graues Haar, grauer Schnurrbart, schwarze Hornbrille, steht in seinem weißen Shalwar Kameez in einer Zwei-Zimmer-Wohnung in Hollern-Twielenfleth.

Ein paar Tage später kam auch Zahra, die älteste Schwester meines Vaters, mit ihrem Mann Abu Syed Hasan. Die beiden waren aus Saudi-Arabien angereist, Zahra arbeitete als Ärztin in einem Krankenhaus, ihr Mann in der pakistanischen Botschaft. In den Räumen des kleinen Appartements drängten sich nun fünf Erwachsene und ein Säugling.

Aus den Erzählungen trage ich Bilder von diesem Besuch in mir: Meine Eltern, Kazim Ali Khan, Zahra und ihr Mann sitzen auf dem Sofa in Ottis Wohnzimmer. Ein Blick aus dem Fenster, auf eine haushohe Tanne. Mein Großvater deutet mit dem Finger nach draußen.

„*Look! Snow! It's snowing!*"

Mehr als achtzig Lebensjahre und keine einzige Schneeflocke. Und jetzt, in Hollern, Schnee – mitten im März.

Alle springen auf, laufen zum Fenster. Otti freut sich mit uns.

An einem anderen Tag steht mein Großvater vor unserem Haus im Schnee, wieder trägt er seinen weißen Shalwar Kameez, darüber eine dicke Daunenjacke. An den Beinen ist er viel zu dünn bekleidet.

Kein Passant, der ihn so sah, ahnte, was für ein Leben dieser Mann geführt hatte, und dass er der Sohn eines ehrwürdigen Rajas war. Auch meine Tante, die stets einen Sari trug, meistens einen leuchtend gelben, wirkte befremdlich.

Kazim Ali Khan blieb zwei Wochen bei uns, meine Tante und mein Onkel zehn Tage. Es war eine Zeit, in der es in unserem Haus besonders intensiv wie in Pakistan roch. Ständig brodelte ein Topf mit Curry auf dem Herd, wurden Fladenbrote gebacken, dampfte Reis in einer Schüssel. Kazim Ali Khan hatte Gewürze mitgebracht. Meine Eltern besaßen aber auch ohne diesen Nachschub einen beeindruckenden Vorrat, aufbewahrt in ausgespülten Instant-Kaffee-Gläsern, da sie zu dieser Zeit – trotz durchaus positiver Eindrücke vom deutschen Essen – noch ausschließlich pakistanische und indische Gerichte kochten.

Ein paar Hollerner Nachbarn, die sie einluden, lernten, was es hieß, scharf zu essen. Einer von ihnen teilte ein paar Tage später ungefragt seine Erfahrungen mit: „Bei eurem Essen brennt es zweimal – einmal zu Beginn der Verdauung und einmal am Ende, haha."

Der Geruch in unserer Wohnung rührte aber auch von der Kleidung der Verwandten her, einer Mischung aus Mottenkugeln, Koriander, Räucherstäbchen, Benzin und Rosenwasser. Wann immer ich von einer Reise aus Südasien zurückkehre und meinen Koffer öffne, steigt mir eine Wolke aus diesem vertrauten, intensiven, aber nicht unangenehmen Geruch entgegen, den meine Hemden und Hosen angenommen haben und der in mir sofort Fernweh aufkommen lässt, obwohl ich ja gerade dort war. Beim ersten Wahrnehmen hat man keine Ahnung, dass es so etwas gibt: den Duft von Südasien.

Unsere Verwandten hatten sich vergewissert, dass es uns gut ging und dass wir ein halbwegs menschenwürdiges Leben in Hollern führten, wenn auch ihrer Meinung nach nicht standesgemäß. Aber was sollten sie tun? Die Schuld gaben sie meiner Mutter – schließlich war sie nicht davon zu überzeugen, nach Pakistan zurückzukehren, also sollte sie doch, bei Allah, in ihrer Kleinstwohnung in diesem Dorf glücklich werden.

Als sie gingen, blieb nur ihr Geruch, und das erste Mal keimte so etwas wie Sehnsucht und Heimweh in meiner Mutter auf. Wie es ihren Eltern wohl ging? Was sie von Hollern-Twielenfleth, von Otti, von dem schönen Obstgarten halten würden? Wir haben es niemals erfahren, Manzoor Ali Naqvi und Qamar Jehan besuchten uns nie in Deutschland. Auch meine Großmutter väterlicherseits, Afsar Begum, kam nicht, obwohl sie einmal, als sie schon über neunzig war, den weiten Weg von Pakistan in die USA auf sich nahm. Eine mehrtägige Pause in Europa wollte sie aber nicht machen. Für Kazim Ali Khan blieb es bei diesem einzigen Aufenthalt.

Im Laufe der Jahrzehnte haben uns aber andere Verwandte in Deutschland besucht: meine Tanten, Onkel, Cousins und

Cousinen. So richtig wohl hat sich hier keiner von ihnen gefühlt. Es waren schöne Treffen, keine Frage, voller Gespräche über alte Zeiten, voller Begegnungen mit unseren deutschen Freunden, damit die Verwandten sehen konnten, dass wir nicht allein waren, voller Sightseeing, Hamburg, Elbe, Stader Innenstadt. Aber sie fühlten sich immer irgendwie fremd, weil es ihrer Meinung nach in Stade so wenig Lebensnotwendiges gab.

„Wie kommt ihr nur ohne die ganzen Gewürze aus?"

„Wie könnt ihr nur ohne Kontakt zu anderen Pakistanern leben?"

„Was, in Stade gibt es keine Moschee?"

„Was die hier als Currypulver verkaufen, ist eine Zumutung."

„Ihr könnt hier keine indischen oder pakistanischen Fernsehprogramme empfangen?"

Selbst die meisten meiner Verwandten, die seit Jahren in den USA oder in Großbritannien lebten und zu uns nach Deutschland kamen, fanden unser Leben im Landkreis Stade eher merkwürdig. In London, Washington oder Houston gab es wenigstens eine *Desi*-Community, Desi-Restaurants, Geschäfte mit Desi-Kleidung, Desi-Videotheken. Desi bedeutet „einheimisch" auf Hindi und Urdu, gemeint ist alles, was indisch oder pakistanisch ist.

Stade war nicht desi genug.

Überwiegend sahen sie Pakistan noch als ihre Heimat an. Nur in meiner Generation finden sich einige, die mit Pakistan nicht viel verbinden, weil sie woanders geboren wurden oder schon seit Jahren nicht mehr dort waren.

Was meine Eltern damals, Mitte der siebziger Jahre, wohl geantwortet hätten, wenn jemand sie zum Beispiel bei einem

Urlaub in London gefragt hätte, woher sie kämen? Aus Hollern-Twielenfleth, Deutschland? Aus Karatschi, Pakistan?

Sie können heute nur Vermutungen darüber anstellen. Wahrscheinlich Karatschi.

Was antworten sie jetzt?

Stade.

Was antworte ich?

„Hamburg. Eigentlich komme ich aus Stade, um exakt zu sein: aus einem Dorf, das Hollern-Twielenfleth heißt, gar nicht so weit von Hamburg entfernt. Aber jetzt lebe ich in Hamburg. Na ja, geboren bin ich in Oldenburg, dem niedersächsischen, nicht dem schleswig-holsteinischen. Der Ursprung meiner Familie liegt aber in Pakistan, in Karatschi. Genau genommen in Indien, in Lucknow in Uttar Pradesh und Delhi. Meine Oma stammt allerdings aus Shimla, ihr Vater aus Persien. Aber Stade passt schon."

Oft folgt, nachdem ich „Hamburg" gesagt habe, schon die Nachfrage: „Aber ich meine, woher kommen Sie richtig? Wo ist Ihre Heimat?" Ich verstehe, was diese Leute wissen wollen, und ich setze meine Antwort wie beschrieben fort.

Früher habe ich auf Hamburg beharrt. Nur um den Fragesteller zu ärgern. Manche konnte man so in Verzweiflung treiben.

„Ja, sag ich doch: aus Hamburg. Ich komme richtig aus Hamburg. Meine Heimat ist Hamburg."

Ich sagte „Hammbuich", das klang glaubwürdiger.

„Schon klar, aber wo liegen Ihre Wurzeln?"

„Meine Wurzeln? In Oldenburg, da bin ich geboren. Und in Stade, da bin ich größtenteils aufgewachsen."

„Ja, natürlich, verstehe, aber ich meine das Herkunftsland Ihrer Familie."

„Herkunftsland meiner Familie? Also, jetzt werden Sie aber sehr persönlich, wieso wollen Sie das denn wissen?“

Ich genoss das.

Die Antwort auf meine Frage hätte jetzt lauten können: „Hören Sie, Sie haben ausländische Wurzeln, ich kann’s doch sehen, jeder kann es sehen, Sie haben relativ dunkle Haut und schwarze Haare, außerdem einen fremd klingenden Namen. Und was ist schon dabei, ich frage doch nur, weil es mich interessiert. Ich finde es spannend, etwas über Menschen zu erfahren, die aus anderen Ländern kommen und wahrscheinlich einen komplett anderen Lebensweg haben als ich.“

Aber das traute und traut sich bis heute niemand. Warum eigentlich nicht?

Vielleicht liegt es daran, dass viele Deutsche mit Wurzeln in anderen Ländern – in vermeintlich politisch korrekter Sprache „Mitbürger mit Migrationshintergrund“ genannt – so reagieren wie ich früher und damit für Verunsicherung sorgen.

Ich hörte jedenfalls damit auf, lange um den Kern der Sache herumzureden. Neugier muss man belohnen und daher ehrliche Antworten geben. Und ich mag es, wenn man mich nach meiner Herkunft fragt, schließlich zeigt es Interesse. Krampfhaftes Ignorieren von Andersartigkeit finde ich seltsam.

Nur ganz selten fällt es mir noch schwer, meinen Zynismus zurückzuhalten, zum Beispiel wenn jemand zu mir sagt: „Ah, Indien, ich war kürzlich in einem indischen Restaurant.“ Oder: „Sie sprechen aber gut Deutsch.“

Mit der deutschen Sprache war es für meine Mutter in den ersten Monaten in Hollern-Twielenfleth schwierig. Sie nahm hier und da Brocken auf, merkte sich die wichtigsten Wörter und Floskeln. Aber sie dachte – noch – nicht daran, einen

Deutschkurs zu besuchen. Mit mir, einem Kleinkind, wäre das ohnehin nicht zu organisieren gewesen. Außerdem schlummerte tief in ihr der Gedanke: Irgendwann geht es nach England oder in die USA. Und Englisch konnte sie.

Aber sie verstand sich prächtig mit den Nachbarn, lernte immer mehr Einheimische kennen, machte auch Bekanntschaft mit Stadern.

Mit meinem Vater unterhielt sie sich auf Urdu und Englisch, meine Eltern redeten mit mir ebenfalls Urdu und Englisch, die Nachbarn Deutsch. Daher lernte ich ein Gemisch aus drei Sprachen. Ich sagte als Kleinkind beispielsweise „ocks" (*socks*), „iskit" (*biscuit*) und „gali" (*gari*, Urdu für Auto), aber auch „dake" (danke) und „guteteit" (Gesundheit).

Erstaunlicherweise fühlte meine Mutter sich trotz der Sprachbarriere in Hollern zu Hause. Als meine Eltern nach einem vierwöchigen Besuch bei Verwandten in London zurückkehrten und die kleine Wohnung betraten, sagten sie: *„Home, sweet home."*

Allzu lange sollte ihr Glück nicht andauern.

Einmal Karatschi und zurück

Nur noch zwei Monate. „Ich kann Ihnen leider keine längere Aufenthaltserlaubnis geben", sagte der Beamte in der Stader Ausländerbehörde. „Die Ausbildung Ihres Mannes endet im August, daher kann ich Ihnen die Genehmigung nur bis zum 31. August 1976 ausstellen. Bis Ende August müssen Sie ausreisen."

Meine Eltern hatten immer gewusst, dass ihnen das Bleiberecht nur für die Zeit der Ausbildung meines Vaters gewährt würde. Die Worte des Beamten trafen sie dennoch unvorbereitet. Sie hatten sich in Hollern-Twielenfleth eingelebt, hatten Freundschaften geschlossen, fühlten sich mit den Menschen und dem Ort verbunden.

Der Beamte redete auf meine Eltern ein, vieles davon verstanden die beiden nicht, weil er zu schnell sprach und Wörter benutzte, die ihnen fremd waren. Sie nickten trotzdem, widersprachen nicht. Was hätten sie sagen sollen?

Die Monate waren unmerklich vergangen. Beide Sommer in Hollern waren wunderschön, sattes Grün bis zum Horizont mit weißen, dann roten Punkten: erst die Kirschblüte, dann die Kirschenzeit. Unser Vermieter hatte nichts dagegen, dass die Bewohner seiner vier Wohnungen ihren Appetit auf frische Kirschen im Garten stillten. Solange Menschen zwischen den Bäumen herumliefen, kamen wenigsten die Vögel nicht, denen die Früchte ebenfalls schmeckten. „Wie im Paradies", schwärmen meine Eltern: „Kirschen vom Baum direkt in den Mund."

Im Frühherbst folgte die Apfelernte, in den Obsthöfen standen Türme von Apfelkisten. Ein Aroma von Most breitete sich aus, ein betörender Duft von Fäulnis, der benommen machte und auf der Zunge lag, wenn man sich ihm zu lange aussetzte. Dann das erste Weihnachten in der eigenen Wohnung, in der Wohnzimmerecke ein geschmückter Tannenbaum. Otti hatte ihn von ihrer Firma bekommen, bislang hatte sie jedes Jahr dankend abgelehnt, dieses Mal griff sie zu und überließ ihn uns. Wir feierten ohnehin zusammen.

Das alles sollte nur noch Erinnerung bleiben? Zwei Monate, keinen Tag länger, obwohl wir niemandem zur Last fielen. Die Hansa-Reederei bescheinigte meinem Vater schriftlich, dass sie ihn sofort nach Ende seiner Ausbildung als Offizier einstellen würde.

„Tut mir leid, ich muss mich an die Gesetze halten. Mehr als eine Verlängerung der Aufenthaltserlaubnis bis Ende August kann ich Ihnen nicht geben", sagte der Sachbearbeiter, nachdem er minutenlang in den Unterlagen geblättert hatte. Er war neu in der Behörde. Dass er durchaus Ermessensspielraum hatte bei der Vergabe von Aufenthaltsgenehmigungen, verschwieg er.

Für seinen Dienst und das bisschen Tinte im Pass zahlten meine Eltern jeweils zehn Mark.

Ob er sich genauso strikt an die Gesetze hielt, wenn Ausländer vor ihm saßen, die ein geschliffenes Deutsch an den Tag legten und ihre Rechte bis ins kleinste Detail kannten?

„Wir hätten auf den Tisch hauen sollen", sagt mein Vater rückblickend. „Ich hatte hier jahrelang gearbeitet und Steuern gezahlt, deshalb hätten wir uns weigern sollen, diese zweimonatige Frist hinzunehmen."

Meine Mutter fügt hinzu: „Und wir hätten gleich sagen sollen, dass wir in Deutschland bleiben wollten, nicht nur für zwei Monate, sondern für immer!" Sie vergisst in ihrer Wut, dass sie damals noch gar nicht die Absicht hatten, für immer zu bleiben.

Vielleicht wäre alles anders gekommen, wenn meine Eltern sich schon zu diesem Zeitpunkt endgültig für ein Leben in Deutschland entschieden hätten. Vielleicht hätten sie sich eine Menge Probleme erspart, wenn sie ganz klar gesagt hätten: „Uns kriegt hier niemand mehr weg! Aber damals spielte Deutschland in ihren Träumen immer noch nicht die Hauptrolle.

Die erste Aufenthaltserlaubnis für meine Mutter war ein Jahr gültig gewesen. Drei Wochen vor dem Ende dieser Frist, Anfang September 1975, waren meine Eltern nach Stade zur Ausländerbehörde gefahren. Eine problemlose Begegnung: Ein Sachbearbeiter rief die beiden in sein Büro, hörte sich ihren Wunsch an, blickte auf das Seefahrtsbuch meines Vaters und blätterte die grünen pakistanischen Reisepässe durch. Ein Eintrag schien ihn zu irritieren, jedenfalls verharrte sein Blick lange darauf: „*Valid for all countries of the world except Israel*". Eine bemerkenswerte Szene: In dem Land, das für die Ermordung von Millionen Juden verantwortlich war, sorgte dieser Gültigkeitshinweis dreißig Jahre nach dem Ende des Zweiten Weltkriegs für Verwirrung. Was dem Staatsbediensteten wohl durch den Kopf ging?

Ich habe mir ältere pakistanische Pässe meiner Verwandtschaft angeschaut. In manchen steht der gleiche Eintrag, in anderen sind die Länder, in die die Inhaber reisen durften, seitenlang aufgelistet. Israel fehlt immer, je nach politischer Stimmung auch Indien. Zudem sind mehrere damalige Ostblockstaaten, darunter die DDR, nicht aufgeführt.

Kommentarlos setzte der Beamte einen Stempel in die Pässe, wieder eine „Aufenthaltserlaubnis für die Bundesrepublik Deutschland einschl. des Landes Berlin", diesmal aber über das Arbeitsverbot hinaus mit dem Zusatz versehen: „Der

Nachzug von Familienangehörigen ist ohne Genehmigung der Ausländerbehörde nicht gestattet." In den Pass meines Vaters schrieb er außerdem: „Aufenthaltserlaubnis berechtigt nur zum Besuch der Seefahrtschule Grünendeich." Handschriftlich trug der Sachbearbeiter in beide Pässe das Gültigkeitsdatum 30. Juni 1976 ein. Mein Vater wies darauf hin, dass er seine Ausbildung erst im August abschlösse, doch sein Gegenüber schüttelte nur den Kopf. „Dann kommen Sie wieder und wir verlängern noch einmal", beschied er. Meine Eltern verstanden nicht, weshalb er nicht gleich den 31. August 1976 eintrug. Aber sie sagten nichts, sie waren erleichtert, dass sie den Stempel hatten und gehen konnten.

Die Atmosphäre, die hallenden Räume, die kargen Stühle im Warteraum, der Geruch, den der Kunststoffboden ausströmte, und der barsche Umgangston der angespannten Beamten hatte sie eingeschüchtert.

Die Behörde hatte damals eine Gebühr von vierzig Mark erhoben, zwanzig Mark pro Stempel.

Und nun, ein knappes Jahr später, die Ausweisung: „Bis Ende August müssen Sie ausreisen."

Meiner Mutter fielen in dieser Situation ein paar der deutschen Schimpfworte ein, die sie an Bord der Steinfels gelernt hatte. Aber sie hütete sich, irgendeines davon laut zu sagen.

Meine Eltern fanden sich damit ab, dass die Zeit in Deutschland vorbei war. Nur keine Wehmut, immer positiv denken. Bald könnte der alte, fast vergessene Traum von einem Leben in den USA oder in Großbritannien wahr werden.

Zur Kapitänsausbildung gehörte, dass mein Vater im Anschluss an die Schule zwei Jahre als Erster Offizier zur See fahren musste. Erst danach sollte er sein Patent bekommen; als Kapitän hätte er, ein Nichtdeutscher, einem deutschen Schiff aber auch dann nicht vorstehen dürfen. Hansa stellte ihn, wie angekündigt, ein. Das deutsche Seefahrtsbuch blieb damit in seinem Besitz und berechtigte ihn, weiter in Deutschland zu leben. „Genau genommen war meine Ausbildung ja noch gar nicht beendet, es fehlte der praktische Teil. Mit diesem Argument hätten wir auf einer Verlängerung der Aufenthaltsgenehmigung bestehen müssen", sagt mein Vater. „Notfalls auf dem Gerichtsweg." Aber damals war meinen Eltern nicht klar, wie man mit Behörden umgehen und dass man auch in Deutschland für sein Recht gelegentlich kämpfen muss. Damals dachten sie noch: Was der Beamte sagt, wird seine Richtigkeit haben.

Mein Vater kaufte Bretter, um eine containergroße Kiste zu bauen. Es war die günstigste Art, einen Behälter für den gesamten Hausstand zu bekommen. Peter Cordes half ihm dabei. Meine Eltern verkauften die Waschmaschine, da der Wasserdruck in den Leitungen von Karatschi nicht gereicht hätte, um das Gerät zu betreiben. Alles andere, was sich in fast zwei Jahren Deutschland angesammelt hatte, verfrachtete mein Vater in den Holzbehälter: Haartrockner, Kühlschrank, den Plattenspieler mit weißem Kunststoffgehäuse – schöne Geschenke für die Verwandten in Pakistan. Peter Cordes fuhr die Kiste mit seinem Lastwagen, mit dem er normalerweise Ziegelsteine und Zement zu Baustellen transportierte, zum Hamburger Hafen. Sie wurde auf ein Schiff der Hansa-Reederei verladen. Drei Monate später, im November 1976, kam sie in Karatschi an.

Wozu warten, wenn die uns hier nicht haben wollten? Jetzt hatte mein Vater noch Gelegenheit, uns zu begleiten, bevor er Ende August wieder aufs Schiff musste. Meine Eltern verabschiedeten sich schweren Herzens von allen Freunden, von Otti, Oma und Opa, von Kirschners und Familie Laurich. Von Freunden aus Stade bekamen sie ein Album mit Bildern aus der gemeinsamen Zeit. „Es war schön mit euch! Tschüss und bis bald“, endete es.

Alle Verwandten in Pakistan erzählen mir, wie sehr sie sich damals freuten, dass wir zurückkommen würden. Einen Monat vor Ablauf der Aufenthaltserlaubnis flogen meine Eltern mit mir nach Karatschi. Am frühen Morgen des 1. August betrat ich, ein Jahr und neun Monate alt, das erste Mal pakistanischen Boden.

Sich in Karatschi auf den ersten Blick zu verlieben, scheint mir unmöglich. Diese Stadt ohne Mitte kann man erst auf den zweiten, vielleicht sogar erst auf den dritten oder vierten Blick mögen, von lieben will ich gar nicht reden. Der allgegenwärtige Gestank, der kaum zu ertragen ist, Hundstage, eher Hundsmonate, in denen man vor Hitze zerfließt, dazu die dampfende Feuchtigkeit in der Monsunzeit von Juli bis September, der unermessliche Verkehrslärm, das ständige Surren der Mücken, der zur Routine gewordene tägliche Stromausfall über mehrere Stunden, Geschichten über Korruption, Überfälle, Terror – Karatschi kann selbst besonnene Gemüter in den Wahnsinn treiben. Von einer mörderischen Magen-Darm-Infektion trennt einen hier immer nur ein Schluck Leitungswasser.

Die einzige unerschöpfliche Ressource ist Zeit, jedenfalls dauert in dieser Stadt alles lange: die Besuche von Freunden und Verwandten, das Warten auf einen Handwerker, beim Arzt, in der Schlange im Geschäft. Terminvereinbarungen sind nie wörtlich zu nehmen. Gut, dass es so selten deutsche

Pünktlichkeitsmenschen hierher verschlägt – sie würden sehr bald verzweifeln.

Nur wer sich darauf einlässt, das Chaos akzeptiert – man könnte sagen resigniert – erkennt den Charme dieser Stadt: Menschen, die permanent Tee anbieten, für die Gastfreundschaft oberstes Prinzip ist, selbst wenn sie nichts besitzen; Gebäude mit Verzierungen an den Fassaden, die bröckelnd an die Pracht kolonialer Zeiten erinnern; Moscheen aus Jahrhunderten, in denen islamische Kunst noch Maßstäbe setzte und diese Religion für das Schöne in der Welt stand; eine kulinarische Vielfalt, die West und Ost – afghanische und indische Küche –, salzig und süß, scharf und mild vereint.

Karatschi, in der englischen Schreibweise *Karachi* oder, wie alteingesessene *Karachiites* gerne schreiben *Kurrachee* – ein klangvoller Name für eine der größten Städte der Welt. Der Legende nach leitet er sich von einem Frauennamen ab: Mai Kolachi war eine Fischerin aus der Provinz Sindh, die sich an der Küste des Arabischen Meeres niederließ. Vom Erfolg dieser Frau angelockt, zogen nach und nach immer mehr Fischer in den Ort, den sie fortan Kolachi nannten. Mitte des achtzehnten Jahrhunderts war Kolachi noch ein Fischerdorf, bevor seine für den Handel geografisch günstige Lage es zu einer Stadt werden ließ. Anderen Erzählungen zufolge soll der Ort schon viel früher existiert haben – unter dem Namen Krokala, wo Alexander der Große mit einem Segelschiff anlegte.

Die Bevölkerung wuchs nach der Gründung Pakistans 1947 explosionsartig, weil die Stadt die meisten der Millionen muslimischen Auswanderer aus Indien auffing. So wurde aus Karatschi ein *melting pot* der Muslime Südasiens, in dem kaum einer der Einwohner seine familiären Wurzeln hat.

Die ersten Ereignisse meines Lebens, an die ich mich schemenhaft erinnere, haben mit Karatschi zu tun. Hier verbrachte ich meine Tage in einem Montessori-Kindergarten: ein Gebäude, in dem der Spielraum ein Glaskasten war, in dem braune, ordentlich gekleidete Kinder mit gekämmten schwarzen Haaren auf dem Fußboden spielten. Ich hockte mittendrin, schreiend.

Ich hatte furchtbare Angst, dass meine Mutter mich nicht mehr abholen würde – schließlich war mein Vater kurz nach unserer Ankunft in Karatschi verschwunden, wieder auf sein Schiff für mehrere Monate. Wer gab mir die Garantie, dass mich nicht auch meine Mutter verließ? Mein Urvertrauen war erschüttert. Dazu die neue Umgebung, die unzähligen fremden Menschen, wie Verwandte, Freunde, Bekannte, Kindergärtnerin, Kindergartenkinder. Alles, was mir aus meinem bisherigen kurzen Leben geblieben war, war meine Mutter. Ich war zu klein, um zu verstehen, dass mein Vater als Seemann arbeitete und auf diese familienunfreundliche Weise unseren Lebensunterhalt verdiente.

Er wurde mein Held, der mir jeden Wunsch zu erfüllen versuchte, sobald er Urlaub hatte und bei mir war. Die tägliche Erziehung hatte meine Mutter zu übernehmen.

Meine Tanten und Onkel, Großeltern, Cousins und Cousinen waren für mich liebe, aber fremde Menschen. Ich klammerte mich an meine Mutter. Jeden Morgen, wenn ich in den Kindergarten gebracht werden sollte, ein paar Straßen vom Haus von Manzoor Ali Naqvi entfernt, gab es Geschrei. Ich brüllte, was meine Stimme hergab. Mein Großvater hielt es schließlich nicht mehr aus. „Lasst den Jungen doch zu Hause!“, schimpfte er. „Irgendwann wird er sich daran gewöhnt haben, dass sein Vater weg ist, dann probieren wir es wieder." Meine Mutter hörte auf ihren Vater – nach wenigen Wochen war der Kindergarten Vergangenheit.

Meine Verwandten umsorgten mich, das ängstliche Kleinkind, und versuchten, mich zu beschäftigen. Mein Onkel Jamal, der jüngste Bruder meiner Mutter, fing im Garten einen Frosch und forderte mich auf, die Hand auszustrecken. „Hier", sagte er und setzte mir das Tier auf die Handfläche. Der Frosch urinierte und hüpfte, nachdem sich eine Pfütze auf meiner Hand gebildet hatte, in die Abenddämmerung davon. Ich schrie. Jamal lachte. Auch dieses Bild sehe ich ganz scharf, als wäre es noch keine Jahrzehnte her.

An einem anderen Tag entdeckte Jamal eine zweiköpfige Schlange in der Auffahrt des Hauses: zwei Köpfe am selben Ende, vermutlich waren es zwei zusammengewachsene Tiere. Jamal rief die ganze Familie aufgeregt herbei. Meine Großmutter brachte mich sofort wieder ins Haus, wer weiß, was dieses Ungeheuer mir antun könnte. Ich frage mich, was Jamal mit dieser tierischen Sensation angestellt hat. Hat er die Schlange fotografiert? Heute würden wahrscheinlich alle Zeitungen der Welt das Bild veröffentlichen. Hat er sie getötet oder an einen Zoo oder eine Forschungseinrichtung verkauft? Inzwischen arbeitet er als Mediziner in New York, und wann immer ich ihn treffe, vergesse ich ihn zu fragen.

Allmählich gewöhnte ich mich an das Leben in Karatschi, so wie Kinder sich eben mit den Umständen abfinden. Die Geborgenheit der Großfamilie vertrieb das Gefühl der Fremde. Manchmal wohnten wir bei meinen Großeltern mütterlicherseits in *Jamshed Town*, dann wieder bei den Großeltern väterlicherseits in *Nazimabad*.

Meine Schulfreunde aus Stade sollten sich später über diesen Namen lustig machen. Das Z wird, wie im Englischen, stimmhaft gesprochen, also „Nasimabad“, aber meine Freunde sahen das „Nazi“ darin und dachten, ich hätte mir den Namen ausgedacht. Dabei heißt Nazimabad noch heute so und liegt im Norden von Karatschi. Einst war es das vornehmste Viertel der Stadt, inzwischen leben dort überwiegend streng religiöse Paschtunen; auf den Straßen sind ausschließlich Männer mit Bärten zu sehen, während die Frauen hinter hohen Schutzmauern verborgen bleiben. Meine Verwandten sind vor ein paar Jahren von dort weggezogen.

Meine Familie war so groß, dass ich mir als Kind – und auch heute noch – nicht merken konnte, wer in welchem Verwandtschaftsgrad zu mir stand. Noch komplizierter wurde es dadurch, dass man auf Urdu nicht einfach Tante und Onkel sagt, nein: Der Bruder der Mutter ist *Mamoo*, dessen Frau *Mumani*, die Schwester der Mutter *Khala*, deren Mann *Khalu*, den Bruder des Vaters redet man mit *Chacha* an, dessen Frau mit *Chachi*, die Schwester des Vaters ist *Phuppi*, deren Mann *Phuppa*. So wie Oma und Opa mütterlicherseits *Nani* und *Nana* und väterlicherseits entsprechend *Dadi* und *Dada* sind.

Als braver pakistanischer Junge sollte man die Bezeichnungen besser behalten.

Zwei große Häuser und die jeweilige Umgebung wurden zu dem Gebiet, auf dem ich mich sicher fühlte. Die Schwiegerfamilie meiner Mutter hatte aufgegeben, von ihr zu verlangen, dauerhaft nur bei ihr zu wohnen. Sie hatte vor der Sturheit meiner Mutter kapituliert.

Es war ein fröhliches Leben: lachende Tanten, Witze erzählende Onkel, Verwandte, die andere Verwandte imitierten – vielleicht eine merkwürdige Sprechweise, eine seltsame Art zu gehen, ihr Schmatzen beim Essen. Im Hintergrund eine ratternde Nähmaschine, scheppernde Töpfe. Ständig telefonierte jemand. Immer war Leben im Haus, und von draußen gesellte sich das Schreien der Krähen dazu, – Karatschi-Krähen.

Wenn meine Großmutter Qamar Jehan mit mir zum Einkaufen ging, warf sie sich gelegentlich eine schwarze Burka über – immer dann, wenn sie ihren bequemen Haus-Shalwar-Kameez trug und keine Lust hatte, sich umzuziehen. Die Burka war perfekt, um ohne großen Aufwand korrekt gekleidet zu ein. So ging sie mit mir zu Fuß zum Markt in der Tariq Road, wo ich mir immer etwas aussuchen durfte, ein Spielzeug oder Bonbons. Zu dieser Oma gewann ich schnell Zutrauen. Selbst ihre komplette Verhüllung machte mir keine Angst, obwohl diese sie gespenstisch erscheinen ließ. Für meine Großmutter hatte die Burka keine religiöse Bedeutung, sondern war einfach nur ein praktisches Kleidungsstück. Einmal wöchentlich wusch sie es und breitete es zum Trocknen auf dem Rasen aus. „Omas Krähenklamotten" nannte ich den schwarzen Stoff.

Auch im Elternhaus meines Vaters wurde ich verwöhnt. Mein Opa Kazim Ali Khan kochte trotz seines hohen Alters noch süße Speisen für mich, briet morgens Spiegeleier und bereitete abends unterschiedliche Currys zu. Ich staunte über die Eidechsen, die draußen an den Hauswänden in eine Starre verfielen und sich nur selten, dann aber blitzartig, bewegten. Manchmal verirrte sich ein Tierchen ins Haus und sorgte für Geschrei unter den Tanten. Hier gefiel mir besonders, dass ich mehrere Cousins und Cousinen als Spielgefährten hatte, die alle im selben Haus oder ganz in der Nähe wohnten. In der Familie meiner Mutter hingegen blieben die meisten ihrer Geschwister kinderlos, und diejenigen, die Kinder hatten, wohnten weit weg. Umso mehr Aufmerksamkeit blieb für mich.

Gemeinsam mit meinen Tanten und Onkeln erkundete ich den riesigen Garten, besuchte regelmäßig das Chamäleon in der Ecke und freute mich, wenn ich Eidechsen oder Schlangen sah, wobei die ganze Familie ein Auge darauf hatte, dass ich nicht ins hohe Gras am Rand verschwand, wo eine Begegnung mit einer Schlange böse hätte ausgehen können. Meiner Meinung nach konnte dieser Garten mit dem in Hollern-Twielenfleth gut mithalten.

Im Gegensatz zu mir fiel meiner Mutter das Einleben schwer. Obwohl sie in Karatschi aufgewachsen war, wollte sie hier nicht bleiben. Lange hatte sie vom Westen geträumt, hatte zwei Jahre in Deutschland gelebt – endlich –, und nun wohnte sie wieder in Karatschi, wo zu viele Menschen über ihr Leben bestimmen wollten.

Obwohl immer noch viele Schulfreundinnen in ihrer Nähe lebten und meine Mutter das Zusammensein mit ihren Geschwistern und ihrer großen Familie genoss, blieb sie unglücklich. Sie vermisste meinen Vater, der sich alle paar Wochen aus einem anderen Land meldete, und sie vermisste, was sie nie gedacht hätte, Hollern-Twielenfleth: das Paradies, wo es im Frühling an jeder Ecke weiß und rosa blühte, im Sommer nach Kirschen und Erdbeeren roch, im Herbst, wenn die Blätter gelb, rot und braun wurden, nach Äpfeln duftete und wo es im Winter schneite und die Luft so kalt und klar war, dass es nichts Besseres gab als einen Spaziergang an der Elbe und danach eine heiße Tasse Kakao. Wo die Menschen so freundlich zu ihr waren. Wo sie sich trotz ihrer Einsamkeit und trotz eines Umfelds, das viel weniger komfortabel war als das in Karatschi, wohlfühlte, weil

sie ihr Leben so gestalten konnte, wie sie wollte. Ach, Hollern-Twielenfleth! Wie gern wäre sie jetzt dort gewesen!
Erst jetzt wurde meiner Mutter bewusst, dass sie nicht in die USA oder nach Großbritannien ziehen wollte, auch nicht wirklich nach Deutschland, sondern nach Hollern-Twielenfleth.
Am 4. Februar 1977, ein halbes Jahr nach ihrer Rückkehr nach Karatschi, beantragte sie beim deutschen Generalkonsulat eine Aufenthaltserlaubnis für Deutschland. Als Ziel gab sie Bremen an, da dort die Hansa-Reederei ihren Sitz hatte. Nach sechs Wochen bangen Wartens erhielt sie die Antwort: „Es tut mir leid, Ihnen mitteilen zu müssen, daß die zuständigen Behörden in Bremen Ihnen keine Aufenthaltsgenehmigung erteilen. Das Generalkonsulat ist daher nicht in der Lage, Ihnen ein Visum auszustellen."
Meine Mutter ließ sich nicht entmutigen. Drei Monate später beantragte sie erneut eine Aufenthaltsgenehmigung. Als Ziel nannte sie jetzt Hollern-Twielenfleth. Diesmal dauerte es nur vier Wochen, bis das Generalkonsulat antwortete. Wieder wurde ihr Antrag abgelehnt. Auch der Landkreis Stade verweigerte eine solche Genehmigung.
Wieder ließ meine Mutter nicht locker. Sie wollte weg aus Karatschi, und zwar nicht irgendwohin, sondern nach Hollern, ins Alte Land. Also stellte sie im Oktober einen dritten Antrag an das Generalkonsulat in Deutschland. Dort lenkte man schließlich ein, am 17. November bekam sie die Aufenthaltsgenehmigung in ihren Pass gestempelt. „Mit Bedingung/Auflage versehen: gilt nur für Besuchszwecke; Kaution in Höhe von Rs. 10.000,– (DM ca. 2300,–) hinterlegt", schrieb der Sachbearbeiter dazu, nachdem er das Geld kassiert hatte, mit dem zur Not auch ein Abschiebeflug hätte bezahlt

werden können. Vier Monate, vom 25. November 1977 bis zum 24. März 1978, durfte meine Mutter sich in Deutschland aufhalten – für diese Genehmigung war diesmal eine deutlich höhere Gebühr zu zahlen: 170 Mark.

Der Stader Beamte, der später unsere Ausweisung betrieb, beschrieb das Vorgehen meiner Mutter einmal so: Sie habe „eine Aufenthaltserlaubnis in Form des Sichtvermerks zum Zwecke des Familiennachzuges beantragt. Da für fahrende Seeleute der Nachzug von Familienangehörigen grundsätzlich nicht gestattet wird und zudem die Voraussetzungen für einen Familiennachzug im vorliegenden Falle nicht erfüllt waren, wurde die Zustimmung zur Erteilung der Aufenthaltserlaubnis in Form des Sichtvermerks von der Freien und Hansestadt Bremen sowie von mir verweigert. Nach mehrfacher Vorsprache des Ehemannes wurde aufgrund vorliegender besonderer Umstände aus humanitären Gründen die Einreise Frau Kazims für einen 4-monatigen Besuchsaufenthalt gestattet". Der Beamte betonte, meine Eltern hätten ausdrücklich erklärt, dass es sich lediglich um einen Besuchsaufenthalt handelte.

Meiner Mutter wurde ein viermonatiger Aufenthalt nur unter der Bedingung erlaubt, dass mein Vater ihre Ausreise zum vorgesehenen Termin garantierte. Dabei wollten meine Eltern überhaupt nicht zurück nach Pakistan, jedenfalls nicht schon nach vier Monaten. Dennoch unterschrieben sie. Jetzt ging es erst einmal darum, dass mein Vater meine Mutter wiedersah – wenigstens für ein paar Tage, während sein Schiff in Bremen oder in Hamburg lag. Sie akzeptierten die Bedingungen, obwohl sie alles andere als einverstanden waren.

„Machen Sie sich mal keine Sorgen", sagte der Mitarbeiter beim Generalkonsulat zu meiner Mutter. „Wenn Sie sich keiner Gesetzesübertretung oder sonstiger Verfehlung schuldig machen, sind die Behörden vor Ort sicher bereit, die Aufenthaltsgenehmigung zu verlängern."

Darf man den Staat belügen?

Ich kenne alle Argumentationen: Wo kämen wir hin, wenn jeder nach Deutschland wollte? Wir können doch nicht jeden ins Land lassen! Wenn wir keine Grenzen hätten, zögen alle armen Menschen in die reichen Länder, in der Hoffnung, ihrer Armut zu entkommen!

Meine Eltern wollten nichts anderes als ein Leben in Hollern-Twielenfleth. Sie wollten kein Geld, sondern sogar freiwillig ein weniger komfortables Leben führen, als sie es früher gewohnt waren. Und definitiv war es nicht ihre Absicht, „die Belange der Bundesrepublik Deutschland zu beeinträchtigen", denn wer das tut, erhält laut Ausländergesetz keine Aufenthaltserlaubnis.

Die älteste Schwester meines Vaters, Zahra, machte meiner Mutter einen Vorschlag: Warum ginge sie nicht allein nach Deutschland und ließe mich bei ihr? Sie selbst war kinderlos geblieben und lebte, nach Jahren in Saudi-Arabien, nun wieder in Pakistan im Haus ihrer Eltern. Neben ihrer Arbeit als Anästhesistin für die pakistanische Armee – Schmerzbetäubung für Krieger – könnte sie doch für mich sorgen. Auf diese Weise würde ich in der Großfamilie aufwachsen und könnte bis zur Einschulung in Pakistan bleiben. Sollte meine Mutter dann immer noch in Deutschland sein, würde sie mich rechtzeitig zum Schulbeginn nach Hollern bringen.

Meine Mutter lehnte dankend ab.

Der Vorschlag meiner Tante mag sich ungewöhnlich anhören, ist es aber nicht. In Pakistan und Indien wachsen Kinder meist in Großfamilien auf, und nicht selten übernimmt jemand anderer als die Eltern die Erziehung: Mal ist es die älteste Tante oder der älteste Onkel, mal sind es die Großeltern, oder die älteren Geschwister erziehen die jüngeren. Und kinderlos Gebliebene kümmern sich häufig um ihre Nichten und Neffen, als wären sie der eigene Nachwuchs.

Es war ein gut gemeinter Gedanke meiner Tante, ein Angebot aus Liebe. Trotzdem läuft es mir kalt den Rücken hinunter, wenn ich daran denke, was aus mir geworden wäre, wenn meine Eltern Ja gesagt hätten. Dann hätte ich meine ersten sechs Lebensjahre in Karatschi verbracht. Vielleicht wäre ich auch nie nach Deutschland gekommen, irgendeinen Grund hätte es immer gegeben, weiter in Pakistan zu bleiben. „Er hat doch so viele Freunde hier, warum soll er in Deutschland zur Schule gehen, wo er niemanden kennt?" Oder: „Er fühlt sich so wohl in der Großfamilie, sollen wir ihn da wirklich rausreißen?" Oder: „Die Schulen in Pakistan sind viel besser als die in Deutschland. Hier lernt er von Anfang an Englisch."

Mein Urdu wäre sicherlich flüssiger als mein jetziges. Ich hätte ein engeres Verhältnis zu meinen Verwandten und eine sehr viel klarere Erinnerung an meine verstorbenen Großeltern. Aber wie wäre dann mein Verhältnis zu meinen Eltern? Ich wäre auf Grundlage der pakistanischen Kultur geprägt, denn ein Mensch wird in den ersten Lebensjahren entscheidend beeinflusst, was beispielsweise die Einstellung zu Religion, Familie und Partnerschaft sowie Arbeit betrifft. Wahrscheinlich wäre ich gescheitert, wenn ich als Sechs- oder Siebenjähriger nach Deutschland gekommen wäre, ohne ein Wort Deutsch zu sprechen oder zu verstehen. Wie weit kommt ein Kind in der Schule, wenn es kein oder nur schlecht Deutsch kann? Was nützt einem Talent, Intelligenz oder Lernwille, wenn man nicht sagen

kann, was man sagen will? Und genügt eine später erworbene Sprachkenntnis mit Akzent, um akzeptiert zu werden? Bleibt man dann nicht trotzdem der Ausländer?
Ich bin mir sicher: Mit ihrem Nein hat meine Mutter eine der wichtigsten Entscheidungen für mein Leben getroffen. Vielleicht war es sogar die wichtigste überhaupt. Ein einfaches Nein.

Während mein Vater nach wie vor auf den Weltmeeren unterwegs war, bereitete meine Mutter im November 1977 unseren erneuten Umzug nach Deutschland vor. Wieder packte sie nur zwei Koffer, diesmal mit genügend winterlicher Kleidung, da sie jetzt wusste, was uns in Deutschland erwartete. Die Sachen aus dem Holzcontainer waren ohnehin an die Verwandtschaft verschenkt. Vor allem der Kühlschrank tat in der Hitze von Karatschi gute Dienste, und der weiße Plattenspieler im Siebziger-Jahre-Design steht heute noch funktionstüchtig in einem pakistanischen Wohnzimmer.
Als mein Vater mit seinem Schiff in Hamburg festmachte, rief er, eher aus einer Laune heraus, bei Peter Cordes an, um zu fragen, ob eine der vier Wohnungen in unserem alten Haus frei wäre – und war überglücklich zu hören, dass unsere alte Dachgeschosswohnung noch unbewohnt war. „Die hat keiner gemietet, seit ihr weg seid."
Mein Vater sagte sofort zu. Wir hatten unser Zuhause wieder!
Auch meine Mutter war überglücklich, als sie diese Nachricht hörte. Sie wusste genau: Es ging zurück zu den alten Nachbarn, zu den alten Freunden und zum großen Garten, in dem ich herumtoben konnte. „Wir fahren, Inschallah, zu Peter", sagte sie mir. An unseren Vermieter Peter Cordes hatte ich als Kind in

Pakistan immer gedacht, wenn nachts ein pfeifender Wachmann durch die Straßen ging, ein alter Mann, den die Bewohner des Viertels bezahlten, damit er mit seinem Bambusstock seine Runden drehte. Auch Peter pfiff gerne und laut, wenn er auf dem Hof seiner Baufirma Sand oder Ziegelsteine verlud. „Und zu Otti und Marina und Sabine."

Ich war betrübt und glücklich zugleich. Mir war sofort klar, dass ich meine lieb gewonnenen Verwandten verlassen musste. Aber Unbehagen bereitete mir, dass meine Mutter „Inschallah" gesagt hatte. So Gott wollte, sollten wir also nach Deutschland reisen. Ich war zwar erst drei Jahre alt, aber hatte schon begriffen: Inschallah bedeutete fast immer „nie".

Im Koran steht in der achtzehnten Sure: „Sage niemals: ‚Ich werde morgen etwas tun' ohne den Zusatz ‚Inschallah – so Gott will!' Du wirst dich an Gott erinnern, solltest du es vergessen." Meine Verwandten und meine muslimischen Freunde sagen permanent Inschallah.

„Morgen gehen wir chinesisch essen, Inschallah."

„Inschallah, bald kommt Mohsin Chacha aus Texas zu Besuch."

„Maheen wird, Inschallah, heiraten und viele Kinder bekommen."

Als Kind und Jugendlicher bedeutete Inschallah für mich immer: „Das kannst du dir abschminken." Es war ein Signalwort für Wahrscheinlichkeit gleich null.

„Fahren wir nach Stade zum Jahrmarkt?" „Das machen wir morgen oder übermorgen, Inschallah."

„Ich brauche einen Computer, kaufst du mir einen? Gerade gibt es welche im Angebot." „Inschallah, Inschallah."

„Wann machen wir einen Ausflug nach Hamburg?" „Inschallah, bald."

Inschallah ist das Gegenteil von „Was du heute kannst besorgen, das verschiebe nicht auf morgen". Es bedeutet: Bloß keine Eile, Gott wird es schon richten, verschiebe alles auf morgen, sag Inschallah und vergiss die Angelegenheit. Inschallah heißt: Was weiß ich, wann wir dieses oder jenes tun, vielleicht morgen, vielleicht in einem Jahr, vielleicht nie. Es kann auch bedeuten: Hör auf, mich mit deinen Wünschen zu belästigen. Es ist eine höfliche Art, Nein zu sagen. Ein verpacktes Nein, sozusagen.

Und Nein heißt in Südasien nicht immer Nein, Ja nicht immer Ja. Was gemeint ist, erschließt sich aus dem Kontext. Es ist sehr kompliziert. Manche westlichen Ausländer verzweifeln darüber, aber mit viel Übung kann man es lernen, Inschallah.

Wann immer meine Eltern dieses Wort benutzten, wurde ich wütend. Im Laufe der Jahre verschwand es aus ihrem Wortschatz.

Diesmal jedoch hatte das Inschallah keine aufschiebende Wirkung: Wir reisten am 25. November 1977 tatsächlich wieder nach Deutschland.

Als meine Mutter mit mir nach fünfzehn Monaten wieder nach Hollern kam, war alles so, wie sie es verlassen hatte. Meinen Eltern stand jetzt die längste und schwerste Prüfung ihres Lebens bevor.

Bi uns tohus, in'n Olen Land

Es war ein eisiger Winter mit meterhohem Schnee, als wollte uns die Natur zeigen: So kann es hier zugehen im Norden Deutschlands. Na, doch lieber wieder zurück nach Karatschi, wo es schön heiß ist?

Der erste Weihnachtsschmuck hing schon in den Fenstern der Nachbarhäuser, und wenige Tage nach unserem Einzug in die Hollerner Wohnung waren auch unsere Fenster verziert.

Die Nachbarn feierten unsere Rückkehr: Oma und Opa Truetsch waren glücklich, uns wiederzuhaben, und Otti hatte, sobald sie durch meinen Vater von unserer Ankunft erfahren hatte, einige Lebensmittel eingekauft, damit wir für die ersten Tage versorgt waren. Die Namen unserer Hollerner Freunde waren mir alle noch geläufig, meine Mutter hatte in den Monaten in Pakistan oft von ihnen erzählt. Die Gesichter aber waren für mich, den Dreijährigen, wieder neu.

Meine Eltern erzählten den Nachbarn, dass sie am liebsten für immer bleiben wollten, dass meine Mutter und ich aber nur ein Visum für vier Monate bekommen hätten.

„Und weshalb nur für vier Monate?"

„Keine Ahnung, es war schon schwer genug, überhaupt eines zu erhalten." Meine Mutter berichtete von den Versuchen, beim Generalkonsulat in Karatschi ein Visum zu bekommen, und von dem Geld, das sie dort als Sicherheit hatte hinterlegen müssen. „Vier Monate war das Maximum, worauf sie sich einließen."

Nur drei Wochen nach unserer Rückkehr, am 13. Dezember 1977, erschien im Stader Tageblatt ein Artikel über uns: „Ausländergesetze lassen keinen Spielraum mehr: Nach vier

Monaten wird die Familie Kazim wieder getrennt". Unser Schicksal war bis zur Lokalpresse durchgedrungen, im Dorf redete man seit Tagen darüber, wohl auch mangels anderer Themen.

Zwei Wochen vor Weihnachten erklärte die Ausländerbehörde dem Stader Tageblatt, dass es keine Verlängerung der Aufenthaltserlaubnis für uns gäbe. Von wegen, die Behörden würden die Genehmigung verlängern, wenn meine Mutter sich „keiner Gesetzesübertretung oder sonstiger Verfehlung schuldig" machte, wie der Sachbearbeiter im Konsulat in Karatschi meiner Mutter noch Hoffnung geschenkt hatte.

Ich fand diesen Artikel fast drei Jahrzehnte nach seiner Veröffentlichung in dem blauen Ordner vom Dachboden meiner Eltern zwischen den ganzen Behördenpapieren abgeheftet.

„Kreis Stade (ST). Auf dem deutschen Konsulat in Karatschi mußten für den kleinen Hasnain Kazim und seine Mutter 10.000 Rupien hinterlegt werden, bevor sie in den Landkreis Stade reisen durften: Flugkosten für die Rückreise: denn in Deutschland dürfen die beiden nicht bleiben. Der Weihnachtswunsch von Vater Hasan Kazim wird mit Sicherheit ein Wunsch bleiben. Er wollte Sohn und Ehefrau zumindest für jene Zeit in seine Wohnung nach Hollern holen, in der er noch auf deutschen Schiffen zur See fährt. Wenigstens für eineinhalb Jahre, die er noch benötigt, bis er das Patent AI-Kapitän auf kleiner Fahrt ausgehändigt bekommt. Die dafür nötigen Prüfungen hat er bereits bestanden."

Ein zweispaltiges Foto bebildert die Geschichte auf der ersten Seite der Lokalnachrichten: Ich hocke auf dem Schoß meines Vaters und beiße in ein trockenes Brötchen. Mein Vater hat lange Haare und Koteletten, typisch siebziger Jahre. Neben uns sitzt meine Mutter, ebenfalls ganz im Stil der Zeit. Aufgenommen wurde das Bild in den Redaktionsräumen der Zeitung.

Ich las den Artikel, las ihn noch einmal und fand es merkwürdig, dass es um uns ging, um unsere Zukunft; dass Fremde darüber entschieden, wo wir zu leben beziehungsweise nicht zu leben hätten. Der Artikel geht noch weiter, berichtet nunmehr distanziert über unsere Situation:

„Daß er [mein Vater] seine junge Familie nachholen möchte, scheint auf den ersten Blick kein unbilliger Wunsch, dennoch bleibt der unerfüllbar. Das Ausländergesetz spricht dagegen und das Ordnungsamt des Kreises, für solche Fragen zuständig, kann im Falle Kazim nicht helfen. Dort hat man ohnehin die einschlägigen Vorschriften schon großzügig ausgelegt, als man die Ehefrau einreisen ließ.

Für die Beamten zählen solcher Art Probleme zum täglichen Brot. Zwar hat die Bundesrepublik eine denkbar großzügige Ausländergesetzgebung, aber auf persönliche Probleme der Betroffenen, mögen sie noch so verständlich sein, kann man nur sehr bedingt Rücksicht nehmen. Amtsleiter Heinz Wiederspahn: ‚Wir dürfen keine Präzedenzfälle schaffen und auch wenn es uns schwer fällt, gilt doch immer der Grundsatz der Gleichbehandlung.'

Im Falle Kazim heißt das im Klartext: die Ehefrau muß nach vier Monaten, wenn ihre Aufenthaltserlaubnis abgelaufen ist, wieder nach Pakistan zurückfliegen. Hasan Kazim hat dann mehr als 5000 Mark dafür ausgegeben, daß Frau und Kind für vier Monate in Hollern leben durften. Eine Tatsache freilich, auf die die Beamten ihn vorher ausdrücklich hingewiesen haben. Die Geschichte des Seemannes aus Pakistan ist zudem kein Einzelfall. Ein Aufenthalt in der Bundesrepublik oder sogar die deutsche Staatsbürgerschaft steht vornehmlich in außereuropäischen Ländern hoch im Kurs.

Nicht zuletzt aus diesem Grund hat der Gesetzgeber für klar umrissene Vorschriften gesorgt. Es gibt damit auch für Hasan Kazim keine Ausnahme. Dazu noch einmal Oberamtsrat Wiederspahn: ‚Er war nur für die Dauer des Besuches der Seefahrtschule Grünendeich im Besitz einer Aufenthaltserlaubnis, die für diesen Zeitraum einen dauernden Aufenthalt an Land gestattete. Jetzt leistet er die für das Kapitänspatent erforderlichen Fahrenszeiten ab. Die von der Ausländerbehörde Hamburg erteilte Aufenthaltserlaubnis berechtigt aber nur zur Berufsausbildung in der deutschen Seefahrt. Ein Daueraufenthalt an Land ist nicht gestattet. Somit kann auch der Ehefrau kein Dauerwohnrecht im Rahmen der Familienzusammenführung genehmigt werden.‘

Zumal Hasan Kazim nach Beendigung seiner Ausbildung ohnehin verpflichtet ist, nach Pakistan zurückzukehren. Auch hier gibt es klare gesetzliche Vorschriften. Staatsangehörigen außereuropäischer Staaten ist grundsätzlich die Aufnahme einer Erwerbstätigkeit nicht zu gestatten.“

Was für eine miserable Lage: Unser Schicksal hing davon ab, wie Beamte die Gesetze auslegten. Wäre ich heute in einer vergleichbaren Situation, würde ich schleunigst meine Sachen packen und mich verabschieden. Wozu bleiben, wenn man unerwünscht ist? Welcher Ort kann schon so schön sein, dass es sich lohnt, einen zermürbenden Kampf mit den Behörden aufzunehmen?

Hollern-Twielenfleth.

Meine Eltern profitierten außerdem von ihrer südasiatischen Mentalität: Irgendwie würde es schon werden, Inschallah. Sie richteten sich in ihrer Zwei-Zimmer-Wohnung ein und organisierten ein schönes Weihnachtsfest. Otti steuerte wieder den Tannenbaum bei, ich bekam eine batteriebetriebene Eisenbahn, die Achten auf Plastikschienen fuhr; die Dampflok machte echten Qualm, an dessen Geruch ich mich heute noch erinnere.

Das Problem mit der Aufenthaltserlaubnis löste sich vorerst wie von selbst: Meine Mutter wurde wieder schwanger, unser Hausarzt Heinz Gosch attestierte ihr eine Risikoschwangerschaft. Damit durfte sie vorerst nicht ausgewiesen werden, und ich auch nicht.

Es war kein Plan zur Verhinderung einer Ausweisung, sondern schlicht Zufall, betonen meine Eltern noch heute. Sie wollten immer zwei Kinder haben, höchstens im Abstand von vier Jahren. Genau das war jetzt der Fall.

Meine Mutter fuhr zur Ausländerbehörde zu jenem Beamten, der sie vor mehr als einem Jahr zur Ausreise nach Pakistan gezwungen hatte. Sie legte dem „Sachbearbeiter für das Ausländerwesen" das Attest vor, in dem die Formulierung „nicht reisefähig" stand.

„Unerhört", murmelte der Mann in seinen buschigen Schnurrbart. „Sie haben die Schwangerschaft doch nur herbeigeführt, um in Deutschland bleiben zu können."

Meine Mutter, die zu diesem Zeitpunkt kaum Deutsch sprach, verstand nicht, was sie gehört hatte. Sie merkte sich die ungelenke Formulierung und berichtete ihren Freunden davon, die empört waren. „Eine Beleidigung ist das!", schimpfte einer.

Doktor Gosch war besonders erzürnt. Er ließ sich von meinen Eltern ihre ganze Geschichte erzählen, hörte, dass sie schon einmal in Deutschland gelebt hatten, nun wiedergekommen waren, um möglichst dauerhaft zu bleiben und erfuhr von den

Schwierigkeiten mit den Behörden. Er überlegte sich seine eigene Strategie.

Mürrisch stempelte der Beamte meiner Mutter eine neue Aufenthaltsgenehmigung in den Pass – gültig bis zum 24. Juli 1978, obwohl der Geburtstermin für Mitte August vorhergesagt war. Sollte diese Frau doch ihr Kind in Pakistan kriegen! „Gilt nur bis zu der Wiederherstellung der Reisefähigkeit" trug er ein, damit eine Möglichkeit offenblieb, sie sogar noch vor diesem Termin abzuschieben. Wieder musste meine Mutter zahlen: dreißig Mark für maximal vier Monate.

Wir blieben.

Kurz vor Ablauf der Frist stellte der Hausarzt ihr ein neues Attest aus: immer noch nicht reisefähig. Wieder stempelte der Beamte, spürbar verärgert, eine Verlängerung in ihren Pass und fügte handschriftlich hinzu, dass diese Genehmigung nur gälte, bis meine Mutter reisefähig wäre – maximal bis zum 24. November 1978. Bis dahin wäre das Kind ja auf der Welt, und einer Ausreise stünde nichts mehr im Wege. Und wieder erhob er eine Gebühr von dreißig Mark.

Am 10. August 1978 wurde meine Schwester im Stader Krankenhaus geboren. Meine Eltern nannten sie Zahra, wie die älteste Schwester meines Vaters. Ein Zweitname blieb ihr erspart.

Ich war alles andere als glücklich. Nun war es vorbei mit der ungeteilten Aufmerksamkeit meiner Eltern. Was sollte ich mit einer Schwester anfangen? Mein Vater kaufte mir am Tag der Geburt eine blaue Schaufel für meine Sandkiste. Vom Spielzeugladen aus gingen wir ins Krankenhaus, ich sollte Zahra das erste Mal zu Gesicht bekommen. Hinter einer Glaswand standen mehrere Kinderbetten. Mein Vater nahm mich auf den Arm, damit ich die Neugeborenen betrachten konnte. Eine Krankenschwester betrat den Raum hinter der Glasscheibe, schritt zu einem Bettchen in der Mitte und hob daraus ein schwarzbehaartes Baby in die Höhe. Die Krankenschwester und mein Vater lächelten. Wahrscheinlich lächelte auch meine Mutter, die in ihrem Krankenzimmer lag und sich von den Strapazen der Geburt erholte. Ich hing auf dem Arm meines Vaters und betrachtete meine neue Schaufel. Dann guckte ich mir dieses Baby an: Meine Schwester war also ein knautschiges, haariges Bündel.

Zu Hause stellte ich abends meine Schaufel in die Ecke und klingelte bei Otti. Ich hatte mir vorgenommen, meine Schwester loszuwerden.

„Otti?"

„Ja, mein Schatz?"

„Du hast doch keine Kinder, oder?"

„Nein, mein Schatz, aber ich hab ja dich und jetzt auch deine Schwester."

„Willst du nicht Zahra haben?", fragte ich sie.

Otti verkniff sich ein Lachen, wie sie mir Jahre später gestand. Allzu gerne hätte ich meine Schwester gegen ein Tretauto oder ein Fahrrad eingetauscht. Ich bot sie mehreren Nachbarn an, aber niemand ging auf meinen Geschäftsvorschlag ein. Wohl oder übel fügte ich mich in mein Schicksal. Ich war knapp vier – noch nicht geschäftsfähig.

Im Nachhinein tut mir mein Verhalten natürlich leid, nicht nur weil Zahra meine Schwester ist, sondern auch weil sie als Kleinkind kränklich war. Aufgrund ihrer permanenten Erkältung und der immer wieder auftretenden schlimmen Bauchschmerzen, die später als Symptome einer Störung der

Bauchspeicheldrüse diagnostiziert werden sollten, durften wir nicht abgeschoben werden. Ihre Krankheit war ein unfreiwilliges Opfer für die Familie: Unser Arzt bescheinigte, dass sie nicht reisefähig war. Ohne meine Schwester wären wir sicher nicht in Deutschland geblieben. Mir ist das erst klar, seitdem ich die Papiere vom Dachboden meiner Eltern durchforstet und dort auch die Atteste gefunden habe.

Es ging deshalb weiter wie bisher: Eine Verlängerung der Aufenthaltserlaubnis folgte der nächsten. Wir durften bis zum 24. Februar 1979, dann bis zum 30. Juni bleiben, schließlich trug uns der Schnurrbartträger sogar den 31. März 1980 als Frist in den Pass. Und jedes Mal schrieb er dazu: „Gilt nur bis zur Wiederherstellung der Reisefähigkeit des Kindes Zahra Kazim". Die Angst vor einem Ende unserer Zeit in Deutschland blieb die Konstante im Leben meiner Eltern.

Sie stellten einen Antrag auf Aufenthaltsberechtigung in Deutschland. Eine Aufenthaltsberechtigung war eine Genehmigung zum dauerhaften Aufenthalt in Deutschland, während eine Aufenthaltserlaubnis an eine Frist oder an einen Zweck, wie zum Beispiel eine Ausbildung, gebunden ist. Mit diesem Antrag machten sie nun erstmals deutlich, dass sie für immer bleiben wollten.

Zwei Jahre nach dem Artikel im Stader Tageblatt erschien wieder ein Bericht über uns, diesmal auf der Titelseite des wöchentlich erscheinenden Anzeigenblattes „Neue Stader". „Familie Kazim möchte bleiben – Die Gesetze stehen dagegen" lautete die Überschrift.

Diesmal war kein Bild von uns, sondern von Ordnungsamtschef Heinz Wiederspahn zu sehen, der zitiert wurde: „Die Ausländergesetze sind nun mal so."

Auch der Verfasser dieses Artikels räumte unserem Fall kaum Chancen ein: Die Beamten des Landkreises Stade sähen keine Möglichkeit, uns eine Erlaubnis für einen weiteren Aufenthalt in Deutschland zu geben.

„Damit scheint der jahrelange Kampf der Kazims um ihr Verbleiben in der Bundesrepublik ein negatives Ende zu nehmen. Das vorläufig letzte Wort wird der Regierungspräsident in Lüneburg sprechen. Bei ihm liegt es, den abschlägigen Bescheid der Landkreisbehörden auf einen Antrag auf Aufenthaltsberechtigung eventuell zu revidieren."

Der Artikel rollte die Geschichte meiner Eltern bis 1979 auf, wie sie nach Deutschland kamen, mein Vater seine nautische Ausbildung machte, meine Mutter mit mir nach Pakistan und wieder zurück reiste und wie meine Eltern seit langem darum kämpften, in Deutschland bleiben zu dürfen.

„Die Familie Kazim hatte inzwischen einen Antrag auf Aufenthaltsberechtigung gestellt, dessen Stattgebung einer Einbürgerung gleichkäme.

Aber der Landkreis lehnte ab. Heinz Wiederspahn: ‚Hierzu gibt es eindeutige Rechtsvorschriften. Deutschland ist kein Einwanderungsland. Es gibt keine gesetzliche Handhabe, Ausländern den ständigen Aufenthalt in der Bundesrepublik zu gestatten. Außen vor stehen hier nur die EG-Mitgliedstaaten und Ehegatten deutscher Bürger.'

Zwar lässt Hasan Kazim den abschlägigen Bescheid bei der Widerspruchsbehörde in Lüneburg prüfen, aber über den 31. März nächsten Jahres [1980] hinaus geht nichts mehr. Selbst eine Klage beim Oberverwaltungsgericht hat keine aufschiebende Wirkung. Die Familie, die sich in Deutschland wohlfühlt, die voll integriert ist, die niemandem auf der Tasche liegt, die gerne in Deutschland bleiben möchte, muß dann wohl endgültig unser Land verlassen."

Die Darstellung war ein Rückschlag für meine Eltern – schwarz auf weiß lesen zu müssen, dass alle Bemühungen nicht fruchteten und sie Deutschland wohl endgültig verlassen müssten. Doch sie kämpften weiter.

Auch die Stader Ausländerbehörde gab nicht auf, der Beamte verlor zunehmend die Geduld und betrachtete es geradezu als Unverschämtheit, dass wir nun sogar für immer bleiben wollten.

Der Gesundheitszustand meiner Schwester verbesserte sich nicht, und meine Eltern machten keine Anstalten, das Land zu verlassen. Der Beamte kündigte im Gespräch mit meinen Eltern an, dass sie sich auf ihre Abreise bis Ende März 1980 einstellen sollten. Eine Verlängerung der Aufenthaltserlaubnis darüber hinaus würde es nicht geben. Den Antrag auf Aufenthaltsberechtigung lehnte er ab.

Mein Vater nahm die Hilfe eines Rechtsanwalts in Anspruch, ein Experte für Ausländerrecht aus Hannover, den ihm ein Freund empfohlen hatte. Meine Eltern legten nun bei der Bezirksregierung Lüneburg Widerspruch gegen die Entscheidungen des Landkreises ein. Nach Erscheinen des Artikels in der Neuen Stader riet der Anwalt meinen Eltern, Ruhe zu bewahren und abzuwarten.

Doktor Gosch wollte uns helfen, sah, dass meine Eltern sich im Alten Land wohlfühlten und hier leben wollten. Wer das Alte Land liebt, kann kein schlechter Mensch sein, dachte er. Beim Formulieren der Atteste ließ er sich zu immer drastischeren Diagnosen hinreißen. Am 11. März 1980 schrieb er etwas von „Allergie unklarer Genese" und einer Bronchitis. „Für das

Kleinkind bedeutet die Einreise nach Pakistan aus klimatischen und Ernährungsgründen Lebensgefahr."

Der Beamte wurde misstrauisch. War es möglich, dass Heinz Gosch ein Freund meiner Eltern war, der die Atteste aus Gefälligkeit ausstellte?

Er schrieb deshalb meiner Mutter: „Sehr geehrte Frau Kazim! Sie werden gebeten, zur amtsärztlichen Untersuchung wegen Verlängerung der Aufenthaltserlaubnis mit Ihrem Kind Zahra am Mittwoch, d. 26. 3. 80 um 8.30 Uhr in das Gesundheitsamt Stade zu kommen. Bei Verhinderung bitte ich um rechtzeitige Nachricht. Die Untersuchung ist gebührenfrei. Hochachtungsvoll!", dahinter eine unleserliche Unterschrift. Ein Amtsarzt sollte also überprüfen, ob die Diagnosen von Doktor Gosch stimmten. Wenn nicht, sollten wir sofort ausgewiesen werden.

Meine Mutter informierte unseren Hausarzt über diese Anordnung.

„Dann fahren Sie mal!", antwortete er ihr gelassen.

An besagtem Tag stieg meine Mutter mit meiner Schwester im Arm in den Bus und fuhr zum Gesundheitsamt. Der untersuchende Arzt war Doktor Wessolowski, Chefarzt der Kinderklinik in Stade. Er stellte eine „Kinderfachärztliche Bescheinigung" aus, in der er attestierte, Zahra litte an einer „rezidivierenden chronischen spastischen Bronchitis" und wäre „in absehbarer Zeit nicht reisefähig, so daß die Eltern mit dem Kind noch für längere Zeit am bisherigen Wohnort bleiben müssen".

Ich weiß bis heute nicht, ob die Ärzte sich kannten, ob sie sich abgesprochen hatten oder einfach nur der Regel folgten: Ein Arzt widerspricht dem anderen nicht, jedenfalls nicht auf Befehl eines Kommunalbeamten. Vielleicht war meine Schwester auch tatsächlich krank genug, um eine Abschiebung zu verhindern.

Jetzt blieb auch der Ausländerbehörde nichts anderes übrig, als die „Wiederherstellung der Reisefähigkeit des Kindes Zahra Kazim" abzuwarten, – obwohl inzwischen die Bezirksregierung in Lüneburg gegen uns entschieden hatte. Ihrer Meinung nach hatte die Stader Behörde sich an die Verfahrensregeln gehalten und lediglich ihren Ermessensspielraum genutzt. Außerdem war sie der Ansicht, mein Vater hätte sich „nicht seit 1962 ständig in der Bundesrepublik aufgehalten. Bis zur Aufnahme der Ausbildung [an der Seefahrtschule Grünendeich] 1975 ist er als Besatzungsmitglied eines deutschen Schiffes nur zum Landgang, nicht aber zur Erwerbstätigkeit oder Begründung eines Wohnsitzes berechtigt gewesen". Demnach hatten meine Eltern sich also illegal in Hollern niedergelassen. Die Bezirksregierung schrieb weiter: „Die beiden 1974 und 1978 geborenen Kinder sind noch nicht in die hiesigen Lebensverhältnisse hineingewachsen, so daß sie sich in Pakistan unschwer wieder einleben könnten, zumal sich das älteste Kind bereits 1976/1977 dort aufgehalten hat."

Als der Beamte uns nun trotzdem eine neue Frist in den Pass stempeln musste, war er offensichtlich verwirrt – er vergaß, dass der September nur dreißig Tage hat, und schrieb uns den „31. September 1980" in die Dokumente. Meine Eltern hatten das Gefühl, er empfand die Verlängerung als persönliche Niederlage; spätestens seit sie erfahren hatten, dass in Stade lebende Inder, mit denen sie befreundet waren, problemlos die für einen Verbleib erforderlichen Papiere und Stempel von ihm erhielten, waren sie überzeugt, dass dieser Beamte einen privaten Feldzug gegen sie führte. Warum, konnten sie sich nicht erklären.

Für mich hatte derweil der Ernst des Lebens begonnen: Meine Eltern hatten mich im Kindergarten angemeldet. Der evangelische Kindergarten war in einem alten Gebäude am Ende einer Sackgasse in Twielenfleth untergebracht. Wenn jemals ein Auto dorthin kam, dann gehörte es jemandem, der sein Kind hinbringen oder abholen wollte. Dennoch mussten wir, wenn wir zum Spielplatz auf der gegenüberliegenden Straßenseite wollten, jedes Mal am Straßenrand stehen bleiben, nach links schauen, nach rechts, wieder nach links, und erst dann durften wir die Straße, die eher ein Weg war, überqueren. Das war unsere Verkehrsschulung.

Was links und rechts war, verstand ich, aber vieles andere offensichtlich nicht, denn eines Tages fragte die kleine Sabine Laurich meine Mutter: „Warum spricht Hansi so komisch Deutsch?"

Meine Mutter erstarrte.

„Hansi spricht komisch Deutsch?"

„Ja. Ganz komisch. Ich versteh den nicht."

Meine Mutter erklärte ihr, dass ich eine Zeit lang in einem anderen Land gelebt hätte und Deutsch daher für mich noch neu wäre. Sabine gab sich mit dieser Erklärung zufrieden. Dass meine Mutter ähnlich merkwürdig sprach, war ihr anscheinend nicht bewusst. Vielleicht traute sie sich auch nur nicht, das zu sagen.

Für meine Mutter war Sabines Bemerkung ein Schlüsselerlebnis. Ein vierjähriges Kind hatte ihr mit einer einfachen Frage deutlich gemacht, dass wir unbedingt die Sprache dieses Landes lernen mussten, um uns zu integrieren. Ihr Kind konnte nur dann vernünftig Deutsch lernen, wenn sie selbst ihre Sprachkenntnisse verbesserte und mit mir nicht mehr Englisch und Urdu sprach. Sie meldete sich an der Volkshochschule zu einem Kurs an: Deutsch für Ausländer.

Ich erinnere mich tatsächlich an gewisse Sprachprobleme. „Du Arschloch!“, sagte einmal mein etwas ruppiger Freund Michael Stolle zu mir, der es Jahre später als Stabhochspringer bis zu den Olympischen Spielen bringen sollte.

„Mama, Arschloch *kja hai*?“, fragte ich am Nachmittag, als ich aus dem Kindergarten kam. Meine Mutter erklärte mir die Anatomie des Körpers und dabei beiläufig auch jenes Wort.

„Aber das ist ein schlechtes Wort, du sollst es nicht benutzen“, warnte sie mich.

Am nächsten Tag benutzte ich es doch. Beim Mittagessen im Kindergarten, es gab Hirsebrei, rief ich Michael quer über den Tisch ohne erkennbaren Anlass zu: „Du bist selbst ein Arschloch.“

Das gab mächtig Ärger von der Kindergärtnerin! Wenigstens wusste ich jetzt, warum.

Meine Sprachprobleme verschwanden rasch. Das hatte ich meiner Mutter zu verdanken, die fortan mit mir, wann immer möglich, Deutsch sprach – und der Fernsehsendung „Sesamstraße“, in der permanent ein verklemmt wirkender Mann jedem, der ihm über den Weg lief, einen Buchstaben verkaufen wollte.

„Willst du ein O?“, fragte er und öffnete wie ein Exhibitionist seinen Mantel, unter dem sich ein O versteckte.

„Wer, ich?“

„Psssst, ja du!“

Am nächsten Abend war es der Buchstabe A. Dann das L.

Ich liebte diese Dialoge. Obwohl sie immer demselben Muster folgten, fand ich sie spannend. Und die anschließenden Beiträge, in denen nach dem A ein Apfel, ein Anker, ein Auto über den Bildschirm flogen, nach dem Z ein Zebra, ein Zahn und ein Zeppelin, liebte ich mindestens genauso.

Die Sesamstraße war ein tägliches Ritual, das ich feierlich zelebrierte: Wenige Minuten vor 18 Uhr schaltete ich das dritte Programm ein. Meine Mutter oder mein Vater brachten mir ein Brot mit Leberwurst, Rührei und einen Becher Kakao auf einem orange-braun-geblümten Kunststofftablett ins Wohnzimmer. Ich saß im Schneidersitz auf dem Boden, aß mein Abendbrot und starrte gebannt auf den Bildschirm. Von 18.00 bis 18.30 Uhr war ich unansprechbar.

Und so lernte ich dank der Sesamstraße noch in der Kindergartenzeit lesen und schreiben. Als ich als Fünfjähriger der Kindergärtnerin verkündete, ich könnte schon schwierige Wörter schreiben, stellte sie mich auf die Probe: „Schreib mal ‚Kuh'."

Ich schrieb: Ku.

Sie sagte: „Schreib mal ‚Katze'."

Ich schrieb: Katse.

Sie forderte mich heraus. „Und ‚Krokodil'?"

Ich schrieb: Krokodil.

Endlich war sie sprachlos.

Pakistanische und indische Kinder verbringen viel Zeit vor dem Fernseher. Die Kinder meiner Cousins und Cousinen konnten schon mit drei Jahren den Videorekorder bedienen und Aufnahmen programmieren. Fernsehen ist in Südasien Grundrecht, auch für Kinder. Selbst in Elendsvierteln, wo es am Nötigsten mangelt, fehlt fast nie ein Fernseher in der Wohnung. Debatten über Medienkonsum sind eine typisch westliche Angelegenheit. Viele meiner Verwandten hätten kein Verständnis, wenn ich kritisieren würde, dass der Fernseher permanent läuft oder kleine Kinder mitten in der Woche bis weit nach Mitternacht vor dem Gerät sitzen.

Meine Eltern ließen uns Kinder zwar nicht ständig, aber doch viel fernsehen. Ich erinnere mich, dass ich als Kleinkind freitagabends auf dem Sofa kauerte und die Serie „Derrick“ guckte. Ein Mann war erstochen worden.

„Was heißt ‚erstochen‘?“, fragte ich.

Meine Eltern überlegten.

„Ich glaube, das heißt, dass er keine Luft mehr bekommen hat“, antwortete mein Vater.

Der weitere Verlauf des Krimis zeigte, dass diese Erklärung keinen Sinn machte. Meine Mutter sagte: „Ich glaube, es heißt, dass er mit einem Messer getötet wurde.“

Sicher war sie sich aber nicht. Meine Mutter schlug den Begriff im Lexikon nach. Sie fand auch heraus, dass mein Vater „erdrosseln“ gemeint und dieses Wort mit dem Vogel Drossel nichts zu tun hatte.

Ich weiß nicht, ob die Krimis einen Schaden bei mir anrichteten, jedenfalls blieb ich ein ängstliches Kerlchen und schrie nach wie vor, wenn ich in den Kindergarten musste. Vielleicht war es immer noch die Angst, von meiner Mutter getrennt zu werden und dann ganz allein zu sein, denn mein Vater war wieder für vier bis sechs Monate mit dem Schiff unterwegs und fehlte mir. Verlustangst ist eine schlimme Angst.

Zum Kindergarten holte uns morgens ein orangefarbener VW-Bus ab, der die Runde durch Hollern-Twielenfleth machte und an verabredeten Punkten hielt. Meine Mutter wartete vor unserem Haus mit mir und versuchte, mich abzulenken. Gisela

Laurich kam mit ihren beiden Töchtern Marina und Sabine dazu. Wenn der Bus dann knatternd um die Ecke bog, begann ich zu schreien und lief weg. Während Marina und Sabine sich brav in den Bus setzten, rannte Gisela hinter mir her, packte mich und stieg gemeinsam mit mir ein.

So ging das wochenlang.

Gisela begleitete mich, um mir die Angst zu nehmen. Meine Mutter sollte zu Hause bleiben, damit ich lernte, mich von ihr wenigstens für ein paar Stunden zu trennen. In den ersten Tagen verbrachte Gisela sogar die ganze Zeit mit uns im Kindergarten – nicht wegen ihrer beiden Töchter, die das Schicksal schnell akzeptiert hatten, sondern meinetwegen.

Ich begann, Gisela zu vertrauen. Viele Nachmittage ging ich mit zu Laurichs, wenn wir aus dem Kindergarten zurückkamen. Sabine und ich freundeten uns an, oft verbündeten wir uns gegen die ein Jahr ältere Marina und machten ihr das Leben schwer, indem wir zum Beispiel immer widersprachen oder so taten, als hätten wir Geheimnisse.

Im Sommer veranstalteten wir Hollerner Kinder in der Vorderstraße, einem nur wenig befahrenen Dorfweg parallel zur Hauptstraße, Wettbewerbe im Kirschkern-Weitspucken. Oder wir besuchten plattdeutsche Theateraufführungen der Laienspielgruppe, um Stücke mit Titeln wie „Bi uns tohus, in'n Olen Land“ anzusehen. Im Winter, sobald der erste Schnee fiel, banden wir unsere Schlitten an einen Trecker, mit dem uns ein Bauer von einem Ende der Vorderstraße bis zum anderen zog, immerhin ein paar Kilometer. Oder wir fuhren nach Twielenfleth zum Deich und rodelten der Elbe entgegen, hunderte Mal am Tag, runter, rauf, runter, rauf, bis das Gras unter der Schneedecke zu sehen war.

Wenn ich ab und zu bei Laurichs Abendbrot essen durfte, löcherten wir Kinder Gisela mit Fragen: Wie wird Salami gemacht? Wie wird man Kindergärtnerin? Was ist Muskatnuss? Wie macht man aus Holz Papier? Woraus besteht Tinte? Und woraus Marmelade? Alles, was uns in den Kopf kam und nicht ganz klar war, fragten wir Gisela, die uns mit einer Engelsgeduld antwortete. Oft gab sie uns Kindersachbücher oder holte ein Lexikon und schlug die Antwort nach. Meine Leidenschaft für Bücher habe ich von ihr.

Marina und Sabine mussten sich, im Gegensatz zu mir, zur festen Zeit bettfertig machen. Ich sah immer zu, dass ich rechtzeitig zur Sesamstraße zu Hause war. Mit meinem gelben Fahrrad fuhr ich die hundert Meter nach Hause. Die beiden Mädchen waren nicht so abhängig von dieser Sendung wie ich.

Auch im Kindergarten wurde meine Leidenschaft für das Lesen gefördert. Ich bekam „Räuber Hotzenplotz“ und „Jim Knopf“ in die Hände, manchmal las uns eine der Kindergärtnerinnen daraus vor. Hier lernte ich auch die wichtigsten Bibelgeschichten kennen. Meine Eltern hatten nichts dagegen, im Gegenteil, sie freuten sich über mein grundsätzliches Interesse an den Erzählungen. Ich fand sie so spannend, dass Oma, Opa und Otti mir, als ich schon in der Schule war, eine Kinderbibel zum Geburtstag schenkten.

Zu Weihnachten führten wir ein Krippenspiel in der Twielenflether Kirche auf. Ich spielte natürlich den schwarzen König Caspar. Meine Mutter besuchte zum ersten Mal in ihrem Leben einen christlichen Gottesdienst.

Eine merkwürdige Vorstellung: Ein schiitischer pakistanischer Junge, der samt Familie kurz vor der Ausweisung steht, spielt in der evangelischen Kirche im Dorf Twielenfleth einen der Heiligen Drei Könige.

„Für dich brauchen wir keine Schminke“, sagte ein Mädchen aus meiner Kindergartengruppe und kicherte über ihren Witz. Ich ignorierte sie. Dieses altkluge Mädchen konnte ich von Anfang an nicht leiden, und jetzt gab sie auch noch mit ihrer Rolle als Maria an und tänzelte permanent um den Jungen herum, der den Säugling Jesus spielen sollte, obwohl er fast einen Kopf größer war als sie. Blöde Kuh, dachte ich.

Das Krippenspiel ging gut über die Bühne, ich sagte meinen Text fehlerfrei auf. Meine Mutter war stolz auf mich.

Und ich war stolz auf meine Mutter, denn sie hatte begonnen, den Führerschein zu machen. Ich hatte es immer merkwürdig gefunden, dass Gisela Auto fahren konnte, Otti auch, die ihren Führerschein erst in Deutschland gemacht hatte, aber meine Mutter nicht.

Sie war es leid, immer mit meiner Schwester im Arm und mir an der Hand mit dem Bus nach Stade zum Einkaufen zu fahren und auf dem Rückweg auch noch die Taschen zu tragen. Daher hatte sie beschlossen, die Fahrschule zu besuchen; bei seinem nächsten Aufenthalt an Land sollte mein Vater dann ein Auto kaufen. Laurichs besaßen einen hautfarbenen Golf I, den ich sehr schick fand. Ich konnte meine Eltern aber leider nicht überzeugen, sich auch ein Auto dieser Marke anzuschaffen. Sie entschieden sich für einen gebrauchten Ford Escort – in braun, auf den sie ziemlich stolz waren. Was Farben betraf, hatten die Menschen Ende der siebziger und Anfang der achtziger Jahre wirklich einen seltsamen Geschmack.

Ich bekam schnell zu spüren, dass es ein Fehler gewesen war, ein braunes Auto zu kaufen. Ein Kindergartenfreund warf mir in einem Streit darüber, wessen Vater den schnelleren Wagen hatte, an den Kopf: „Euer Auto ist genauso braun wie du.“

Er hatte völlig recht, genauso wie das Mädchen, das mir sagte, ich bräuchte keine Schminke für die Rolle des dunklen Königs. Kinder sagen offen die Wahrheit; ein Ausländerkind wird damit häufig konfrontiert. Mich verletzte es jedes Mal. Und jedes Mal wünschte ich mir ein bisschen mehr, weiß zu sein wie alle anderen.

Meine Eltern merkten nichts von meinem Leid. Ich erzählte ihnen nie von den Vorfällen, weil ich kein Schwächling sein wollte.

Ich hasste die Farbe Braun.

Deshalb war ich froh, als meine Eltern mir eines Tages, als ich schon zur Schule ging, erzählten, sie würden ein neues Auto kaufen – ihren ersten Neuwagen, einen Toyota Starlet. Ich hatte keine Vorstellung von dem Modell, malte mir aber das heißeste Rennauto, den bulligsten Geländewagen, den größten Luxusschlitten aus, wie ich sie von meinen Spielkarten kannte. Nicht eine Sekunde lang dachte ich an einen Kleinwagen. Umso größer war meine Enttäuschung, als wir das Auto einige Wochen später beim Händler abholten. Es war klein. Und es war braun. Braun metallic, um genau zu sein.

„Ich erinnere mich noch, wie ich damit zur Volkshochschule zum Deutschkurs fuhr und mich extra ans Fenster setzte, damit ich das Auto auf dem Parkplatz im Blick hatte“, erzählt meine Mutter. „Wir waren sehr glücklich, ein ganz neues Auto zu haben.“

Dann meldete sich der schnurrbärtige Beamte wieder. Er kündigte meinen Eltern telefonisch an, die Aufenthaltserlaubnis nun definitiv nicht mehr zu verlängern – die gesamte Familie sollte sich auf eine Ausreise bis Ende September 1980 vorbereiten.

Meine Mutter wollte mit dem Beamten von Angesicht zu Angesicht reden. Sie bat per Brief um einen Termin. Er schickte seine Antwort an den Anwalt meiner Eltern: „Angesichts der eindeutigen Rechtslage sowie der Tatsache, daß alle wichtigen Argumente bereits ausgetauscht wurden, halte ich ein persönliches Gespräch nicht für sehr erfolgversprechend."
Meine Mutter blieb hartnäckig: Sie rief den Beamten an, ersuchte noch einmal um ein Treffen, da sie ihre Bitte um Verlängerung des Bleiberechts persönlich vorbringen wollte, – und bekam einen Termin für acht Uhr.
Sie erinnert sich noch heute genau an diesen Tag im Herbst 1980. Um fünf Minuten vor acht war sie da. Sie klopfte an die Bürotür.
„Ach, Sie schon wieder, ja, nehmen Sie draußen Platz. Ich rufe Sie rein."
Meine Mutter setzte sich auf einen Holzstuhl im Flur. Mit der Zeit füllte sich der Raum, immer mehr Menschen aus verschiedenen Ländern kamen in die Behörde, um sich einen Stempel in ihren Reisepass geben zu lassen.
Es wurde neun Uhr. Viele derjenigen, die sich später als meine Mutter eingefunden hatten, waren längst verrichteter Dinge wieder gegangen.
Um zehn Uhr klopfte meine Mutter noch einmal an die Tür. Sie öffnete sie einen Spalt weit. Der Beamte machte gerade Pause, hatte die Beine auf den Schreibtisch gelegt, blätterte in einer Zeitschrift und hielt einen Becher Kaffee in der Hand.
„Was wollen Sie? Ich habe Ihnen doch gesagt, dass ich Sie hereinrufe, wenn Sie dran sind!", brüllte er sie an.
Meine Mutter schloss verängstigt die Tür. Sie setzte sich wieder in den Flur.

Eineinhalb Stunden später wurde sie hereingerufen. Noch bevor sie etwas sagen konnte, prasselte ein Wortschwall auf sie ein.
„Frau Kazim, Sie wollen hier in Deutschland bleiben – nicht für einige Zeit, sondern für immer, schließlich haben Sie einen Antrag auf Aufenthaltsberechtigung gestellt. Aber ich muss Ihnen ganz klar sagen: Das geht nicht! Wir sind kein Einwanderungsland! Wir haben Ihnen immer wieder Aufenthaltsgenehmigungen gegeben, aber Sie können nicht dauerhaft hier bleiben oder sogar Deutsche werden, das ist ausgeschlossen!"
Meine Mutter, die inzwischen gut genug Deutsch beherrschte, um den Beamten zu verstehen, war verwirrt, weil er so auf sie einredete. Sie hatte doch noch gar nichts gesagt! Wahrscheinlich, dachte sie, war er wütend, weil sie sich einen Anwalt genommen hatten und sich wehrten.
„Frau Kazim, ich muss Ihnen sagen, dass Sie einen großen Fehler begehen mit Ihrem Bemühen, Deutsch zu lernen. Sie müssen das Land auf jeden Fall verlassen, und dann wird es für Sie, vor allem aber für Ihre Kinder, sehr schwierig, sich in Pakistan zurechtzufinden. Wie sollen sie sich dort verständigen, wenn sie nur Deutsch sprechen?"
Meine Mutter wunderte sich, warum der Beamte behauptete, wir müssten „auf jeden Fall" das Land verlassen. Sie grübelte, weshalb er so sicher war, dass wir „nicht Deutsche werden" konnten. War es nun endgültig aus? Mussten wir zurück nach Pakistan, in ein Land, das uns, der gesamten Familie, mittlerweile fremd geworden war? In ihrer Verwirrung wurde ihr der ungeheuerliche Vorwurf, sie bemühte sich, Deutsch zu lernen, erst viel später bewusst. Hieß es sonst nicht immer, Ausländer strengten sich nicht genug an, die Sprache zumindest in Grundzügen zu beherrschen?

„Ich muss Ihnen sagen, dass Sie einen großen Fehler begehen mit Ihrem Bemühen, Deutsch zu lernen."

Integriert man sich nicht, ist es ein Fehler, heißt es in Debatten. Ausländer sollen sich bitte einfügen in die Gesellschaft, in der sie leben, manche sprechen sogar von anpassen. Zu viel Eingliederung ist aber auch wieder falsch, – fand jedenfalls der Beamte. Wie viel Integration ist das richtige Maß? Genügt die Sprache? Was hat es mit der „Leitkultur" auf sich? Muss man Text und Melodie der Nationalhymne kennen? Oder Gedichte von Schiller und Goethe aufsagen können? Muss man das Grundgesetz gelesen haben, oder genügt es, nicht dagegen zu verstoßen? Was bezwecken Einbürgerungstests, die Wissen abfragen, das – da bin ich mir ganz sicher – viele Deutsche nicht beherrschen? Wie sieht es mit der Kleidung aus? Darf ich im Shalwar Kameez, darf eine Frau in Deutschland im Sari in die Öffentlichkeit gehen? Und wie steht es mit der Religion?

Meine Eltern waren noch längst nicht am Ende ihres Weges. Sie setzten ihn fort, auch wenn der Beamte es für falsch hielt.

Meine Mutter bedankte sich, stand auf, ohne ihren Wunsch nach einer Verlängerung der Aufenthaltserlaubnis vorgetragen zu haben, und verließ die Behörde.

Zu Hause weinte sie.

Der Anwalt legte meinen Eltern nahe, gegen den Landkreis Stade zu klagen – sowohl gegen die Nichtverlängerung der Aufenthaltserlaubnis als auch gegen das Nein zur Aufenthaltsberechtigung. Sie folgten diesem Rat. Das Verwaltungsgericht Stade nahm sich der Sache in zwei getrennten Prozessen an. Meine Eltern beantragten außerdem aufschiebende Wirkung, um im Land bleiben zu dürfen, bis alles endgültig entschieden wäre.

Die Einzelheiten dieser Verfahren sind heute längst vergessen. Niemand in unserer Familie blättert noch in den dicken Bündeln Papier, die daran erinnern, wie zermürbend diese Zeit war. Meine Eltern verdrängten die Angelegenheit schon damals, so gut sie konnten. Sicher hatten sie zudem Sprachprobleme, ihr Deutsch war nicht gut genug, um die Behörden- und Anwaltsbriefe, das Amts- und Juristendeutsch zu verstehen. Viele der Vorgänge musste ich aus den Dokumenten vom Dachboden meiner Eltern rekonstruieren.

Kurz nach dieser denkwürdigen Begegnung fragte der Beamte beim Anwalt meiner Eltern erneut nach dem Gesundheitszustand meiner Schwester. „Es erscheint mir daher sinnvoll, wenn Sie versuchen, bei Ihrem zuständigen Arzt die Reisefähigkeit Ihres Kindes überprüfen zu lassen und mir ein entsprechendes Attest schicken“, riet uns der Anwalt in einem Brief.

Doktor Gosch war verunsichert, er wusste von den Vorwürfen des Landkreises Stade, uns „Gefälligkeitsatteste“ auszustellen. Als meine Eltern ihn aufsuchten, machte meine Schwester einen gesunden Eindruck. Er erklärte sie für reisefähig.

Die Ausländerbehörde forderte meine Eltern daraufhin ultimativ auf, Deutschland bis zum 31. Dezember 1980 zu verlassen. Bis dahin bekamen wir nun nur noch den Status von „geduldeten Ausländern“. Die sogenannte Duldung war ein Formular, mit dem meine Eltern regelmäßig zur Ausländerbehörde fahren und sich einen neuen Stempel geben lassen mussten – um sicherzustellen, dass sie nicht untertauchten und illegal in Deutschland blieben. Die Duldung, auch „Bescheinigung über die Aussetzung der Abschiebung“ genannt, war der niedrigste Aufenthaltsstatus, die Arbeitserlaubnis für meinen Vater war damit verwirkt.

Der Anwalt schrieb meinen Eltern eine beruhigende Notiz: „Seien Sie vorerst unbesorgt. Der Landkreis Stade kann Sie, wenn überhaupt, erst abschieben, wenn eine Abschiebungsverfügung erlassen worden ist. Auch dagegen kann gerichtlich vorgegangen werden."

Die Behörde setzte plötzlich auf eine neue Argumentation. Wörtlich schrieb der Beamte dem Anwalt am 10. November 1980:

„Ihre Mandanten kommen aus einem Entwicklungsland. Die Aufenthaltserlaubnisse des Herrn Kazim wurden unter dem Gesichtspunkt der Entwicklungshilfe zu Ausbildungszwecken erteilt. (...) Eine Verlängerung der Aufenthaltserlaubnis des Herrn Kazim würde Belange der Bundesrepublik Deutschland beeinträchtigen, da hierdurch das Wirksamwerden der geleisteten Entwicklungshilfe verhindert würde."

Die Bezirksregierung Lüneburg schrieb einem Freund meiner Eltern, der sich dort für uns eingesetzt hatte, einen ähnlichen Brief:

„Nach §2 Abs. 1 Satz 1 Ausländergesetz darf eine Aufenthaltserlaubnis nur erteilt werden, wenn die Anwesenheit des Ausländers Belange der Bundesrepublik nicht beeinträchtigt. Zu den Belangen der Bundesrepublik Deutschland gehört auch das Wirksamwerden der von ihr geleisteten Entwicklungshilfe. Der Zweck der Entwicklungshilfe gebietet es, den dauernden Aufenthalt eines Ausbildungsbewerbers in der Bundesrepublik Deutschland zu verhindern. (...) Pakistan gehört zu den Entwicklungsländern. Herr Kazim ist zu Ausbildungszwecken in die Bundesrepublik Deutschland eingereist, diese Ausbildung ist beendet. Durch die Erteilung einer weiteren Aufenthaltserlaubnis würden also Belange der Bundesrepublik beeinträchtigt. Unter diesen Umständen sehe ich leider keinen Weg, der Familie Kazim den weiteren Aufenthalt in der Bundesrepublik Deutschland zu ermöglichen. Auch den beiden erst 2 und 6 Jahre alten Kindern der Eheleute Kazim kann eine Rückkehr nach Pakistan durchaus zugemutet werden. Es ist bei dem Alter der Kinder nicht zu befürchten, daß diese bei einer Rückkehr zusammen mit den Eltern gesundheitlich oder anderweitig Schaden erleiden könnten."

Entwicklungshilfe? Welche Entwicklungshilfe? Die Ausbildung meines Vaters war nicht aus Entwicklungshilfemitteln finanziert worden. Die Reederei Hansa hatte Anfang der sechziger Jahre weltweit dringend benötigtes Personal gesucht, das zur See fahren wollte – und mein Vater hatte sich beworben. Vor allem für Routen in heiße Länder wurden südländische Seefahrer geschätzt, weil ihnen die Hitze nichts ausmachte, erzählte mir Jahre später ein pensionierter Hansa-Kapitän. Und jetzt sollte die Ausbildung plötzlich Entwicklungshilfe gewesen sein; mit dieser neuen Argumentation trat der Vertreter des Landkreises vor Gericht auf.

Der Anwalt meiner Eltern entgegnete dem Landkreis schriftlich:

„Nach meiner Auffassung läßt sich die Entscheidung über den Antrag der Mitglieder der Familie Kazim nicht mit entwicklungspolitischen Gesichtspunkten lösen. Es bestehen Zweifel daran, daß dies von Anfang an ein Gesichtspunkt war. Ganz abgesehen davon gilt, daß entwicklungspolitische Gesichtspunkte zurückzustellen sind, wenn sich der Antragsteller längere Zeit rechtmäßig hier aufhält, aus der Ehe Kinder hervorgegangen sind und diese in die deutschen Lebensverhältnisse hineingewachsen sind."

Hollerner und Stader Freunde meiner Eltern schalteten nun auch Bonner Politiker ein, indem sie Briefe an das Bundesinnenministerium verfassten, und der Gewerkschafter Wolfgang Baars bat um Hilfe bei seinem Freund Wolfgang von Geldern von der CDU, Staatssekretär im Bundeslandwirtschaftsministerium:

„Lieber Wolfgang,
anläßlich einer Tagung der UN-World-Maritime-University in Malmö, Schweden, hatte ich Gelegenheit, den Fall Kazim ausführlich mit Commodore S. K. Shamsie, Commandant der Pakistan Marine Academy, Karachi, Pakistan, zu besprechen. Besonders haben wir die Frage geprüft, ob die Ausbildung von Herrn Kazim (Kapitän auf Kleiner Fahrt) den Interessen Pakistans entspricht. Commodore Shamsie hat die Frage eindeutig verneint und könnte Dir dies auch persönlich bestätigen. Wenn überhaupt, bräuchte Pakistan für seine wenigen Schiffe und die Administration Kapitäne auf Großer Fahrt. Commodore Shamsie hat dringend dazu geraten, Herrn Kazim den Aufenthalt bis zum Abschluß des Patentes ‚Kapitän auf Großer Fahrt' zu gewähren.
Wir sind der Meinung, daß die weitere Anwesenheit der Familie Kazim die Belange der Bundesrepublik nicht beeinträchtigt, ja sogar im Interesse Pakistans dringend geboten ist. Wir sind hier der Meinung, daß darüber hinaus in diesem speziellen Fall über eine dauerhafte Aufenthaltserlaubnis aus besonderen Gründen positiv entschieden werden sollte. Nicht zuletzt für den Wahlkreis wäre dies von erheblicher Bedeutung.
Mit herzlichen Grüßen
Dein Wolfgang Baars"

Von solchen Vorgängen bekam ich nichts mit. Meine Eltern versuchten immer, ihre Probleme mit den Behörden vor uns zu verbergen. Aber die gedrückte Stimmung nach schwierigen Behördengängen, die Enttäuschung nach niederschmetternden Briefen, die Angst vor einer erneut angedrohten Abschiebung ließ sich nicht geheim halten.

Meist fassten sie wieder Mut, wenn Freunde ihnen versicherten, dass sie sich weiter für uns einsetzen würden.

Als in unserem Haus eine großzügige Drei-Zimmer-Wohnung frei wurde, zogen wir um: vom Dach- ins Erdgeschoss. Es war nicht nur ein Umzug in eine größere Wohnung, in der ich mein eigenes Zimmer bekam, es war auch ein Schritt, mit dem meine Eltern signalisierten: Seht her – wir bleiben!

Trotz der Sorgen war es eine wunderbare Zeit für uns alle. Meine Eltern richteten die Wohnung nach ihrem Geschmack ein, kauften eine grüne Sitzgarnitur mit orangen Streifen und einen grünen Teppich. Dass der Belag mitten im Zimmer eine Welle schlug, weil der Boden leicht feucht war, ärgerte meine Eltern sehr; meine Freunde und ich fanden die Erhebung dagegen großartig, war sie doch eine ideale Rampe, um unsere Spielzeugautos darüber fahren und durch die Luft fliegen zu lassen, – wie die Autos in der Fernsehserie „Ein Colt für alle Fälle“, die wir liebten.

Ich genoss das Leben auf dem Land, erkundete mit meinem gelben Fahrrad das Dorf und fand schließlich sogar Gefallen am Kindergarten, weil sich meine Verlustangst besserte. Ich kann mir heute keine schönere Kindheit vorstellen als eine in Hollern-Twielenfleth.

Oma und Opa Truetsch von nebenan übernahmen gänzlich die Rolle unserer Großeltern. Oma kam jeden Tag mit Schokolade oder ein paar Käseröllchen, die sie in ein Taschentuch wickelte, herüber. Einmal pro Woche gab sie meiner Schwester und mir jeweils noch ein Fünfzigpfennigstück dazu und besserte damit unser Taschengeld von wöchentlich zwei Mark auf. Bei einem ihrer Besuche versprach Oma mir eine Armbanduhr: „Sobald du die Uhr lesen kannst, bekommst du eine von uns."

Kaum war sie gegangen, ließ ich mir von meinen Eltern erklären, was der große und der kleine Zeiger bedeuteten. Ich übte und übte, um etwa eine Stunde später bei Oma und Opa zu klopfen. „Ich kann es jetzt", verkündete ich stolz.

Am Abend, als Otti von der Arbeit kam, erzählten sie ihr die Geschichte. „Du glaubst es nicht, aber du musst jetzt los und dem Jungen eine Uhr kaufen."

Otti besuchte uns fast jeden Abend nach der Arbeit für einen Moment, spielte mit uns „Mensch, ärgere dich nicht" oder guckte sich mit uns eine Folge von „Tom und Jerry" an. Im Sommer lud sie uns Kinder an den Wochenenden nach Stade zum Eisessen ein, oder sie nahm uns ins Twielenflether Freibad mit, das ich schon vom Schwimmkurs kannte, an dem ich gemeinsam mit meiner Mutter teilgenommen hatte – der einzigen Erwachsenen in der Gruppe, was mir ein bisschen peinlich gewesen war. Als ich mein Seepferdchen machte, schenkte Otti mir zur Belohnung vier Mark. Angetrieben von dieser Aussicht, legte auch meine Schwester kurz danach die Prüfung ab.

Es fehlte uns an nichts.

Solange mein Vater noch arbeiten durfte, besuchten wir ihn oft auf seinem Schiff, wenn es in Bremen lag. Eine Zeit lang fuhr er als Erster Offizier auf einem Stückgutfrachter mit dem Namen „Bentainer", meist nach Skandinavien, England und Frankreich.

Der Kapitän auf diesem Schiff hieß Konrad Frank, ein kleiner, kerniger Mann Anfang fünfzig mit Tätowierung auf dem Unterarm, die er sich zu seinem Bedauern in der Jugend hatte machen lassen. Er lebte zufällig ganz in der Nähe von uns, in Dornbusch, etwa eine halbe Stunde Autofahrt von Hollern entfernt.

Häufig war auch seine Frau Wilma an Bord, eine Frohnatur mit blonden Locken. Ihre beiden erwachsenen Kinder Torsten und Karina begleiteten sie nur gelegentlich. Innerhalb weniger Tage wurden aus den Franks Tante Wilma und Onkel Konrad.

Die Kajüte von Onkel Konrad war, seinem Rang an Bord entsprechend, deutlich größer als die meines Vaters. Wann immer meine Eltern es mir erlaubten, besuchte ich Tante Wilma und Onkel Konrad. Ich klopfte an die Tür und fragte schüchtern: „Störe ich?", woraufhin Tante Wilma herzlich lachte und mich aufforderte hereinzukommen. Ich setzte mich aufs Sofa und guckte ihr beim Handarbeiten zu. Sie strickte Pullover und Socken, häkelte, stickte Bilder und verzierte Tischdecken. Ich versuchte später, genau wie sie, ein Bild zu sticken, scheiterte aber, weil es viel zu kompliziert für mich war. Tante Wilma vollendete es: ein Porträt von „Pinocchio".

Nach den Familien Koch in Rastede und Truetsch in Hollern wurden Franks mit der Zeit unsere dritte deutsche Wahlverwandtschaft. Wir luden uns gegenseitig zu Geburtstagsfeiern, zu Ostern und Weihnachten ein. Franks waren für meine Eltern da, wenn sie Hilfe brauchten.

Auch ich beanspruchte ihre Hilfe, zum Beispiel als ich Tante Wilma heulend erklärte, dass ich blonde Locken haben wollte wie mein Kindergartenfreund Christian und nicht blödes schwarzes, glattes Haar.

„Wer weiß, ob dein Freund Christian nicht lieber schwarzes, glattes Haar haben möchte?“, tröstete mich Tante Wilma. „Du kannst dich wirklich glücklich schätzen, dass du so schönes Haar hast. Guck dir Onkel Konrad an, der hat bald gar keine Haare mehr.“

Später verbrachte ich regelmäßig meine Schulferien in Dornbusch. Onkel Konrad hatte seinen Beruf als Kapitän nach einem schweren Autounfall aufgeben müssen; ein Betrunkener war ihm frontal in seinen Wagen gefahren. Als er nach Monaten im Rollstuhl und Jahren an Krücken endlich wieder gehen konnte, widmete er sich seinem riesigen Garten, in dem er gemeinsam mit seiner Frau Obst und Gemüse anbaute.

Ich durfte helfen.

Es waren glückliche Tage: Ich erntete zum ersten Mal in meinem Leben Kartoffeln, Karotten, Erbsen, Zucchini, Champignons, Salatköpfe, Erdbeeren und Himbeeren. Ich lernte, was ein Komposthaufen ist und wie bestimmte Abfälle sich mit der Zeit auf wundersame Weise in Erde verwandeln. Vor dem Haus stand, wie bei fast allen Seeleuten, ein Mast, und Onkel Konrad hisste regelmäßig verschiedene Flaggen. Im Hausflur der Franks hing eine selbstgemachte Holztafel mit Seemannsknoten, die ich bei jedem Besuch von Neuem bewunderte.

Urlaub in Australien oder Afrika hätte für mich nicht spannender sein können als Ferien in Dornbusch. Ich fing mit einem Marmeladenglas Kaulquappen im Graben hinter dem Haus, beobachtete sie einige Stunden und entließ sie dann wieder. Wenn es regnete, holte Tante Wilma alte Kinderbücher vom Dachboden und versorgte mich damit. Und bei jedem Ferienaufenthalt planten sie einen Ausflug ein: mal ins Schifffahrtsmuseum nach Bremerhaven, mal ins Wellenbad nach Cuxhaven.

Ich frage mich, wie es kam, dass wir so oft Familien begegneten, die uns so herzlich willkommen hießen und zu einem Teil ihres Lebens machten. Ob es so etwas überall auf der Welt gibt? Merkwürdig, in welchem Kontrast das Verhalten dieser Menschen zu dem der Behörden stand.

Mein Vater wurde im Sommer 1980 auf ein anderes Schiff versetzt, auf die „Achilles". Da meine Eltern den Stress mit den Behörden vergessen und uns Kindern einen schönen Urlaub ermöglichen wollten, schiffte sich meine Mutter im Juli 1980 mit meiner Schwester und mir auf die Achilles ein, um meinen Vater nach Norwegen zu begleiten.

Ich sah zum ersten Mal, wie er auf der Brücke stand und das riesige Holzsteuerrad und die Hebel zum Gasgeben bediente, hörte, wie er über Telefon mit dem Maschinisten sprach und sich nach technischen Details erkundigte. Auf See durfte ich sogar selbst einmal das Steuer in die Hand nehmen. Dabei

Angeln an Bord der Achilles in norwegischen Gewässern

musste ich mich auf einen Hocker stellen, damit ich über das hölzerne Rad blicken konnte.
Ich war unermesslich stolz auf meinen Vater!
Die Wellen ließen die Achilles kräftig schaukeln. Das ständige Auf und Ab machte meiner Mutter zu schaffen. Während ich mich auf der Brücke vergnügte, legte sie sich seekrank in die Koje, was ihren Zustand nur noch verschlimmerte. Aber das wusste sie damals nicht.
An diesen sonnigen Sommer in Norwegen habe ich intensive Kindheitserinnerungen: Wir gehen in Stavanger und Bergen einkaufen; meine Schwester und ich bestaunen Trollfiguren, größer als wir selbst; meine Mutter kauft einen kleinen Troll für die Wohnzimmervitrine; Walderdbeeren am Wegesrand; mein Vater, der einen Kanister mit Wasser aus einer Quelle füllt, die aus einem Felsen hervorsprudelt; meine Begeisterung darüber, dass ich hier Wasser direkt aus einem Flüsschen trinken darf; Angeln mit dem Bordmaschinisten, Meister Block, der einen Fisch fängt, ihn ausnimmt und mir das immer noch klopfende Herz auf die Hand legt, was mich ekelt.
In dieser Zeit traten die Schwierigkeiten mit den deutschen Behörden in den Hintergrund.
Im Anschluss fuhr mein Vater noch einmal ohne uns für ein paar Wochen zur See. Ab Oktober 1980, als wir nur noch geduldete Ausländer waren, durfte er dann nicht mehr arbeiten. Alle Eingaben der Reederei an den Landkreis Stade, meinen Vater arbeiten zu lassen – er würde dringend benötigt –, waren vergeblich. Die Ausländerbehörde reagierte nicht.
Jetzt wurde allmählich das Geld knapp. Nachdem mein Vater sein Patent erhalten und die Hansa-Reederei verlassen hatte, war er für eine kleinere Reederei im europäischen Raum gefahren,

der nun nichts anderes übrig blieb, als ihn zu entlassen. Meine Eltern hatten die Ersparnisse für die Wohnungseinrichtung und das braune Auto verbraucht, sodass sie einen Kredit bei ihrer Bank aufnehmen mussten.

Der Anwalt meiner Eltern schrieb an die Ausländerbehörde, die Reederei hätte „Herrn Kazim wegen der angespannten Personallage in der Vergangenheit mehrfach händeringend gebeten, Schiffe zu übernehmen. Sie ist in einer äußerst schwierigen Situation und hat auch mich immer wieder bedrängt, das Verfahren zu beschleunigen“.

Nichts passierte.

Einige Wochen später schrieb der Anwalt wieder an die Behörde: „Herrn Kazims Papiere und die seiner Familie werden nur jeweils für kurze Zeit verlängert, wodurch die Familie unnötig eingeschränkt wird. Insbesondere ist dadurch Herrn Kazim nicht möglich, weiterhin zu arbeiten und für den Unterhalt selber aufzukommen. Sie bringen die Familie damit in die Notlage, sich demnächst bei Ihnen Sozialhilfe holen zu müssen.“

Nur weil unsere Freunde sich für uns in Briefen an die Ausländerbehörde in Stade eingesetzt und Doktor Gosch Atteste geschrieben hatte, waren wir bislang in Deutschland geblieben. Jetzt sah alles so aus, als könnte nichts mehr unsere Ausweisung zum Ende des Jahres verhindern.

Einen erneuten Hoffnungsschimmer stellte das Schreiben des Büroleiters von Bundesinnenminister Gerhart Baum (FDP) dar, dem Freunde unseren Fall geschildert hatten:

„Das Innenministerium des Landes Niedersachsen hat auf Anfrage fernmündlich bestätigt, daß eine zwangsweise Entfernung der Familie Hassan Kazim z. Zt. nicht beabsichtigt sei. Die Ausländerbehörde des Landkreises Stade habe dem

Anwalt des Herrn Kazim vielmehr Gelegenheit gegeben, die Rechte des Ausländers vor Gericht wahrzunehmen. Im übrigen sei über die Anträge auf Aufenthaltserlaubnis bzw. -berechtigung noch nicht abschließend entschieden worden."
Meine Eltern waren gezwungen, solche Briefe als Lichtblick zu sehen. Die Duldung wurde verlängert – wir blieben über den 31. Dezember 1980 hinaus. Mein Vater aber durfte immer noch nicht arbeiten; er saß zu Hause und verdiente nichts. Es waren bittere Monate.
Tante Wilma und Onkel Konrad liehen uns einige tausend Mark, ohne jemals einen Vertrag aufzusetzen oder eine Unterschrift zu verlangen. Sie wussten nicht, ob und wann sie das Geld zurückerhalten würden, aber sie taten alles in ihrer Macht Stehende, damit wir bleiben konnten.
Mein Vater war trotzdem kurz davor aufzugeben. Am 3. April 1981 schrieb er einen Brief an seinen Anwalt:
„Sollte ein weiterer Verbleib in der BRD nicht mehr möglich sein, stellt sich die Frage, wer für die Reisekosten aufkommt. In diese Notlage hat uns der Landkreis Stade gebracht und ich halte ihn dafür verantwortlich. Die von meiner Bank eingeräumte Kreditmöglichkeit ist jetzt ausgeschöpft."
Mein Vater, ein äußerst optimistischer Mensch, muss sehr verzweifelt gewesen sein, dass er so einen Brief schrieb. Über seinen Kummer hatte er ganz vergessen, dass das deutsche Generalkonsulat in Karatschi immer noch 10.000 Rupien verwahrte, die meine Mutter im November 1977 hinterlegt hatte – davon hätte der Rückflug bezahlt werden können.
Auf Anraten seines Anwalts beantragte mein Vater Sozialhilfe. Ins Feld „Begründung" schrieb er: „Verweigerung der Aufenthaltsgenehmigung (Gerichtsverfahren läuft)".

Das Sozialamt lehnte ab – mein Vater hätte noch Rücklagen, auf die er zurückgreifen könnte.
Meiner Schwester, jetzt eineinhalb Jahre alt, ging es wieder schlecht, sie litt unter furchtbaren Magenschmerzen. Meine Eltern hatten ein paar Tage zuvor den Amtsarzt aufgesucht; Doktor Gosch hatten sie wegen der Vorbehalte der Ausländerbehörde gegen ihn nicht mehr um ein Attest bitten wollen.
Am selben Tag, als mein Vater seinen Brief an den Anwalt schrieb, stellte der Amtsarzt, der mit „Dr. Holtschmidt, Medizinaldirektor a. D." unterzeichnete, ein Attest aus, das für meine Schwester eine schlechte Nachricht beinhaltete, für unseren Aufenthalt in Deutschland aber einen Befreiungsschlag bedeutete:
„Nach Untersuchung des o. g. Kindes und nach eingehender Rücksprache mit dem Chefarzt der Kinderklinik Dr. Wessolowski in Stade, wo das Kind stationär behandelt worden ist, komme ich zu der Beurteilung, daß eine Stoffwechselerkrankung vorliegt, die sich erst nach Ende des Kleinkindalters zurückbilden wird. Unter Berücksichtigung der vorliegenden Verhältnisse muß das Kind deswegen als nicht reisefähig für einen Zeitraum von 2 bis 3 Jahren beurteilt werden."

Der Beamte von der Ausländerbehörde reagierte prompt:
„Sehr geehrte Frau Kazim!
Sehr geehrter Herr Kazim!
Angesichts des Ergebnisses der erneuten amtsärztlichen Untersuchung Ihres Kindes Zahra bin ich bereit, Ihren Aufenthalt in der Bundesrepublik Deutschland vorerst weiterhin zu dulden. Anliegend übersende ich 2 Bescheinigungen über die Aussetzung der Abschiebung, die zunächst für 1 Jahr gültig

sind. Über eine evtl. Verlängerung dieser Bescheinigung werde ich zu gegebener Zeit entscheiden."

Meine Eltern waren glücklich, auch wenn es keinen Grund zum Jubeln gab – wir waren nach wie vor nur geduldet und von einer regulären Aufenthaltserlaubnis weit entfernt. Immerhin konnten sie den Antrag auf aufschiebende Wirkung zurückziehen, denn nun durften sie ja vorerst im Land bleiben. Um guten Willen zu zeigen, nahmen sie sogar die Klage gegen die Ablehnung einer verlängerten Aufenthaltserlaubnis zurück und stellten einen neuen Antrag auf Verlängerung; auf diese Weise sollte ein Neuanfang gemacht werden.

Der Anwalt antwortete dem Landkreis Stade:

„Sehr geehrte Damen und Herren,

im Verfahren zur Regelung des Aufenthaltes der Eheleute Kazim habe ich mit Ihrem Herrn W. [dem schnurrbärtigen Beamten] kürzlich telefonisch besprochen, daß Ihre Behörde bereit ist, Herrn Kazim eine Duldung zu erteilen und ihm auch die Arbeitsaufnahme zu ermöglichen.

Ich habe dagegen zwar prinzipielle Bedenken, weil ich befürchte, daß sich damit die aufenthaltsrechtliche Position der Eheleute Kazim deutlich verschlechtert – eine Duldung ist in der Systematik des Ausländergesetzes deutlich weniger als eine Aufenthaltsgenehmigung – und Ihre Behörde mir zukünftig dies versuchen wird, auch noch vorzuhalten. Ich bin besonders besorgt, weil die Stärke der Rechtsposition meiner Mandanten unter anderem an der langen Dauer des bisher geduldeten Aufenthaltes liegt.

Ich habe dieses Problem mit Herrn Kazim besprochen und dabei jedoch gemerkt, daß ich diese Bedenken hinten anstellen muß. Meine Mandanten befinden sich nämlich inzwischen in einer

ausgesprochenen Notlage. Wie ich Ihnen bereits in meinen verschiedenen Schreiben zum Ausdruck gebracht habe, lehnt das Sozialamt Ihrer Behörde ab, den Eheleuten Kazim Sozialhilfe zu zahlen. Zur Begründung wird angegeben, sie könnten auf festgelegte Sparverträge zurückgreifen, obgleich dabei übersehen wird, daß bereits Schulden in gleicher Höhe bestehen und nach dem BSHG Bundessozialhilfegesetz dies nicht zugemutet werden kann. Dessen ungeachtet sind meine Mandanten jedoch auch insbesondere durch die Weigerung Ihres Sozialamtes finanziell am Ende und nicht in der Lage, das Risiko eines weiteren langwierigen Verfahrens auf sich zu nehmen.
Ich halte es zwar insgesamt gesehen für schwer erträglich, daß es Ihre Behörde in der Hand hat, meine Mandanten zu einer riskanten Entscheidung zu zwingen. Ich möchte Ihnen gegenüber dies jedoch deutlich zum Ausdruck bringen und hoffen, daß Sie diese erzwungene Annahme der angebotenen Duldung nicht späterhin im Verfahren zu Ihren Gunsten ausspielen.
Ich habe daher Herrn Kazim empfohlen, die angebotene Duldung anzunehmen und sich in den nächsten Tagen bei Ihnen zu melden. Herr Kazim ist darauf dringend angewiesen, weil er nur durch seine Arbeit die Familie ernähren kann.
Zur Erläuterung unserer Rechtsauffassung verweise ich jedoch darauf, daß die grundlegende Ansicht, daß den Eheleuten Kazim eine Aufenthaltserlaubnis zusteht, nicht aufgegeben wird. Die Unterschiede zwischen einer Duldung, die nach der Systematik des Ausländergesetzes für ganz andere Fälle gedacht ist, und der angestrebten Aufenthaltserlaubnis sind offenkundig."
Tatsächlich erlaubte die Behörde meinem Vater daraufhin, wieder zu arbeiten: Er durfte, vorerst nur für vier Monate, zur See fahren. An seinem Aufenthaltsstatus als Geduldeter wollte die

Behörde nichts ändern. In das Duldungspapier trug der Beamte erneut ein: „Erwerbstätigkeit nicht gestattet!“ Gemeint war, dass er keine Arbeit an Land annehmen durfte, was er ohnehin nicht vorhatte.

Geduldet klingt nach ausgehalten, ertragen, nicht nach herzlich willkommen.

Als ich diese Papiere entdeckte, die Briefe des Anwalts und der Ausländerbehörde, fragte ich meine Eltern noch einmal: „Warum seid ihr trotz dieser Widrigkeiten geblieben? Warum habt ihr euch das gefallen lassen und seid nicht nach Pakistan zurückgekehrt, wo euch ein viel besseres, materiell abgesichertes Leben erwartet hätte? Warum habt ihr nicht versucht, doch nach England oder in die USA auszuwandern?“

„Wir mochten es hier“, sagte mein Vater. „Wir hatten so viele Freunde gefunden, die uns halfen.“

„Wir wollten euch Kinder nicht aus diesem Umfeld herausreißen. Ihr hattet hier eure Freunde und fühltet euch sehr wohl“, ergänzte meine Mutter. „Warum hätten wir woanders hingehen sollen?“

Auch der neue Antrag auf Aufenthaltserlaubnis wurde abgelehnt. Meinen Eltern blieb nichts anderes übrig, als wieder zu klagen. Jetzt setzten sie ihre Hoffnung auf die Richter, die zunächst über eine Aufenthaltserlaubnis für uns und damit auch über eine längerfristige Arbeitserlaubnis für meinen Vater entscheiden sollten.

Hätten meine Eltern zu diesem Zeitpunkt vorausgesehen, was noch alles auf sie zukommen sollte, hätten sie, davon bin ich überzeugt, ihre Sachen gepackt und Deutschland für immer den Rücken gekehrt, egal, wie wohl sie sich in Hollern-Twielenfleth fühlten.

Von der Unmöglichkeit, ein Deutscher zu werden

Im Sommer 1981 wurde ich eingeschult. Schon Wochen vorher hatte ich mich auf die Schule gefreut, hatte mir meine Schulbücher angeschaut, meinen neuen Füllhalter ausprobiert und den Ranzen in der Wohnung herumgetragen. Meine Eltern hatten mir – natürlich – einen braunen gekauft, weil ich vergessen hatte, ihnen zu sagen, was ich von dieser Farbe hielt.

Ich war das einzige Ausländerkind an der Grundschule Hollern-Twielenfleth. Eigentlich spielte das keine Rolle: Die meisten Mitschüler kannte ich aus dem Kindergarten, und ich fühlte mich von ihnen akzeptiert. Trotzdem führte meine Hautfarbe gleich in den ersten Wochen zu einem Streit – und zur einzigen Prügelei in meinem Leben. Ein Klassenkamerad, ein dicklicher Junge, warf mir nach einem verlorenen Fahrradwettrennen an den Kopf: „Du bist braun wie Scheiße!"

Wut stieg in mir auf. Ich starrte ihn an und überlegte, was ich erwidern konnte.

„Und du bist so fett, dass mein Vater dich auf seinem Schiff als Ballast verwenden kann!"

Ich hatte ihn getroffen, auch wenn er das Wort Ballast bestimmt nicht kannte. Jedenfalls walzte er auf mich zu, packte mich am Hals und stieß mich um. Ich versuchte mich zu wehren, seinen Schlägen zu entgehen, aber schon hockte er auf meinem Bauch und prügelte auf mich ein. Irgendwann hielt er meine Hände fest – ich lag da wie gekreuzigt – und schrie: „Nimm das zurück! Nimm das sofort zurück!"

Mir blieb nichts anderes übrig.

„Du bist nicht fett genug für Ballast."

„Nein, nicht so!“, brüllte er. „Nimm das richtig zurück!“

Selten habe ich mir mehr gewünscht, kein dürrer, schwächlicher Typ ohne ausgeprägte Muskulatur zu sein, sondern ein Kraftprotz wie der Boxchampion Rocky Balboa, den alle Jungen in meiner Klasse wie einen Heiligen verehrten. Aber das Schicksal wollte es anders: Ich war schwach und ein miserabler Sportler dazu. In dieser Hinsicht sind wir Südasiaten, glaube ich, genetisch benachteiligt. Ich zählte jedenfalls zu denjenigen, die als Letzte in eine Fußballmannschaft gewählt wurden.

Wir hatten eine junge Klassenlehrerin, Rosemarie Ferch, die wir mit „Frau Ferch“ anredeten, aber duzten. Frau Ferch besaß einen Dackel, von dem sie uns regelmäßig Geschichten erzählte. In unserer Vorstellung sah ihr Hund aus wie Charlie Browns Snoopy aus der Comicserie „Die Peanuts“. Sie hätte uns auch von ihrem Garten oder ihrem Haus erzählen können – wir hätten es spannend gefunden. Sie fuhr einen mintgrünen Audi, über dessen Lenkrad sie nur mit Mühe schauen konnte, weil sie so klein war, dass sie sehr tief in dem Sitz saß. Alle Jungen in der Klasse wussten mehr über die Vorzüge, aber auch die technischen Problembereiche dieses Autos als Frau Ferch selbst. Wir liebten sie.

Am Tag meiner Prügelei betrat Frau Ferch den Klassenraum, als ich auf dem Boden lag und mich längst ergeben hatte. Mein Gegner saß noch auf mir und genoss seinen Triumph. Ein paar Mädchen hatten sich zu meiner Schande um uns herumgruppiert und himmelten den Sieger an. Frau Ferch zerrte den Jungen von mir herunter – sie kannte ihn als Raufbold –, und ich freute mich, dass er nun ein Problem hatte.

Offenbar redete sie ihm ins Gewissen, denn am nächsten Tag entschuldigte er sich bei mir auf seine Weise: Er schenkte mir

wortlos sein Feuerzeug, das er seit Tagen heimlich mit zur Schule brachte und um das ihn alle Jungen beneideten.
In der Grundschule lernte ich, pragmatisch zu sein. Ich erkannte, dass ich allein nicht stark genug war, um mich gegen Angriffe zu wehren. Deshalb gründete ich eine Bande: Michael, der künftige Olympiasportler, war damals schon unglaublich kräftig; er wurde mein Beschützer und erledigte die Prügelarbeiten. Mit Thomas teilte ich die Leidenschaft für Autos, Flugzeuge und Schiffe, er war immer für rasante Verfolgungsjagden auf dem Fahrrad zu haben. Sabine nahmen wir ebenfalls auf, schließlich hatten alle Banden ein Mädchen dabei, was wir aus der Jugendbuchreihe „Ein Fall für TKKG“ wussten. Meine Aufgabe bestand darin, mir Abenteuergeschichten auszudenken, die wir dann gemeinsam erlebten, und die anderen gelegentlich bei Hausaufgaben und Tests abschreiben zu lassen. Sabine verzichtete demonstrativ darauf, um mir zu zeigen, dass sie es nicht nötig hatte. Meiner Meinung nach war ich der Chef der Bande, aber ich glaube, die anderen haben das nie so gesehen.
Eines Tages kam Malcolm in unsere Klasse, dessen Familie nach Hollern gezogen war. Seine Mutter war Deutsche, sein Vater Afrikaner oder Afro-Amerikaner. Malcolm sah etwas dunkler aus als ich und hatte schwarzes, lockiges Haar. Wir wurden Freunde und standen uns zur Seite, wenn jemand uns wegen der Hautfarbe beleidigte. Das kam immer nur dann vor, wenn der gegnerischen Partei in einem Streit kein anderes Argument mehr einfiel als „Neger“ oder „Kanaken“. In diesen Momenten hätten wir gerne zugeschlagen, aber leider war Malcolm auch nicht gerade kräftig. Ich riet ihm deshalb, sich in Fragen der effektiven gewaltsamen Konfliktlösung an Michael zu halten. Ohne

Michael wären wir bestimmt regelmäßig verprügelt worden. Nach nur wenigen Monaten zog Malcolm wieder weg – wohin und warum habe ich nie erfahren.

Kinder sind so: Sie identifizieren eine Schwäche – oder eine vermeintliche Schwäche – und nutzen sie bedenkenlos aus. Das kann das Körpergewicht sein, ein Sprachfehler oder eben die Hautfarbe. Dort, wo es viele ausländische Kinder gibt, kehrt sich die Situation manchmal um: Plötzlich ist eine Gruppe stark genug, um sich zu wehren und die anderen zu dominieren. In jedem Fall müssen die körperlich Schwachen mehr einstecken als die Starken. Solange die Schwachen geschützt und gestärkt werden, ist das erträglich, was an meiner Grundschule, an der Malcolm und ich die einzigen Nichtweißen waren, ganz gut gelungen ist.

Eine Sozialarbeiterin vom Kreisjugendamt Stade schrieb Anfang 1982 auf Anregung von Gisela Laurich ein Gutachten über meine Schwester und mich, um bei der Ausländerbehörde und den Gerichten noch einmal auf die gelungene Integration hinzuweisen. Dort heißt es:

„Hasnain (...) wurde von seinen Spielkameraden [im Kindergarten] akzeptiert und hat nie Ablehnung erfahren, die zu Schwierigkeiten führte. In der Grundschule in Hollern setzt sich die gleiche problemlose Entwicklung und Integration des Jungen fort. Hasnain nimmt dort auch am evangelischen Religionsunterricht teil, da die Eltern keine strenggläubigen Moslems sind.

Hasnain hat altersgleiche Spielkameraden, er besucht den örtlichen Spiel- und Bastelkreis, ist aktiv im Sportverein Hollern und erfährt eine Ausbildung in musikalischer Früherziehung.

Zahra, jetzt 4 Jahre alt, hat ebenfalls deutsche Spielgefährten. Sie besuchte zunächst den Spielkreis und anschließend fortlaufend den Evangelischen Kindergarten in Hollern-Twielenfleth.

Beide Kinder sprechen nur Deutsch. Ihre bisher positive Entwicklung wird einzig gestört durch den ständigen psychischen Druck, der – bewußt oder unbewußt – aus der Angst resultiert, die vertraute Umgebung und alle Freunde zu verlieren. Bei beiden Kindern soll sich dieser Tatbestand krankheitsfördernd ausgewirkt haben – bei Hasnain äußert sich das in Nervosität, bei Zahra durch Magenüberempfindlichkeit.

Wenn im Falle von Ehescheidungen viele Überlegungen darauf verwandt werden, wie und bei wem das Wohl von Kindern am besten gesichert werden kann, sollte im übertragenen Sinne auch hier das Wohl der Kinder als vorrangig eingestuft und betrachtet werden.

Die sonst häufig einer Integration von Ausländern entgegenstehenden Barrieren – Sprache, Religion und wirtschaftliche Abhängigkeit – entfallen hier alle. Sowohl Eltern als auch Kinder sprechen gut Deutsch. Die Kinder nehmen an evangelisch-religiöser Unterweisung teil. Herr Kazim verdient durch seine gesicherte Arbeit den Lebensunterhalt für seine Familie. Die deutschen Nachbarn der Kazims in Hollern haben die Familie akzeptiert und pflegen gesellschaftlichen Umgang mit ihr.

Diese gelungene Integration würde – mit unabsehbaren Folgen besonders für die Kinder, deren Heimat Deutschland ist – zerstört. Es wird dringend empfohlen, das Wohl der beiden betroffenen Kinder bei jeder zukünftigen Entscheidung primär zu bedenken.“

Dieses Gutachten habe ich erst jetzt in den Unterlagen meiner Eltern entdeckt, ich wusste nichts von seiner Existenz.

Besuch der pakistanischen Verwandtschaft in der norddeutschen Provinz

Als Kind sah ich mein Wohl tatsächlich gefährdet, aber nicht durch die deutschen Behörden, sondern durch meine Tante Zahra, die für drei Wochen aus Pakistan zu Besuch kam. Es handelte sich um jene Tante, die meiner Mutter Jahre zuvor angeboten hatte, mich in Karatschi aufzuziehen. Seitdem war ich ihr nicht wieder begegnet. Für mich war sie nur noch ein Name aus den Erzählungen meiner Eltern, ein Name ohne Gesicht. Nun stand sie im Wohnzimmer unserer Drei-Zimmer-Wohnung auf dem grünen Teppich. Sie trug einen Sari, ihre Kleidung roch fremd und ständig kaute sie Paan, ein mit Betelnuss, Kalkpaste und Gewürzen gerolltes Blatt des Betelpfeffers. Mein Vater hatte mir von dieser in Südasien weit verbreiteten Gewohnheit erzählt. Jetzt sah ich zum ersten Mal bewusst mit eigenen Augen, wie meine Tante aus ihrer Handtasche einen silbernen Behälter nahm, in dem sich, in ein feuchtes Stofftuch gewickelt, saftgrüne Paanblätter befanden. Sie zog ein Blatt aus dem Bündel hervor, strich mit einem kleinen Spachtel eine weiße Paste aus einem Silberdöschen darauf, streute zerhackte Betelnussstücke und Gewürze, wie Kardamom, Anis, Kokosraspel und Koriandersamen, aus weiteren Döschen darüber und schob das Blatt anschließend, zu einem Dreieck gerollt und gefaltet, in den Mund. Dort beließ sie es einige Minuten im Ganzen, was sie aber nicht hinderte, mit uns zu reden. Dann begann sie, das gefüllte Blatt genüsslich zu zerkauen.

Paan wird in Pakistan und Indien zur Erfrischung des Atems und zur Anregung der Verdauung nach dem Essen eingesetzt. Manche sagen ihm auch eine Wirkung als Heilmittel gegen Kopf-, Zahn- und Gelenkschmerzen und sogar als Aphrodisiakum nach. Was die Zahnschmerzen betrifft, so mag es die Qualen lindern – den Zähnen selbst schadet es aber: Die Betelnuss färbt Speichel, Zähne und Zahnfleisch rot, sodass sich die Verfärbung auf Dauer nicht mehr wegbürsten lässt. Viele alte Inder und Pakistaner haben nur noch rote Stummel im Mund. Rötliche Flecken an Häuserwänden und auf Gehwegen in Südasien sind kein Blut, sondern Paanreste, die einfach ausgespuckt wurden. Paan ist der Kaugummi des Ostens. Für Kinder gibt es eine süße Variante mit viel Kokos und Zucker statt Betelnuss. Ich schätze den Geschmack sehr.

Meine Tante spuckte Gott sei Dank nichts aus, sie aß das Blatt samt Füllung auf. Ihre roten Zähne erschreckten mich. Merkwürdige Tante, dachte ich. Warum musste sie ausgerechnet aus Karatschi kommen, warum konnte sie nicht aus Kaiserslautern stammen, wie die von Sabine?

Tante Zahra hatte von unseren Schwierigkeiten mit den Behörden gehört. Wahrscheinlich wunderte sie sich, dass ihr jüngster Bruder für dieses Leben kämpfte. Was um Himmels willen war es, das meine Eltern hier hielt? Meine Tante konnte die engen Bindungen, die wir zu den Menschen eingegangen waren, die Idylle, die Schönheit der Region nicht nachempfinden. Sie sah das Offensichtliche: dass es uns materiell schlechter ging.

Ihr missfiel, dass ich mich weigerte, Urdu zu sprechen, obwohl ich es ihrer Meinung nach können musste; von meiner Schwester nahm sie an, dass sie es gar nicht erst gelernt hatte. Ständig forderte sie mich auf: „*Urdu bolo*" – „Sprich Urdu."

Noch deutlicher missbilligte sie jedoch, dass wir nur wenig über den Islam wussten. Ich hatte nie gelernt, den Koran zu lesen, konnte nicht beten, wie Muslime es tun – selbst das kurze islamische Glaubensbekenntnis, die *Schahada*, war mir fremd –, und nie benutzte ich gängige Wendungen, wie Inschallah. Meine Eltern verschwiegen ihr lieber, dass ich mit Freude am evangelischen Religionsunterricht von Frau Ferch teilnahm.

Es war ein unausgesprochener Vorwurf gegenüber meinen Eltern, dass sie die Kinder ihrer Kultur entfremdet hätten. Tante Zahra verlangte, dass das Versäumte nachgeholt werden müsste. Als Erstes bestand sie darauf, mich beschneiden zu lassen, wie es sich für einen muslimischen Jungen gehört – auch wenn es nicht im Koran steht.

Ich bekam Angst – ich war acht Jahre alt, kein Säugling! Man beschnitt doch keine Schulkinder! Da ich wusste, dass man in Pakistan und Indien die Meinung älterer Menschen achtet und dass diese Tante die älteste Schwester meines Vaters und daher eine besondere Respektsperson war, befürchtete ich das Schlimmste.

Meine Eltern dachten über den Vorschlag nach.

Jetzt blieb mir nur noch die Hoffnung auf Doktor Gosch, der mir zu allem Übel in den Rücken fiel. Er sagte, eine Beschneidung wäre überhaupt nicht schlimm und aus medizinischer Sicht sinnvoll, er empfahl es daher sehr.

Zur Freude meiner Tante fanden meine Eltern in Stade einen Chirurgen mit ägyptischem Namen. Wer wäre besser geeignet, die Beschneidung vorzunehmen, als dieser wahrscheinlich muslimische Arzt? Schon wurde ein Datum ausgemacht. Als ich davon erfuhr, geriet ich in Panik: Der Termin stand unmittelbar bevor, denn meine Tante wollte unbedingt bei dem Eingriff dabei sein. Sie war ja selbst Ärztin, Anästhesistin, und daher daran interessiert zu sehen, wie in Deutschland operiert wurde. Ihr Urlaub war aber fast schon zu Ende.

Es war die Hölle.

Vor allem die Zeit unmittelbar danach.

Meine Eltern, meine Tante und meine Schwester hatten sich am Tag nach der Operation vorgenommen, zum Einkaufen nach Stade zu fahren. Unter keinen Umständen wollte ich mit meinen Schmerzen zu Hause allein gelassen werden. Meine Eltern holten den alten Buggy vom Dachboden und verfrachteten mich ins Auto. In der Stadt blieb mir nichts anderes übrig, als mich in dem Kinderwagen durch die Fußgängerzone schieben zu lassen. Es war einer der demütigendsten Momente meines Lebens. Meine Schwester kicherte ständig.

Oh Gott, was, wenn mir jemand aus meiner Schule über den Weg liefe? Frau Ferch womöglich – oder, schlimmer noch, meine Freunde? Wie sollte ich bloß erklären, warum ich im Kinderwagen saß?

Als wir wieder zu Hause waren, fiel eine riesige Anspannung von mir ab. Ich war unendlich dankbar, niemandem in der Stadt begegnet zu sein, den ich kannte. Ich schwor mir, die Wohnung erst wieder zu verlassen, wenn ich gehen könnte.

„Wir haben es getan, weil Doktor Gosch uns dazu aus medizinischen Gründen geraten hat“, sagt meine Mutter heute. „Mit Religion hatte das nichts zu tun.“

Mittlerweile lache ich über diese denkwürdige Episode aus meiner Kindheit. Und dann fällt mir ein, dass nicht nur muslimische Männer, sondern auch jüdische beschnitten sind. Eine merkwürdige Vorstellung: Muslime und Juden sehen sich oft als Feinde, aber nackt lässt sich ein jüdischer Mann von einem muslimischen nicht unterscheiden. Selbst auf viele meiner mehr oder weniger christlichen Freunde trifft zu, dass sie beschnitten sind – aus medizinischen Gründen eben.

Meine Eltern hatten andere Sorgen als meine Schmerzen und meine Demütigung. Sie mussten sich auf die Gerichtsverhandlungen vorbereiten, die über unsere Zukunft entscheiden sollten.

Gisela Laurich hatte Petitionen an den Bundestag in Bonn und an den niedersächsischen Landtag in Hannover geschrieben. Jedes Mal verwies man sie an den dafür zuständigen Landkreis Stade.

Wir waren ratlos. Gisela und weitere Freunde liefen im Januar 1982 in der Nachbarschaft von Haus zu Haus und sammelten Unterschriften. Gut hundert Namen kamen zusammen. Anschließend schrieb Gisela einen Brief an den Landkreis Stade und schickte ihn, damit er nicht ignoriert wurde, in Kopie an die Bezirksregierung in Lüneburg, an das Stader Verwaltungsgericht, das sich gerade mit der Klage meiner Eltern befasste, und das niedersächsische Innenministerium:

„Sehr viele Bürger der Gemeinde Hollern haben sich bereitgefunden, sich für einen Verbleib der Familie Kazim in der Bundesrepublik Deutschland voll einzusetzen. Die Familie Kazim wohnt seit 1975 in der Gemeinde Hollern. Sie hat sich hier voll und ganz eingelebt. Die Eheleute Kazim mit ihren Kindern werden hier keinesfalls als ‚Fremde' empfunden. Viele Bürger der Gemeinde Hollern halten es für unzumutbar und jedem gesunden Menschenverstand widersprechend, daß Herr Kazim, der sich mit kurzen Unterbrechungen seit 1962 in der Bundesrepublik aufhält, hier auch aufgrund seiner Ausbildung die Möglichkeit hat, eine Tätigkeit auszuüben, nach so langer Zeit ‚abgeschoben' werden soll.
Herr Kazim (...) lebt seit seinem 20. Lebensjahr fast ununterbrochen in der Bundesrepublik Deutschland. Es ist kaum vorstellbar, daß er nach so langer Zeit in seinem Heimatland Pakistan wieder Fuß fassen kann.
Wir meinen, daß durch eine Abschiebung der Familie Kazim diese in Verhältnisse geraten wird, die die Existenz dieser Familie aufs äußerste bedrohen können.
Anliegend übersende ich eine Ablichtung der Unterschriftenliste.
Ich bitte sehr herzlich darum, bei allen Überlegungen hinsichtlich dieses ‚Falles' auch die menschliche Seite nicht zu vergessen.
Wenn hier nur nach §§ oder Bestimmungen entschieden werden soll, steht ohne Übertreibung das Leben und die Existenz dieser Familie auf dem Spiel."
Der Beamte mit dem Schnurrbart antwortete ihr vier Wochen später:
„Sehr geehrte Frau Laurich!
Für das Engagement vieler Hollerner Bürger für die Familie Kazim darf ich mich bedanken. Zur Sache selbst kann ich Ihnen

mitteilen, daß die Kreisverwaltung Herrn Kazim bereits bei der Aufenthaltserlaubniserteilung zu Ausbildungszwecken durch großzügige Auslegung der ausländerrechtlichen Bestimmungen entgegengekommen ist. Darüber hinaus wurde die Einreise Frau Kazims zu einem Besuchsaufenthalt unter Zurückstellung ausländerrechtlicher Bedenken aus humanitären Gründen gestattet. Der Landkreis als Ausländerbehörde ist stets bemüht, die menschlichen Aspekte eines Falles zu berücksichtigen. Er ist jedoch an ausländerrechtliche Weisungen gebunden, wenn die Grenzen seines eigenen Ermessensspielraums erreicht sind. Im vorliegenden Fall ist mir im Rahmen der geltenden ausländerrechtlichen Bestimmungen eine weitere Verlängerung der Aufenthaltserlaubnis nicht mehr möglich. Die endgültige Entscheidung in dieser Frage liegt jetzt bei den zuständigen Gerichten. Ich darf Ihnen versichern, daß ich weiterhin bemüht sein werde, der Familie Kazim im Rahmen der gesetzlichen Möglichkeiten entgegenzukommen. Angesichts der derzeit noch bestehenden Nichtreisefähigkeit des Kindes Zahra gehe ich davon aus, daß der Aufenthalt der Familie Kazim zumindest bis zu einer Entscheidung des Verwaltungsgerichts Stade ermöglicht werden kann."

Die Gerichtsprozesse waren allesamt ernüchternd. Meine Eltern verloren ab März 1982 jeden Rechtsstreit gegen den Landkreis Stade. Wiederholt entschieden die Richter, dass die Ausländerbehörde den Gesetzen und Vorschriften entsprechend gehandelt hatte.

Wir blieben auf unabsehbare Zeit nur geduldete Ausländer, die regelmäßig um eine Verlängerung der Duldung bitten mussten. Dass mein Vater mit Unterbrechungen schon seit zwanzig Jahren in Deutschland lebte beziehungsweise auf deutschen

Muster A 20

Bescheinigung über die Aussetzung der Abschiebung (Duldung)

Die Abschiebung XXX der KAZIM, Nasreen
Familienname, Vornamen

Staatsangehörigkeit: pakistanisch

Ausweis: pakistanischen Heimatpasses

Nr. 694 513

aus dem Geltungsbereich des Ausländergesetzes wird bis

zum 04. Mai 1982 ausgesetzt.

Der Aufenthalt wird auf den Bereich

--- beschränkt.
Kreis oder Land

Der Ausländerbehörde ist unverzüglich jeder Wechsel des Aufenthaltsortes, der Wohnung und der Arbeitsstelle anzuzeigen.

Bedingungen / Auflagen: Erwerbstätigkeit nicht gestattet.

LANDKREIS STADE 11

2160 Stade, den 04. Mai 1981
Ort, Datum

Landkreis Stade
Der Oberkreisdirektor
Im Auftrage
Behörde - Unterschrift

b. w.

134/220 – Bescheinigung Aussetzung der Abschiebung – amtl. Muster A 20
AP. Nr. 220 Deutscher Gemeindeverlag GmbH – W. Kohlhammer Verlag – 4/73

In Deutschland nur geduldet

Schiffen zur See fuhr, dass meine Mutter seit bald acht Jahren im Land war, dass wir Kinder hier geboren und aufgewachsen waren – all diese Tatsachen zählten nicht.

Wenigstens erhielt mein Vater nun jedes Vierteljahr eine Arbeitserlaubnis, die ihm aber oft entzogen wurde, ohne dass er je die Gründe erfuhr: willkürlich, ohne Ankündigung. Juristisch waren die Abläufe korrekt, wie die Gerichte bestätigten. Dann durfte er ein paar Wochen lang nicht arbeiten, seine Reederei entließ ihn, schrieb Briefe an die Behörden, dass sie ihn dringend bräuchte, und nach einiger Zeit durfte er doch wieder anheuern. Während dieser Phasen lebten wir von Ersparnissen.

Meine Eltern fühlten sich wie Menschen zweiter Klasse – geduldet, in die Armut gezwungen, verpflichtet, sich regelmäßig zu melden und um eine Verlängerung des Status zu bitten: Guten Tag, hier sind wir wieder, wir sind noch nicht untergetaucht in die Illegalität. Wir müssen Sozialhilfe beantragen, weil die Arbeitserlaubnis entzogen wurde. Was – keine Sozialhilfe? Wir haben zu viele Ersparnisse? Und was ist mit den Schulden?

Arbeitslosengeld wurde auch nicht bewilligt. Anfang 1983 musste mein Vater dagegen klagen, um eine finanzielle Überlebenschance zu haben, – seine Gewerkschaft übernahm die Kosten. Er gewann den Prozess vor dem Arbeitsgericht.

Ging es um seine Arbeitserlaubnis, war ich hin- und hergerissen: Einerseits gönnte ich sie ihm, damit er Geld verdienen konnte und Bestätigung hatte. Andererseits wünschte ich mir einen Vater, der, wie die Väter meiner Freunde, jeden Abend wieder nach Hause kam. Hatte mein Vater Urlaub, war er zwar zwei, drei Monate bei uns. Aber wenn er aufs Schiff musste, verschwand er für vier, manchmal für sechs Monate aus meinem Leben. Als Kind war ich regelmäßig ein halbes Jahr lang vaterlos, und die Trennung musste ich jedes Mal aufs Neue verkraften. Ich hasste die Abschiede. Ich hasste die Zeit, in der ich ihn nur einmal pro Woche mit Knistern und Rauschen in der Leitung für ein paar Minuten am Telefon hörte, mal aus Schweden, mal aus Frankreich, dann aus Portugal. Ich verfluchte den Beruf meines Vaters.

Aus meiner Sicht hatte er nur drei positive Seiten: erstens die schönen Postkarten aus den verschiedensten Ländern, zweitens die Sammlung an Münzen und Geldscheinen aus der ganzen Welt, die im Laufe der Jahre zusammenkam, und drittens die Möglichkeit, meinen Freunden die wildesten Geschichten aus entlegenen Gegenden der Erde zu erzählen, vieles davon freilich Seemannsgarn. Meine Freunde beneideten mich um den Seefahrervater. Sie dachten, ich könnte mitreisen, wann immer es mir gefiel, – eine Freiheit, die mit der Einschulung geendet hatte. Heute füllen die Postkarten zwölf dicke Alben, meine Eltern haben sie alle aufbewahrt: Karten mit Flugzeug-, Schiffs- und Tiermotiven, und später, als sich meine Interessen verlagert hatten, mit Bildern aus den jeweiligen Ländern, außerdem Grußkarten zu Ostern, Weihnachten und diversen muslimischen Festen: „Lieber Hansi, ich wünsche Dir ein schönes neues Jahr! In drei Monaten bin ich wieder zu Hause, das geht ganz schnell, dann drücke ich Dich! Grüße Mama und Zahra ganz doll von mir! Bis bald, Dein Bap."

Warum konnte mein Vater nicht Polizist sein, wie der von Sabine?

Trotz der finanziellen Schwierigkeiten sollte es uns Kindern an nichts fehlen. Meine Eltern meldeten meine Schwester zum Ballett an und mich zum Klavierunterricht. Von den Einschränkungen spürte ich daher wenig. Markenkleidung spielte damals keine Rolle, außerdem war meine Mutter sehr modebewusst, konnte gut nähen und lernte später stricken. Sie stattete uns Kinder immer gut mit selbst gemachten Sachen aus, die vor allem von den Müttern meiner Freunde bewundert wurden. Meine Mutter selbst machte alle modischen Wandlungen der achtziger Jahre mit, Frisuren eingeschlossen. Noch nie hatten die Designer so versagt wie in diesem Jahrzehnt. Kollektive Geschmacksverirrung.

Ein einziges Mal war es mir peinlich, dass wir nur wenig Geld hatten, nämlich als Frau Ferch in der Klasse Gutscheine für Schulbücher verteilte. Ich weiß nicht mehr, in welcher Höhe sie ausgestellt waren, aber es gab diese Unterstützung nur für sozial schwache Familien.

„Wer braucht so einen Gutschein?", fragte Frau Ferch und wedelte mit einem Stapel Papier.

Niemand meldete sich.

Meine Ohren glühten plötzlich. Meine Eltern hatten mir gesagt, dass ich einen Gutschein aus der Schule mitbringen sollte, ohne die Hintergründe zu erklären. Auch Frau Ferch erläuterte nicht, für wen die Gutscheine gedacht waren, aber ich hatte es irgendwo aufgeschnappt.

Sollte ich mich jetzt melden?

„Niemand?", hakte Frau Ferch nach.

Wir brauchten doch so einen Schein! Was, wenn ich jetzt keinen bekam, weil ich mich nicht traute, etwas zu sagen? Könnte ich später zu Frau Ferch gehen und um einen bitten? Aber das wäre ja noch peinlicher!

Zögerlich hob ich meinen Finger. Frau Ferch kam zu mir, legte einen Gutschein auf meinen Tisch und ging wieder an ihr Pult.

„Noch jemand?"

Es meldeten sich vier, fünf weitere Schüler.

Ich glaube, keinem meiner Freunde war bewusst, dass wir wenig Geld hatten. Ich erzählte niemandem von den Schwierigkeiten meiner Eltern mit den Behörden – ich erfasste sie ja selbst nur bruchstückhaft. Ich wusste, dass es Probleme gab, dass meine Eltern oft besorgt waren, dass sie manchmal nächtelang mit Freunden diskutierten, wie es weitergehen sollte. Aber kaum war ich auf dem Schulhof oder spielte mit anderen Kindern in der Vorderstraße, waren für mich diese Probleme vergessen.

„Die wollen euch zermürben", meinten die Freunde meiner Eltern.

„Niemals werden sie das schaffen", antwortete meine Mutter. „Niemals." Es war ihr unbedingter Wille, in Hollern zu bleiben, ihr Stolz, der sie zu dieser Haltung trieb.

Ob sie sich selbst geglaubt hat? Sie ist eine starke Persönlichkeit. Aber ob sie immer stark genug war, den Druck auszuhalten, oder nicht manchmal doch kurz vor dem Zusammenbruch stand – ich weiß es nicht. Wenn, dann hat sie es verdrängt. Auf meine Frage, ob sie irgendwann daran gedacht habe aufzugeben, antwortet sie: „Doch, ja. Manchmal habe ich überlegt, in die USA zu gehen, wo inzwischen fast alle meine Geschwister wohnten. Aber dann wollte ich doch in Hollern bleiben, weil ich dachte: Ich habe genauso ein Recht, in diesem Teil der Erde zu leben wie jeder andere! Oft habe ich auch meine Familie und meine Freunde in Karatschi vermisst. Aber dorthin zurückkehren wollte ich auf gar keinen Fall."

Ich glaube, wenn es nach meinem Vater gegangen wäre, hätten wir uns längst anderswo in der Welt eine neue Heimat gesucht. Aus heutiger Sicht könnte ich das verstehen.

Die Urteilsbegründungen der Richter des Verwaltungsgerichts Stade und, im Dezember 1983, des Niedersächsischen Oberverwaltungsgerichts Lüneburg waren entmutigend. Die juristischen Ausführungen boten meinen Eltern kaum Hoffnung auf einen guten Ausgang.

Einzig die Stellungnahme der Lüneburger Richter zur Argumentation der Ausländerbehörde, mein Vater müsste aus entwicklungspolitischen Gründen zurück nach Pakistan, war ein Lichtblick: „Das entwicklungspolitische Interesse der Bundesrepublik Deutschland ist nicht gewichtig genug, um die Ablehnung einer weiteren Aufenthaltserlaubnis selbständig zu rechtfertigen. Den entwicklungspolitischen Belangen widerstreiten hier die Interessen der deutschen Handelsschiffahrt an der Gewinnung qualifizierten Personals- und der in dem Rechtsstaatsprinzip verwurzelte Verhältnismäßigkeitsgrundsatz."

Weiter hieß es aber: „Der Beklagte [der Landkreis Stade, vertreten durch den Oberkreisdirektor] hat aber die weitere Aufenthaltserlaubnis aus Ermessensgründen ablehnen können.

(...) Beiden Klägern [meiner Mutter und meinem Vater] ist der Aufenthalt im Inlande nur für einen seiner Natur nach vorübergehenden Zweck erlaubt worden."

Damit zielten die Richter auf die Ausbildung meines Vaters zum Kapitän ab.

„Die anschließenden mehrfachen Verlängerungen der Aufenthaltserlaubnis beider Kläger folgten aus humanitären Gründen, da durch ärztliche Bescheinigungen die Reiseunfähigkeit entweder der Klägerin oder des neugeborenen Kindes Zahra Kazim belegt worden war. (...) Die vorübergehenden Aufenthaltszwecke sind inzwischen weggefallen."

Lediglich die „mangelnde Reisefähigkeit der Tochter" wäre noch gegeben, aber dem sei „hinreichend dadurch Rechnung getragen, daß die Abschiebung der gesamten Familie bis zu diesem Zeitpunkt [der Wiederherstellung der Reisefähigkeit] ausgesetzt worden ist."

Unter diesen Umständen, schrieben die Richter, hätten meine Eltern „zu keinem Zeitpunkt auf eine weitere Aufenthaltserlaubnis vertrauen dürfen".

So weit verstehe ich die Begründung: Es hatte einen Grund gegeben, meinen Eltern den Aufenthalt befristet zu gestatten. Mein Vater hatte seine Ausbildung inzwischen beendet, und daher bestand aus Sicht der Ausländerbehörde keine Notwendigkeit mehr, uns ein Leben in Deutschland zu erlauben.

Die weitere Urteilsbegründung verwunderte meine Eltern und ihre Freunde sehr – und mich heute ebenfalls. Es wurde so getan, als wäre es verwerflich, als Ausländer dauerhaft in Deutschland bleiben zu wollen. Jahrelang hatte Deutschland zum Aufbau Ausländer ins Land geholt – und jetzt wunderte man sich, dass diese Menschen heimisch geworden waren?

„Wie die Kläger nicht verhehlen, erstreben sie nunmehr einen Aufenthalt auf unabsehbare Zeit und damit entgegen den Zwecken, deretwegen er erlaubt worden ist, einen Daueraufenthalt. (...) Nach der neueren Rechtsprechung des Bundesverwaltungsgerichts läuft es regelmäßig Interessen der Bundesrepublik Deutschland zuwider, wenn ein seiner Natur nach nur vorübergehender Aufenthaltszweck dazu benutzt wird, einen Aufenthalt auf unabsehbare Zeit und damit im praktischen Ergebnis eine Einwanderung zu erwirken."

Obwohl mein Vater eine gesuchte Arbeitskraft war – mehrere Arbeitgeber bestätigten ihm nacheinander, dass sie ihn benötigten –, lief das Ansinnen meiner Familie einzuwandern deutschen Interessen zuwider? Der Beamte mit dem Schnurrbart hatte meinen Eltern mehrfach gesagt, Deutschland wäre kein Einwanderungsland. Aber warum war Einwanderung nicht möglich?

Die Richter am Oberverwaltungsgericht lieferten folgende Begründung: „Die Bundesrepublik hat seit vielen Jahren Ausländer in großer Zahl aufgenommen und ihnen einen Daueraufenthalt ermöglicht. Hierdurch sind erhebliche wirtschaftliche und soziale Probleme erwachsen. Insbesondere bereitet es Schwierigkeiten, die hier dauernd lebenden und zum Teil aus fremden Kulturkreisen stammenden Ausländer mit ihren Familien angemessen zu integrieren. Die seit langem hohe Arbeitslosigkeit erfaßt vorwiegend die ausländische Bevölkerung. Dies alles verdeutlicht, daß die Fähigkeit der Bundesrepublik Deutschland, Ausländer für dauernd aufzunehmen, begrenzt ist und eine solche Aufnahme nur unter besonderen Voraussetzungen gerechtfertigt werden kann. Wenn auch nicht jeder Daueraufenthalt von Ausländern eine

Belangbeeinträchtigung darstellt, läuft doch der – gewissermaßen schleichende – Übergang von einem unbedenklichen vorübergehenden Aufenthalt zu Ausbildungszwecken zu einem Daueraufenthalt den Belangen der Bundesrepublik Deutschland zuwider. Gerade diesen ausländerrechtlich nicht gestatteten Übergang betreiben die Kläger."

Die Richter wiesen außerdem noch darauf hin, dass meine Mutter 1977 nur zu Besuchszwecken ein Visum erhalten hätte. Aber was genau war so unerhört daran, dass sie ihre Meinung geändert hatte und nun nicht mehr nur zu Besuchszwecken, sondern für immer bleiben wollte? Sollte verhindert werden, einen Präzedenzfall zu schaffen für jene „Gastarbeiter", die das Land mochten, Arbeit hatten und sich in die Gesellschaft einfügten? Lag die Schwierigkeit darin, dass die Politik versäumt hatte, eine Einwanderungsregel zu finden?

Vor allem die Anmerkungen, es gäbe Probleme bei der Integration und Ausländer wären stärker von Arbeitslosigkeit betroffen als Deutsche, traf auf meine Eltern ja nicht zu.

Die Richter legten dar: „Inzwischen mag zwar eine gewisse tatsächliche Integration in die Lebensverhältnisse ihres Aufenthaltsortes erreicht worden sein. Diese schließt aber nicht aus, daß die Kläger sich nach einer Rückkehr in ihre Heimat alsbald wieder in die dortigen Verhältnisse einfinden. Der Kläger ist derzeit ohne Arbeit. In seinem Beruf als Seemann ist er ohnehin darauf angewiesen, sich jeweils neuen Lebensumständen anzupassen."

Die Arbeitslosigkeit meines Vaters zu erwähnen, war geradezu absurd, schließlich war es der Landkreis, der ihm keine dauerhafte Arbeitserlaubnis erteilen wollte. Darauf gingen die Richter aber mit keinem Wort ein. Offensichtlich fanden sie, dass ein Seefahrer bedenkenloser abgeschoben werden konnte

als zum Beispiel ein Lehrer oder ein Ingenieur, weil sein Beruf ihm ohnehin Flexibilität abverlangte.
In einer früheren Urteilsbegründung hatten die Richter in Stade eine Formulierung über meinen Vater gefunden, die Familie und Freundeskreis bis heute in Erinnerung geblieben ist: „Er ist Seemann. Die Heimat eines Seemannes ist das Meer."
Ob die Heimat eines Piloten die Luft ist?
Im selben Schriftsatz hieß es ein paar Absätze später: „Die Versagung einer gemeinsamen Aufenthaltserlaubnis für beide Kläger bleibt ohne Einfluß auf den Familienzusammenhalt. Sie zerstört keine gemeinsamen Zukunftsvorstellungen und Erwartungen, die für die Kläger bei der Eheschließung im Januar 1974 grundlegend gewesen sind."
Ich frage mich, woher die Richter die Zukunftsvorstellungen und Erwartungen meiner Eltern kennen wollten. Gegebenenfalls hätten sie wissen müssen, dass meine Mutter schon immer ein Leben im Westen anstrebte.
„Zu diesem Zeitpunkt war der Kläger bereits Seemann und unterlag berufsbedingt gelockerten Familienbindungen. Die Klägerin hat sich mit Eheschließung die berufstypisch notwendige überwiegende Trennung von ihrem Ehemann selbst zugemutet. Diese Lebensverhältnisse treffen die Kläger in der Bundesrepublik und in Pakistan gleichermaßen. Insoweit bietet ihnen ein gemeinsamer Aufenthalt in der Bundesrepublik wegen der Beschäftigung des Klägers bei einem deutschen Reeder nur einen Standortvorteil zur besseren Ausnutzung der Urlaubszeiten. Diesem verständlichen Wunsch der Kläger ist nicht zwingend durch eine Aufenthaltserlaubnis Geltung zu verschaffen, sondern mag durch den Kläger selbst erreicht werden, indem er in Pakistan anheuert."

Über meine Mutter schrieben die Lüneburger Richter weiter: „Die Klägerin hat, von ihrem ersten Besuchsaufenthalt in Deutschland während des Lehrganges des Klägers an der Seefahrtschule abgesehen, Pakistan erst im November 1977 verlassen."
Jetzt zählten die ersten eineinhalb Jahre meiner Mutter in Deutschland ab 1974 plötzlich nicht mehr.
„Sie ist ihrer Heimat nicht so entfremdet, daß sie sich nicht alsbald wieder dort eingewöhnen könnte. Von beiden Klägern kann darüber hinaus erwartet werden, daß sie in Erfüllung ihrer Betreuungs- und Erziehungsaufgabe ihren Kindern den Übergang in die Verhältnisse ihrer Heimat erleichtern und auf diese Weise die befürchteten ‚schweren psychischen Schäden (Schockwirkung)' der Rückkehr in das noch unbekannte Heimatland vermeiden.
Der Einholung eines Sachverständigengutachtens zu diesem Komplex bedarf es nicht. Da alle Familienangehörige pakistanische Staatsangehörige sind und gemeinsam in die Heimat zurückkehren werden, gebietet auch der mit Grundrechtsrang ausgestattete Schutz von Ehe und Familie (Art. 6 GG) nicht eine Verlängerung der Aufenthaltserlaubnis."
Das Fazit: „Die Versagung der Aufenthaltserlaubnis erweist sich als ermessensfehlerfreie Entscheidung."
Klage abgewiesen.

Bereits nach der ersten Niederlage vor Gericht rieten Freunde meinen Eltern, sich an den Pastor von Lühekirchen, Wolf-Dietrich Lochte, zu wenden. „Jetzt kann nur noch er euch helfen", meinten sie. Lochte wäre ein einflussreicher Mann mit guten Kontakten in die Kommunalpolitik. Es hieß, er stände mit beiden Beinen auf dem Boden der Tatsachen, wäre mindestens genauso sehr Politiker wie Geistlicher und tränke gern Whisky, hätte aber darüber hinaus einen direkten Draht zu Gott. Und das könnte uns in unserer Lage ja nur dienlich sein.

Wolf-Dietrich Lochte lebte in dem Pastorenhaus gegenüber der Grünendeicher Kirche, nur wenige hundert Meter von der Seefahrtschule entfernt, die mein Vater ein paar Jahre zuvor besucht hatte.

Ich weiß nicht, wann meinen Eltern erstmals der Gedanke kam zu konvertieren; es war jedenfalls vor der Begegnung mit Pastor Lochte. Meine Mutter kannte das Christentum schon aus ihrer Zeit in der Klosterschule. Nun waren fast alle Freunde meiner Eltern in Deutschland evangelische Christen, viele von ihnen sehr gläubig. Die meisten standen den Christdemokraten nahe. Unzählige Male hörte ich den Spruch, Helmut Schmidt wäre ja ein guter Kanzler, aber leider in der falschen Partei. Daher wählten sie später Helmut Kohl. Vielleicht war es Zufall, dass meine Eltern in erster Linie Menschen mit konservativer Ausrichtung kennenlernten, vielleicht lag es aber auch daran, dass diese Denkweise in ländlichen Regionen weit verbreitet ist. Für meine Eltern blieb das nicht ohne Folgen.

Man mag meinen, dass ein konservatives deutsches Umfeld und Ausländer nicht zusammenpassen. Aber es passte bestens, denn Muslime aus Karatschi und Christen aus Hollern-Twielenfleth sind sich ähnlicher als erwartet. Das gilt ganz grundsätzlich für tendenziell konservative Menschen: Sie haben Familiensinn, lieben ihre Heimat, sind im Glauben verwurzelt und gastfreundlich. Sie erwarten Toleranz gegenüber ihren Werten und mögen es, wenn man ihre Traditionen annimmt. Fremdem stehen sie zwar eher kritisch gegenüber, aber konfrontiert man sie behutsam mit dem Andersartigen, sind sie doch aufgeschlossen. Respekt erwidern sie mit Respekt, Großherzigkeit mit Großherzigkeit und Wärme mit Wärme. Womöglich ist das die größte Stärke und die größte Schwäche des Konservativismus: dass er Gleiches mit Gleichem beantwortet.

Die harte, konservative Schale hat oft einen weichen, durchaus liberalen Kern.

Wahrscheinlich ließ dieses Umfeld und die vielen Gespräche mit Freunden den Wunsch meiner Eltern wachsen, der evangelischen Kirche beizutreten. Sie wollten, dass meine Schwester und ich so normal wie möglich in Deutschland aufwuchsen.

Hinzu kam, dass meine Mutter sich zunehmend über islamische Politiker und Mullahs ärgerte, die Religion als Machtmittel missbrauchten und von den Gläubigen unbedingten Gehorsam forderten, ohne sich selbst an die Regeln zu halten. Die Bilder von der islamischen Revolution im Iran hatten sie schockiert. „Der Islam ist eine vernünftige Religion, aber viele Muslime tun in seinem Namen Dinge, die in Wahrheit einzig und allein ihrem eigenen Interesse dienen“, sagte sie.

In Hollern-Twielenfleth machten die Überlegungen meiner Eltern die Runde. Die Leiterin der Grundschule, Erdmute Pape, sprach meine Eltern auf einem Dorffest an.

„Sie wollen konvertieren, höre ich.“

„Wir denken darüber nach, ja, warum fragen Sie?“, erkundigte sich meine Mutter.

„Ich dachte nur, falls Sie für Hasnain nach einer Patin suchen – ich stehe gerne zur Verfügung.“

Meine Eltern waren überrascht: Sie kannten Frau Pape nur flüchtig, aber sie bot an, meine Patentante zu werden. So groß war die Bereitschaft im Dorf, uns zu helfen. Meine Eltern fühlten sich geehrt. Beiläufig erzählten sie Onkel Konrad und Tante Wilma davon, die sich auch sofort als Patin zur Verfügung stellte. Ihre Tochter Karina äußerte sich genauso.

Meine Eltern konnten sich aber noch nicht zu diesem großen Schritt entschließen. Wer wechselt schon leichtfertig seine Religion?

Was würden die muslimischen Verwandten sagen? Würden sie es verstehen? Oder wäre es das Aus der verwandtschaftlichen Beziehungen? Aber was wäre so schlimm daran zu konvertieren? Wir blieben doch dieselben Menschen, mit denselben Ansichten und Werten.

Meine Mutter telefonierte mit ihrer Mutter und lenkte das Gespräch ganz allgemein auf das Thema Religion. Qamar Jehan muss gespürt haben, was in ihrer Tochter vorging, denn sie sagte weise: „Es ist egal, welcher Religion du angehörst. Alle Religionen haben die gleiche Botschaft. Hauptsache, du bist glücklich und ein guter Mensch."

Mit ihrem Vater Manzoor Ali Naqvi redete meine Mutter lieber nicht über ihre Erwägungen – es hätte ihm, dem sehr gläubigen Muslim, vermutlich das Herz gebrochen. Er akzeptierte, dass meine Mutter in einem christlich geprägten Land lebte und christliche Freunde hatte, schließlich hatte er selbst seine Kinder an eine katholische Schule geschickt. Aber er war zu tief im Islam verankert, als dass er den Wechsel eines seiner Kinder zum Christentum verwunden hätte.

Im Sommer 1982 besuchten wir Pastor Lochte zum ersten Mal. Ein fülliger Mann Mitte fünfzig mit schütterem Haar, das er in langen, grauen Strähnen von einer Seite aus über den Kopf legte, und mit dicker Brille, die seine Augen wie eine Lupe vergrößerten, öffnete die Tür.

„Kommen Sie herein, ich habe schon von Ihnen gehört", begrüßte er uns. Mit kleinen Schritten schlurfte er durch den Flur in sein Büro voraus, vorbei an Bildern von Menschen aus verschiedenen Ländern; Pastor Lochte war in seinem Leben viel in der Welt umhergereist.
Meine Eltern erzählten ihm ihre Geschichte: wie sehr sie sich ein dauerhaftes Bleiberecht in Deutschland und eine permanente Arbeitserlaubnis für meinen Vater wünschten, wie gern sie im Alten Land lebten und wie sehr sie hofften, dass ihre Kinder in Deutschland groß würden.
Unser Gegenüber hörte sich alles aufmerksam an, ohne etwas zu sagen. Dann fing er an zu telefonieren.

Pastor Lochte war der erste Mensch, den ich kennenlernte, mit zwei Telefonen auf einem übergroßen Schreibtisch: zwei grüne Apparate mit ratternder Wählscheibe. Es hätte auch der Arbeitsplatz des amerikanischen Präsidenten sein können, mit Standleitung nach Moskau. Ich beobachtete später oft, wie er beide Hörer gleichzeitig in Händen hielt, in der einen Leitung eines seiner Gemeindemitglieder, für das er sich einsetzte, in der anderen einen Kommunalpolitiker oder Behördenmitarbeiter, den er anschrie, um seinem Willen Nachdruck zu verleihen.
Auch die Gottesdienste, die Pastor Lochte hielt, waren nicht frei von Politik: Jeden Sonntag betete er für ein „einiges Vaterland". Als Kind dachte ich, dass diese Formulierung genauso zur Liturgie gehörte wie das Vaterunser, schließlich kam sie in den Gebeten regelmäßig vor. Gleichzeitig wunderte ich mich, was wohl damit gemeint war. Er erlebte noch, dass seine Gebete erhört wurden, bevor er 1991 starb.

Wolf-Dietrich Lochte setzte Gott und die Welt in Bewegung, um uns zu helfen. Er schrieb Briefe und sprach mit Politikern und Angestellten der Landkreisverwaltung. Manchen redete er gut zu, andere rief er in unserer Gegenwart von seiner Schaltzentrale aus an und stauchte sie nachdrücklich zusammen. Dann knallte er den Hörer auf das Telefon und sagte in der nächsten Sekunde seelenruhig zu meinen Eltern: „Machen Sie sich mal keine Sorgen, mit Gottes Hilfe bekommen wir das schon hin. Es gibt keine Barrikaden – und wenn, bin ich bereit, sie einzureißen."

Bis zu der endgültigen Entscheidung, ob wir bleiben durften oder nicht, sollten viele weitere Jahre vergehen, aber Pastor Lochte schenkte meinen Eltern immer Zuversicht. Er war eine beeindruckende Erscheinung – körperlich wie stimmlich – und wusste seine Fähigkeiten für seine Gemeinde einzusetzen.

Spätestens jetzt stand für meine Mutter fest, dass sie sich taufen lassen wollte. Sie war überzeugt, richtig zu handeln; ihre Mutter hatte, wenn auch indirekt, ihren Segen gegeben. Der Wunsch, Pastor Lochte und den vielen Freunden für ihre Hilfe zu danken, mag für die Entscheidung eine Rolle gespielt haben. Sicher ging es ihr auch um ein Zeichen der Integration. Aber niemand drängte sie. Es war ein freiwilliger Schritt aufgrund ihres Glaubens – gemeinsam mit meiner Schwester und mir. Wir waren damals vier und acht Jahre alt.

Meinem Vater kamen nun doch Zweifel. Er hatte nichts einzuwenden, dass meine Mutter konvertierte, entschied sich aber selbst dagegen. Er hatte keinen Bezug zur Religion, egal welcher Ausprägung.

Am 26. Dezember 1982 ließen meine Mutter, meine Schwester und ich uns in der St.-Marien-Kirche in Grünendeich taufen,

nur wenige hundert Meter von der Seefahrtschule entfernt, die vor Jahren am Anfang unseres Weges gestanden hatte. Erdmute Pape, die ich nun Tante Ute nannte, wurde tatsächlich meine Patin, Tante Wilma und Karina übernahmen die Aufgabe für meine Mutter und meine Schwester. Jetzt konnte wirklich niemand mehr sagen, wir würden uns nicht integrieren.
Aber in welchem Gesetz steht, was man tun muss, um in Deutschland leben zu dürfen? Und wie wird man Deutscher? Wenn man auf deutschem Boden geboren wird oder nur wenn man von einem Deutschen abstammt? Oder gibt es auch die Möglichkeit auf Antrag?
Kann man in einer Identität überhaupt zwei Welten miteinander vereinen? Kann man es seinen deutschen Freunden und seiner islamischen Verwandtschaft zugleich recht machen? Den Sohn beschneiden lassen, weil die islamische Tante es erwartet, und wenig später taufen lassen, um eine größtmögliche Integration zu vollziehen?
Wer in einem anderen Land leben will, sollte die dortigen Gepflogenheiten respektieren und mit den Einheimischen feiern und trauern – aber inwieweit muss er sein eigenes Leben danach ausrichten? Was ist mit der alten Heimat, den zurückgebliebenen Verwandten, den Wurzeln?
Meine Eltern haben versucht, uns Kindern die Antworten zu geben. Wir feiern christliche Feste in Deutschland und islamische, wenn wir in Pakistan sind. Wir essen an einem Tag Grünkohl mit Pinkel, am anderen Curry, hören Bach und *Bhangra*. Wir leben in beiden Welten mit wechselnden Schwerpunkten, aber nicht dazwischen. Ich fühle mich als Deutscher. Und Europäer. Und Inder. Und Pakistaner. Und Südasiat.

Einfach ist das nicht. Wie deutsch kann man als braunes Kind in Hollern-Twielenfleth sein? Wie pakistanisch in Karatschi, wenn man nur als Kleinkind eineinhalb Jahre dort gelebt hat?
Das Dilemma, in das wir Einwandererkinder geraten, ist, dass es so viele Fragen gibt, die sich anderen Menschen gar nicht stellen, aber kaum Antworten. Die Antworten, die wir von unseren Eltern erhalten, sind nicht unsere. Wir müssen uns neu definieren. Jeder Jugendliche steht vor diesen Entscheidungen, aber bei uns beginnen sie schon mit der Überlegung, wohin wir gehören.
„Klar, du bist Deutscher, was für eine blöde Frage", sagen meine Freunde.
Wenn es nur so einfach wäre.
In der Grundschule sprach mich ein Klassenkamerad an: „Wenn Deutschland Fußball gegen Pakistan spielt, für wen bist du dann?"
Gott sei Dank spielen Pakistaner miserabel Fußball.

Mit meiner Schwester Zahra

Ein Cousin zweiten Grades in Indien wollte vor einigen Monaten wissen: „Wenn es zum Krieg zwischen Indien und Pakistan käme, wo lägen deine Loyalitäten?“

Für uns Einwandererkinder, die wir unsere Wurzeln nicht kappen wollen, gilt: Unsere alte Heimat fordert, auch wenn wir nie dort gelebt haben, genauso unsere Loyalität wie die neue. Das ist das Problem. Wir müssen es beiden Seiten recht machen, uns selbst und anderen beweisen, wohin wir gehören. Wenn das Kunststück gelingt, ist es eine Bereicherung: ein Leben in zwei Kulturen, mehrsprachig, weltläufig, bewundert. Wenn es scheitert, ist man in keiner Welt zu Hause und keiner Sprache richtig mächtig.

Wir hatten großes Glück.

Meine Eltern kämpften, um in ihrer selbst gewählten Heimat bleiben zu dürfen. Sie lernten die Sprache, passten sich an. Sie fanden Freunde, beteiligten sich an Dorfaktivitäten, zahlten Steuern und Sozialabgaben.

„Warum beantragen Sie nicht Asyl?“, riet ihnen der schnurrbärtige Beamte Anfang 1983, als meine Mutter wieder einmal um die Verlängerung ihrer Duldung nachsuchte.

Die Termine in der Ausländerbehörde bereiteten ihr immer Unbehagen, oft begleiteten sie daher Freunde. Einmal kam Otti mit, sie hatte sich schick angezogen, damit der Beamte sah, dass meine Mutter Freunde aus ordentlichen Kreisen hatte.

„Meine Güte, jetzt bringt sie schon wieder jemand anders mit“, murmelte der Beamte laut genug, sodass die beiden es hören konnten, als sie den Raum betraten. Otti war sprachlos. In dem Moment wusste sie, dass alle Beschreibungen dieses Mannes stimmten, die sie von meinen Eltern und anderen gehört hatte.

An diesem Tag sprach der Beamte, anders als sonst, Englisch mit meiner Mutter.

Otti sagte ihr nach dem Termin: „Nächstes Mal solltest du wieder Deutsch mit ihm reden. Du sprichst viel besser Deutsch als er Englisch."

Mit der Bekanntschaft von Wolf-Dietrich Lochte verschwand die Angst vor diesem Beamten. Meine Mutter kannte den Pastoren inzwischen gut genug, um zu wissen, wie er sich den Mann vorknöpfen konnte.

Den Beamten ärgerte das wachsende Selbstbewusstsein meiner Mutter. „Glauben Sie nicht, dass sich irgendjemand über Gesetze hinwegsetzen kann! Auch Ihr Freund Lochte nicht!", tobte er.

Lochte rief ihn ein paar Tage später an; die Ausländerbehörde muss gebebt haben. Seitdem war der Beamte die Freundlichkeit in Person, wenn er meine Mutter sah.

Sie ahnte, dass sein Rat, Asyl zu beantragen, hinterlistig war. Wer würde meinen Eltern nach der langen Vorgeschichte glauben, sie wären politisch Verfolgte? Sie waren in Pakistan weder unterdrückt noch misshandelt worden, ein Antrag auf Asyl wäre unehrlich gewesen, und es stand schon der Vorwurf im Raum, die deutschen Behörden mit der Angabe, nur für begrenzte Zeit in Deutschland bleiben zu wollen, belogen zu haben.

Als Ingrid und Ingnot uns in Hollern besuchten, schlugen sie im Spaß vor, meine Eltern könnten sich doch scheiden lassen und jeweils einen deutschen Partner heiraten – damit wären alle Probleme gelöst. Meine Eltern lachten. Ich hörte die Unterhaltung zufällig und geriet in Panik. Dass es sich um einen Witz gehandelt hatte, verstand ich erst Jahre später.

Der Oberkreisdirektor des Landkreises Stade versicherte Pastor Lochte im Februar 1983 in einem Brief, dass wir bis zur endgültigen gerichtlichen Klärung nicht ausgewiesen würden.
Lochte antwortete ihm im März 1983:
„Sehr geehrter Herr Oberkreisdirektor,
Frau Kazim und ihre Kinder sind inzwischen durch die Taufe in unsere Kirche aufgenommen worden. Ich habe keinen Zweifel, daß der Prozeß der Integration in unsere Gesellschaft für Kinder und Eltern einen erfolgreichen Verlauf nimmt.
Schwierigkeiten hat Herr Hasan Kazim jetzt aber mit seiner beruflichen Tätigkeit als Steuermann [seemännisch für Erster Offizier]. Als es im Dezember so lange nicht gewiß war, daß die Familie hier noch bleiben kann, ist er von seiner Firma leider kurzfristig entlassen worden. Die Sache liegt natürlich noch beim Arbeitsgericht, wie auch die Gewerkschaft ÖTV sich eingeschaltet hat.
Wünschenswert wäre es jedoch nun im Interesse der Familie, wenn die ‚Duldung bis zur Abschiebung' in eine – eventuell länger befristete – Aufenthalts- und Arbeitserlaubnis umgewandelt werden könnte. Läßt sich so etwas machen?
Ich danke Ihnen sehr für Ihr Verständnis.
W. Lochte"
Die Duldung wurde nicht umgewandelt. Stattdessen schrieb der dem Oberkreisdirektor unterstellte Beamte mit dem Schnurrbart im Sommer an den Landwirtschaftsstaatssekretär in Bonn, Wolfgang von Geldern, der ebenfalls beim Landkreis Stade interveniert hatte:
„Lieber Herr von Geldern!
Ich bleibe bei meiner Zusage, sobald es rechtlich möglich ist, die Duldung des Aufenthaltes für die Familie Kazim in eine

Aufenthaltserlaubnis umzuwandeln. Leider kann ich dies gegenwärtig noch nicht tun, da Erteilung bzw. Nichterteilung einer Aufenthaltserlaubnis Gegenstand eines Verwaltungsstreitverfahrens beim Oberverwaltungsgericht Lüneburg ist.
Wir sind uns sicher einig, daß schon viel zu viel unnötige Aktivitäten zur Unzeit von der Familie Kazim in Gang gesetzt worden sind. Denn inzwischen hat der MI [der niedersächsische Minister des Inneren] der Bezirksregierung Weisung erteilt, daß auf jeden Fall das Urteil des Oberverwaltungsgerichts Lüneburg abgewartet werden soll.
Ich wäre Ihnen sehr verbunden, wenn Sie den an Sie herantretenden Persönlichkeiten, die sicher alle in guter Absicht handeln, Behutsamkeit empfehlen würden. Ich selbst empfange in dieser Angelegenheit niemanden, weil es der Sache Kazim nicht dienlich ist. Wenn die Angelegenheit an die Öffentlichkeit kommen sollte, können alle Behörden nur nach geltendem Recht verfahren und Kompromißmöglichkeiten sind verbaut.
Sobald sich Entscheidungen vorbereiten und vollziehen lassen, werde ich Sie unaufgefordert unterrichten."
Im Dezember 1983 entschied auch das Oberverwaltungsgericht gegen uns. Die Situation schien hoffnungslos.
Pastor Lochte hatte fest damit gerechnet, dass das Gericht einen Verfahrensfehler entdecken und eine neue Entscheidung über eine Verlängerung unserer Aufenthaltserlaubnis durch den Landkreis verlangen würde. Dann hätte er seinen Einfluss geltend machen können. Aber diese Chance bekamen wir nicht. Lochte rief den Sachbearbeiter in der Ausländerbehörde an und beharrte darauf, dass die Richter mit ihrer Aussage, es handelte sich um eine „ermessensfehlerfreie Entscheidung", immerhin festgestellt hatten, dass es eine Ermessensentscheidung war.

„Warum haben Sie also die Aufenthaltserlaubnis für die Familie Kazim nicht verlängert?", fragte er ihn.
Der Beamte sagte etwas von Grenzen, die ihm die Vorschriften setzten, brachte dieselben Formulierungen, die schon in der Urteilsbegründung standen, aber versprach, sich den Sachverhalt noch einmal anzuschauen. Da er weiteren Ärger mit Lochte vermeiden wollte, bestellte er meinen Vater zu einem Gespräch ein und machte folgenden Vorschlag: Wenn sich mein Vater weiter ausbilden ließe und das Patent für die Große Fahrt machte, damit also qualifiziert wäre, nicht mehr nur in europäischen Seegebieten, sondern weltweit zu fahren, dann wäre man durchaus bereit, ihm und seiner Familie eine neue Aufenthaltserlaubnis für die Zeit der Ausbildung zu geben. Bedingung wäre allerdings, dass er sich für den nächstmöglichen Lehrgang an einer Seefahrtschule anmeldete, egal wo diese Schule wäre.
Mein Vater erzählte Pastor Lochte von dem Vorschlag. Er erklärte, dass diese Ausbildung eineinhalb Jahre dauern würde – eineinhalb Jahre, in denen er keinen Pfennig verdienen würde, in denen meine Mutter – wie gehabt – nicht arbeiten dürfte, in denen wir aber auch keine staatliche Unterstützung bekämen; wir müssten also von der Hand in den Mund leben.
Lochte überlegte und telefonierte. Dann sagte er meinen Eltern: „Ich befürchte, dass es keine Alternative zu dem Angebot der Ausländerbehörde gibt."
Er hatte eine Idee: Meine Eltern sollten den Vorschlag akzeptieren, allerdings von vornherein klarstellen, dass sie nicht nur eine Aufenthaltserlaubnis für die Zeit des Lehrgangs wollten – sondern die deutsche Staatsbürgerschaft.
Meine Eltern waren sprachlos.

Die deutsche Staatsbürgerschaft? Als geduldete Ausländer, die sich gerade um eine befristete Aufenthaltserlaubnis bemühten, von einer Aufenthaltsberechtigung, derentwegen der Prozess noch anhängig war, gar nicht zu reden?

„Wir werden sehen", sagte Lochte.

Mein Vater erkundigte sich bei den Seefahrtschulen. Der nächste Lehrgang begann im März 1985 in Cuxhaven, knapp zwei Stunden Autofahrt von Hollern entfernt.

„Meinen Sie, dass Sie es schaffen, dort Ihr Patent zu machen?", fragte Pastor Lochte meinen Vater.

„Was bleibt mir anderes übrig?"

„Wir werden Ihnen helfen", versprach der Pastor ihm. „Mit Gottes Hilfe schaffen wir das."

Meine Eltern baten um einen Termin beim Vorgesetzten des schnurrbärtigen Beamten. Sie wollten sich erkundigen, ob mein Vater nicht auch einen späteren Lehrgang absolvieren könnte. Im Frühjahr 1986 sollte die Ausbildung in Grünendeich angeboten werden, und bis dahin könnten sie Geld sparen, um unseren Lebensunterhalt während der Dauer des Kurses zu finanzieren. Auf eindringliches Bitten seiner Reederei hatte ihm die Ausländerbehörde nämlich gerade eine Arbeitserlaubnis erteilt, die er nutzen wollte.

„Leider können wir Ihnen nur dann eine Aufenthaltserlaubnis erteilen, wenn Sie sich zum nächstmöglichen Lehrgang entschließen", wurde meinem Vater beschieden. „Wir möchten Sie nicht zwingen, etwas gegen Ihren Willen zu tun. Die Entscheidung liegt ganz bei Ihnen."

Was für eine Entscheidung: ein Leben in Armut oder das Verlassen unserer Heimat. Was tun? Aufgeben? Nach all den Jahren und der tatkräftigen Unterstützung von unseren Freunden?

Das Geld würde nur noch für das Lebensnotwendige reichen, wir müssten extrem sparsam leben. Meine Mutter rief bei meiner Klavierlehrerin Frau Cappeller an, um mich vom Unterricht abzumelden. Doch Frau Cappeller wollte davon nichts wissen. Stattdessen sagte sie, meine Eltern könnten die Bezahlung wieder aufnehmen, wenn sie ein Einkommen hätten. Aber ich müsste unbedingt weiter unterrichtet werden – vorerst kostenfrei.
Die Ballettlehrerin meiner Schwester in Stade reagierte genauso. Meine Eltern waren für solche Unterstützung dankbar. Sollte mein Vater sich entscheiden, die Seefahrtschule in Cuxhaven zu besuchen, könnten wir Kinder trotz dieser finanziellen Extremsituation unser gewohntes Leben weiterführen.
Pastor Lochte fuhr mit meinen Eltern zum Büro der Kommunalverwaltung in Grünendeich. Er wollte die Gemeinde um einen Kredit bitten, denn die Ersparnisse meiner Eltern reichten kaum für die gesamte Zeit. Eine Sachbearbeiterin und der Samtgemeindedirektor Hans Lorenzen empfingen sie. Lorenzen lebte selbst in Hollern-Twielenfleth und begegnete uns seit Jahren mit Wohlwollen.
„Wir brauchen Geld für Familie Kazim", sagte Lochte. „Einen Kredit von, sagen wir mal, fünftausend Mark – möglichst zinslos."
Die Sachbearbeiterin begann, hektisch ihre Akten durchzusehen.
„Wir haben leider keine Möglichkeit, der Familie Geld zu geben", antwortete sie, während sie weiter auf ihre Papiere guckte. „Stellen Sie sich vor, das kommt an die Öffentlichkeit, dann will jede ausländische Familie einen Kredit haben. Wir können da keine Unterschiede machen."

Lochte schwieg. Meine Eltern sagten auch nichts, Lorenzen guckte in die Luft. Peinliche Stille.
Die Sachbearbeiterin kannte Pastor Lochte nicht.
Man sah, wie sein Kopf rot wurde. Dann schlug er mit der Faust krachend auf den Schreibtisch.
„Sie müssen Unterschiede machen!“, schrie er sie an.
Schwerfällig erhob er sich von seinem Stuhl. „Kommen Sie!“, forderte er meine Eltern auf.
Die Sachbearbeiterin wollte etwas entgegnen, aber Lorenzen kam ihr zuvor: „Lassen Sie mal, ich regele das schon.“
Ein paar Tage später erhielten meine Eltern einen zinslosen Kredit über fünftausend Mark. Meine Patentante Ute lieh ihnen weitere zweitausend Mark.
Mein Vater meldete sich für den Lehrgang zum Großen Patent an der Seefahrtschule in Cuxhaven von Anfang März 1985 bis Ende Juli 1986 an. Als Zeichen des guten Willens, eine einvernehmliche Lösung anzustreben, nahm er die Klage wegen der Aufenthaltsberechtigung zurück – Pastor Lochte hatte ihm dazu geraten und versichert, man würde auf anderem Wege dafür sorgen, dass wir in Deutschland bleiben dürften.

Tausche pakistanischen Pass gegen deutschen

Drei Wochen Pakistan im Sommer 1985: meine erste bewusste Reise in dieses Land. Vor gut einem Jahr war Kazim Ali Khan, mein Großvater, gestorben. Ich hatte ihn, den damals schon alten Mann, zuletzt als Dreijähriger gesehen, konnte mich also kaum an ihn erinnern. Die anderen Großeltern lebten noch, aber auch sie waren gebrechlich und fragten ständig, wann wir sie endlich besuchen kämen, damit sie meine Schwester, bald sieben Jahre alt, endlich kennenlernten.

Mein Vater hatte vier Wochen Schulferien. Da seine Schwester Zahra ahnte, dass es uns finanziell schlecht ging, schickte sie Geld für vier Flugtickets nach Karatschi.

Mein Vater hatte inzwischen, wie vom Landkreis Stade versprochen, eine Aufenthaltserlaubnis für die Zeit seiner Fortbildung bekommen. Meine Mutter, meine Schwester und ich waren nach wie vor geduldet, doch sollten auch wir bald eine reguläre Aufenthaltserlaubnis erhalten, hieß es. Meine Eltern erkundigten sich in der Ausländerbehörde, ob sie mit der Duldung für einen dreiwöchigen Urlaub nach Pakistan fliegen dürften.

„Das ist überhaupt kein Problem", versicherte der Beamte.

Meine Eltern buchten einen Flug nach Karatschi.

Wir fuhren mit dem Zug von Stade nach Frankfurt; es gab noch keine Hochgeschwindigkeitszüge, sodass die Fahrt viele Stunden dauerte – Verspätung inklusive. Am Flughafen mussten wir laufen, um unser Gepäck abzugeben. Aus einem Fenster entdeckte ich die Maschine von Pakistan International Airlines, mit der wir gleich abheben sollten – ich war der glücklichste Junge der Welt!

Die Passkontrolle zog sich in die Länge. Der Beamte musterte aufmerksam unsere Tickets und unsere Pässe, dann verschwand er. Ich wollte ins Flugzeug, warum dauerte das alles nur so lange? Der Beamte kam wieder und bat uns in ein Nebenzimmer.

„Hören Sie, Sie haben Hin- und Rückflugtickets für die gesamte Familie, aber nur Sie, Herr Kazim, dürfen mit Ihrer Aufenthaltserlaubnis wieder in die Bundesrepublik einreisen. Ihre Papiere, Frau Kazim, und die Ihrer Kinder lassen eine Wiedereinreise nicht zu."

Mein Vater musste sich setzen. Er sagte kein Wort.

„Aber wir haben doch in der Ausländerbehörde nachgefragt", warf meine Mutter ein. „Dort erhielten wir die Auskunft, dass unsere Papiere in Ordnung seien."

„Dann hat man Ihnen etwas Falsches gesagt."

Meine Mutter hakte nach. „Ist das vielleicht nur ein kleiner Fehler, den man mit einem Anruf klären kann? Möglicherweise hat der Beamte in Stade sich nur vertan?"

Der Frankfurter Grenzbeamte guckte uns der Reihe nach an. Mein Vater sagte immer noch nichts, meine Schwester quengelte auf seinem Schoß und ich war in Sorge, dass mein Traum vom Fliegen in letzter Minute platzen könnte.

„Vertan? Also, aus Versehen wird er Ihnen sicher nicht gesagt haben, dass Sie wieder einreisen dürfen. Er muss schon wissen, dass eine Duldung diese Möglichkeit nicht vorsieht."

Jetzt bemühte er sich, uns zu helfen. „Wenn Sie trotzdem reisen wollen, sollten Sie auf dem Generalkonsulat in Karatschi – falls es das gibt – schnellstens ein Visum für sich und Ihre Kinder beantragen."

Jetzt war auch meine Mutter am Rande eines Nervenzusammenbruchs.

Sie erinnerte sich daran, wie schwierig es gewesen war, dort ein Visum zu bekommen.

Der Beamte sah, wie verzweifelt meine Eltern waren.

„Ich kann Ihnen nur raten, nicht zu fliegen, wenn Sie in drei Wochen wieder zu Hause sein wollen. Nur Sie, Herr Kazim, können bedenkenlos reisen."

Nicht fliegen, sagte er. Ich weinte jetzt. Meine Mutter schimpfte mit mir.

Meine Eltern schauten sich an, verabschiedeten sich von dem Beamten, packten uns und rannten zurück zum Schalter. Sie ließen das Gepäck wieder aus dem Flugzeug holen.

Dann suchten sie eine Telefonzelle. Mein Vater war erleichtert, dass er genügend Zehnpfennigstücke in der Tasche hatte. Sie riefen Pastor Lochte an.

„Wie bitte, Sie dürfen nicht wieder einreisen? Wer sagt denn so etwas?"

Meine Mutter erklärte ihm die Lage.

„Warten Sie, bleiben Sie dran", entschied Lochte. Ich stand neben meiner Mutter, und selbst ich hörte ihn in die zweite Telefonleitung brüllen. Ein paar Minuten später setzte er unser Gespräch fort.

„Also, ich kann im Moment nichts tun. Aber reisen Sie! Reisen Sie und genießen Sie Ihren Urlaub! Ich werde dafür sorgen, dass Sie in drei Wochen wieder hier sind."

Lochtes Wort hatte Gewicht für meine Eltern, sie vertrauten ihm. Was er zusagte, würde er einhalten, – ganz bestimmt.

Wieder rannten wir zum Schalter von Pakistan International Airlines. Die Mitarbeiter sahen uns entsetzt an. Unseretwegen hatte der Flug Verspätung bekommen, die Maschine war jetzt endlich abflugbereit.

„Wir wollen doch fliegen!", verkündete mein Vater.

Er stellte die Koffer wieder auf das Band, während die Mitarbeiter der Fluggesellschaft uns immer noch anstarrten.

„Sind Sie sicher?"

Wir liefen zur Grenzkontrolle, der Beamte erkannte uns und winkte uns durch.

„Sie reisen also doch?"

„Ja, ein Freund regelt die Angelegenheit in Stade."

„Wie Sie meinen", sagte der Beamte. „Dann gute Reise!"

In letzter Minute bestiegen wir die Maschine, eine DC 10, wie ich in meinem Flugzeugbuch nachgeschlagen hatte, das ich unter dem Arm trug.

Die ersten Tage in Pakistan waren schrecklich. Ich war überfordert von den vielen Menschen, die alle irgendwie mit mir verwandt waren und mich behandelten, als wäre ich ein kleines Kind. Ich konnte mir ihre Namen kaum merken. Und sie lebten so anders als wir: Drei Generationen unter einem Dach, die alle gemeinsam in einem großen Raum schliefen, in dem nachts der Ventilator die heiße Luft herumwirbelte. Sie kleideten sich anders, rochen anders. Außerdem quälten mich die Mücken. Und ich mochte das Essen nicht. Südasiatische Gerichte, wie Currys, Reis und Fladenbrot, gab es zwar auch bei uns zu Hause in Hollern, aber hier schmeckte alles fremd – nicht so, wie ich es gewohnt war. Besonders eklig fand ich, dass im Curry immer Knochen und Fettstücke schwammen, wie es in Südasien eben üblich ist; trotzdem macht man sich dort gerne über die Chinesen lustig, die sogar Hühnerfüße essen, was man im Hinblick auf die Verwertung von Tieren doch für übertrieben hält. Die Milch war viel dünner und hatte einen eigenartigen

Geschmack, selbst Kakaopulver half nichts. Mir war ständig schlecht. Trotzdem forderten die Verwandten meine Schwester und mich dauernd auf: „Khana khao, khana khao, khana khao!“ – „Iss etwas!“ Ihrer Meinung nach aßen wir viel zu wenig und waren deshalb so dünn und schwächlich. Die Fürsorge war ihre Art der Sympathiebekundung.

Wir wollten so schnell wie möglich wieder zurück nach Hause. Auch bei meinen Eltern war die Stimmung gedrückt: Sie hatten ihre Eltern lange nicht mehr gesehen und mussten feststellen, dass die vergangenen Jahre Spuren hinterlassen hatten. Qamar Jehan war stiller geworden, ihre lebenslustige Art war den Beschwerden des Alters gewichen, das Gehen fiel ihr schwer. Aber was sollte man erwarten, sie hatte vierzehn Kinder zur Welt gebracht. Manzoor Ali Naqvi war inzwischen ein Greis, der am Stock ging und sein Haar mit Henna färbte. Das schöne, weiße Haus wurde von jenen Geschwistern meiner Mutter gehegt, die bei ihren Eltern geblieben waren. Auch im Haus meines Vaters hatte eine andere Generation die Verantwortung übernommen: Nach dem Tod Kazim Ali Khans kommentierte Afsar Begum nur noch von ihrem Charpoy, dem Bett, aus die Ereignisse in der Welt und der Familie.

Sorge bereitete meinen Eltern auch die Frage, ob wir in drei Wochen gemeinsam nach Deutschland zurückreisen könnten. Würde es Pastor Lochte gelingen, die erforderlichen Genehmigungen einzuholen? Sie hatten beschlossen, dass mein Vater auf jeden Fall fliegen sollte, um rechtzeitig in der Seefahrtschule zu sein. Wir würden notfalls nachkommen. Bei aller Freude über das Wiedersehen mit Verwandten und Freunden nach so langer Zeit waren meine Eltern in Gedanken schon bei der Abreise.

Gleich am zweiten Tag rief meine Mutter im deutschen Generalkonsulat an und fragte, ob es Neuigkeiten für uns gäbe. Nichts. Auch am dritten und vierten Tag – nichts Neues aus Stade.
Die erlösende Nachricht kam nach fünf quälenden Tagen: Wir alle dürften wieder nach Deutschland einreisen! Pastor Lochte hatte Wort gehalten und eine entsprechende Erlaubnis erwirkt. Erst jetzt genossen meine Eltern ihren Pakistanurlaub richtig, feierten und machten unzählige Besuche.
Meine Gefühlslage dagegen spitzte sich zu: Ausgerechnet in unsere Zeit in Karatschi fiel das höchste islamische Fest *Id ul-Adha*. Es kennzeichnet den Höhepunkt der Hadsch, der Wallfahrt nach Mekka, und findet jedes Jahr, je nach Stand des Mondes, etwa zehn Tage früher als im Vorjahr statt.
Die Muslime gedenken mit diesem Fest des Propheten Ibrahim und seiner bestandenen Prüfung, in der Gott von ihm verlangt hat, seinen Sohn Ismael zu opfern. Ibrahim ist bereit, erst im letzten Moment gebietet ihm Allah Einhalt. Voller Dankbarkeit opfert Ibrahim Gott einen Widder. Diese Geschichte findet sich in ähnlicher Version auch in der Bibel, wo Ibrahim Abraham heißt und nicht seinen Sohn Ismael, sondern dessen Bruder Isaak opfern soll, was aber die Aussage nicht verändert. Im Gegensatz zum biblischen Isaak, der nichts von seinem drohenden Schicksal ahnt, ist Ismael dem Koran zufolge zum Opfer bereit: „Als er [Ismael] alt genug war, um mit ihm [Ibrahim] zu arbeiten, sprach er: O mein lieber Sohn, ich habe im Traum gesehen, daß ich dich schlachte. Nun schau, was meinst du dazu? Er antwortete: O mein Vater, tu, wie dir befohlen; du sollst mich, so Allah will, standhaft finden“ (Sure 37, 103). Isaak dagegen ist bis zuletzt ahnungslos: „Da sprach Isaak zu seinem

Vater Abraham: Mein Vater! Abraham antwortete: Hier bin ich, mein Sohn. Und er sprach: Siehe, hier ist Feuer und Holz; wo ist aber das Schaf zum Brandopfer? Abraham antwortete: Mein Sohn, Gott wird sich ersehen ein Schaf zum Brandopfer" (1. Mose, 22).

Vor ein paar Jahren, als ich schon als Journalist arbeitete, rief ein Islamkritiker an und resümierte: „Der Unterschied zwischen Christen und Muslimen ist, dass Muslime bereit sind, für ihre Religion zu sterben. Habe ich Recht? Was meinen Sie dazu?"

Was sollte ich antworten? Dieser Mann tat so, als müsste ich, nur weil ich einen muslimisch klingenden Namen hatte und in Deutschland lebte, eine Brücke zwischen islamischer und christlicher Welt schlagen. Womöglich erhoffte er sich in mir auch einen Kronzeugen gegen den Islam, worauf ich mich aber nicht einzulassen gedachte. Ich kenne viele Muslime, auch sehr religiöse, von denen ich mir nicht vorstellen kann, dass sie ihr Leben opfern.

„Was genau wollen Sie von mir hören?", wollte ich wissen.

„Ich frage mich, warum Muslime wie Sie sich nicht ausdrücklich von Selbstmordanschlägen und Terror distanzieren. Es müsste einen Aufstand der anständigen Muslime geben. Aber nichts dergleichen passiert!"

Muslime wie ich? Er schloss tatsächlich von meinem Namen auf meine Religion. Ich war verärgert. Ich verurteile Terror und Selbstmordanschläge als Privatperson, von mir aus auch als Journalist, aber ganz bestimmt nicht als Anwalt einer Religionsgemeinschaft.

Ein in Deutschland lebender Muslim, dem ich von diesem Vorfall erzählte, geriet in Wut. „Viele Christen denken so, dabei müssten sie nur ihr Altes Testament lesen! Da fließt das Blut in Strömen!"

„Na, ganz so einfach ist es nun auch wieder nicht. Immerhin sind die Zeiten, in denen Christen mit Verweis auf die Bibel mordeten, Gott sei Dank vorbei", sagte ich. „Extremisten, die im Namen des Islam töten, gibt es dagegen immer noch."

Er musterte mich und erwiderte in einem mitleidigen Ton: „Sie verstehen das nicht, Sie sind in Deutschland aufgewachsen, Sie kennen den Islam nicht. Muslime sind friedliebende Menschen."

Aber das hatte ich doch gar nicht in Frage gestellt! Menschen wie ich, mit islamischen Wurzeln, aufgewachsen im Westen, geraten häufig zwischen die Fronten.

Ich hatte damals in Karatschi an Feiertage mit vielen Geschenken gedacht, wie Ostern oder Weihnachten, als meine Verwandten mir etwas von „ganz tollem Fest" und „heiligem Tag" erzählten. Aber ab dem Moment, in dem sie zwei Ziegen, an Leinen gebunden, in den Garten führten, schwante mir Böses. Meine Verwandten stellten den Tieren einen Eimer Wasser hin. Ich streichelte sie.

Dann kam ein Mann, dessen knielanges, ursprünglich weißes Hemd vor lauter Tierblut eine tiefrote Farbe angenommen hatte. In einem Metallkoffer trug er eine beeindruckende Auswahl an Messern bei sich. Zwei junge Männer, ebenfalls in blutgetränkter Kleidung, begleiteten ihn.

„Geht jetzt ins Haus!", befahl man uns Kindern. „Ihr könnt später wieder draußen spielen."

Aber ich gehorchte nicht. Meine Neugier war größer als meine Furcht. Ich folgte dem Schlachter hinter das Haus. Einer meiner Cousins, etwa so alt wie ich, schlich mir nach. Der

Familienälteste nahm nun das größte Messer aus dem Koffer, hielt es sich an die Stirn und begann, ein Gebet zu murmeln. Der Schlachter und seine beiden Gehilfen legten währenddessen eine Ziege auf die Seite, die zappelte und zu entkommen versuchte, – vergeblich, die drei Männer knieten nun auf dem armen Tier. Staub wirbelte auf. Nachdem mein Großonkel sein Gebet beendet hatte, setzte er das Messer an den Hals der Ziege zum ersten Schnitt an. Ich hielt mir die Hände vor die Augen, während mein Cousin gelangweilt neben mir stand, als hätte er so etwas schon tausendmal gesehen. Er guckte mich an und musste lachen, weil ich ab und zu durch einen Spalt zwischen den Fingern blinzelte. Mein Großonkel war wohl zu schwach, jedenfalls geschah nichts. Der Schlachter nahm ihm vorsichtig das Messer aus der Hand und schnitt dem Tier mit einer schnellen Bewegung die Kehle durch, sodass es verblutete.

Die zweite Ziege erlitt dasselbe Schicksal, aber zu diesem Zeitpunkt war ich schon im Haus und übergab mich.

In aller Welt opfern Muslime, die es sich leisten können, an diesem Feiertag ein oder mehrere Tiere. Meist sind es Ziegen, seltener Schafe oder Rinder. Es können auch Kamele sein, wie in den arabischen Ländern. Das Fleisch soll mit Armen und Hungrigen geteilt werden. Nach dem Opfer besuchen sich Verwandte und Freunde zum gemeinsamen Essen.

„Und unter den Zeichen Allahs haben Wir für euch die Opferkamele bestimmt. An ihnen habt ihr viel Gutes. So sprechet den Namen Allahs über sie aus, wenn sie gereiht dastehen. Und wenn ihre Seiten niederfallen, so esset davon und speiset den Bedürftigen und den Bittenden. Also haben Wir sie euch dienstbar gemacht, daß ihr dankbar seiet“, spricht Gott im Koran zu den Menschen (Sure 22, 37).

Im Laufe des Tages häuften sich in den Straßen von Karatschi die nicht verwertbaren Reste der Tiere: Köpfe, Mägen, Gedärme. Was die Straßenhunde von den Kadavern übrig ließen, wurde Tage später von einem Müllsammler abgeholt. Bis dahin hatte die Sonne das Blutrinnsal, das die Wege entlanggeflossen war, zu einer braunen Linie ausgetrocknet.

Das also sollte das Land sein, aus dem ich stammte? Hier hatte ich als Kind gelebt und mich wohlgefühlt? Ich konnte es mir nicht vorstellen.

Meine Schwester und ich ernährten uns in den verbleibenden zwei Wochen unseres Urlaubs ausschließlich von Pommes Frites, die meine Mutter eigenhändig aus frischen Kartoffeln zubereitete. Alles andere, insbesondere Fleisch, rührten wir nicht mehr an, da konnten unsere Verwandten noch so oft „Khana khao!“ sagen.

Ab dem Moment, in dem wir uns mit unserem eintönigen Essenswunsch durchgesetzt hatten, gefiel es uns in Karatschi. Mittlerweile hatte ich mich so weit an die neue Umgebung gewöhnt, dass ich endlich Zugang zu meinen Cousins und Cousinen fand, – und für sie war ich der zwar etwas eigenartige, aber doch bewunderte Vetter aus Deutschland, dessen Erzählungen sie gebannt zuhörten. Eigenartig fanden sie mein Urdu, aber auch das für sie fremde Deutsch, das ich mit meinen Eltern sprach, außerdem meine Essgewohnheiten und die abweichenden Interessen: Von all den Cricketstars, für die sie schwärmten, hatte ich noch nie gehört.

Auch meine Eltern wurden von den Verwandten über Deutschland befragt. Gefällt es euch wirklich so gut? Dürft ihr denn ohne Probleme bleiben? Wollt ihr für immer dort leben? Ja. Nein. Wahrscheinlich.

Am Ende war ich sogar richtig begeistert von Karatschi: die Affen in den Straßen! Die knatternden Rikschas! Der verrückte Verkehr mit diesem sinnlosen Gehupe – und mittendrin Eselskarren! Die schönen, lauten Märkte mit all den bunten Waren, Tüchern, Kleidern, Obst- und Gemüsesorten! Ich hatte vor der Reise meine erste Kamera geschenkt bekommen und hielt nun die Eindrücke in Fotos fest. Als wir nach drei Wochen abreisen mussten, fiel uns der Abschied schwer.

Während des Rückflugs waren meine Eltern angespannt; sie fragten sich, ob bei der Einreise wirklich alles problemlos verlaufen würde. Doch in Frankfurt winkte man uns ohne Weiteres durch die Pass- und Zollkontrolle.

Pastor Lochte erkundigte sich bei dem Beamten mit dem Schnurrbart, weshalb er uns diese falsche Auskunft gegeben hätte.

Später berichtete er: „Der Mann behauptet, er habe nicht gewusst, dass Sie mit einer Duldung nicht wieder einreisen dürfen. Wir wollen ihm das einmal glauben."

Einige Tage später wurde der Sachbearbeiter einem anderen Amt zugewiesen, für Ausländerfragen war er nun nicht mehr zuständig. Ob er strafversetzt wurde? Ich weiß es nicht. Meine Eltern hatten sich offiziell nicht über ihn beschwert, waren aber, ebenso wie Pastor Lochte, erleichtert, nichts mehr mit ihm zu tun zu haben.

Kurz vor unserer Reise nach Pakistan hatte Jutta Pape, die Tochter meiner Patentante, einen Brief an Bundespräsident Richard von Weizsäcker geschrieben, der gerade ein Jahr im Amt war. In seiner Antrittsrede hatte er befürwortet, man sollte Ausländer in Deutschland integrieren und nicht in einen Staat

im Staate abdrängen, sollte mit ihnen leben und sie kennenlernen, anstatt sie von vornherein zu isolieren.
Jutta nahm ihn beim Wort und forderte in unserem Fall, was auch Pastor Lochte schon angedeutet hatte, meine Eltern aber noch nicht auszusprechen wagten: Es gehe „nur noch um Formalien wie die Möglichkeit, deutsche Papiere zu erlangen, das Wahlrecht auszuüben und die allgemein üblichen Versicherungsverträge abzuschließen". Sie bat den Bundespräsidenten deshalb, die Gerichtsbeschlüsse nach dem Begnadigungsrecht aufzuheben und „der Familie Kazim den Daueraufenthalt in der Bundesrepublik zu ermöglichen oder, sollte dies nicht möglich sein, zumindest auf die zuständigen Institutionen im Sinne der Familie Einfluß zu nehmen. Wir empfänden es als schwerwiegenden Verlust für das Dorf Hollern-Twielenfleth und auch für die Bereicherung unseres gesellschaftlichen Lebens, sollte die Familie Kazim tatsächlich das Land verlassen müssen."
Dieser Brief blieb zwar ohne direkte Wirkung, aber immerhin bekamen jetzt auch meine Mutter und wir Kinder die seit Langem versprochene Aufenthaltserlaubnis. Dass meine Mutter regelmäßig auf dem Amt um Verlängerung bitten musste, war jetzt nur noch eine Formsache.
Beim Einkaufen in Stade hatten meine Eltern zufällig eine Familie aus Bangladesch kennengelernt – ein Ehepaar mit einem Sohn, etwas jünger als ich –, die sich noch einsam und fremd in Deutschland fühlte. Die Frau hatte in meiner Mutter eine Südasiatin erkannt und sie einfach angesprochen und zum Tee eingeladen.
Über diese Familie machten wir Bekanntschaft mit Indern, die in Stade lebten. Manche von ihnen fielen in Sari und Shalwar

Kameez in der Innenstadt auf, andere hatten sich einen deutschen Lebensstil zugelegt, darunter sogar Hindus, die Rind- und Schweinefleisch aßen. Mit vielen von ihnen freundeten sich meine Eltern an; natürlich tauschten sie auch ihre Erfahrungen mit der Ausländerbehörde untereinander aus. „Gott sei Dank ist dieser Beamte jetzt weg!", sagte einer der Inder. Bei den meisten keimte die Hoffnung, dass es nun mit einer längerfristigen Aufenthaltsgenehmigung klappen könnte. Für die Familie aus Bangladesch kam die Nachricht jedoch zu spät: Sie war, entnervt vom Streit mit den Behörden, wieder nach Dhaka gezogen.

Einige der Inder hatten ihre Kinder in Großbritannien zur Welt gebracht, die nach dortigem Recht von Geburt an britische Staatsbürger waren. Damit durften auch die Eltern in Großbritannien bleiben und erhielten nach einer gewissen Frist den britischen Pass. Später zogen sie aus beruflichen Gründen nach Deutschland, wo ihnen als britische Staatsbürger, im Gegensatz zu uns Pakistanern, ein Bleiberecht zugesprochen wurde.

Warum hatte ich nicht gleich von Geburt an die deutsche Staatsbürgerschaft erhalten? Es hätte mir das Gefühl erspart, von offizieller Seite in diesem Land unerwünscht zu sein, hätte mich in einem anderen Bewusstsein aufwachsen lassen.

Für meine Mutter waren die Treffen mit den Indern die ersten Begegnungen mit Hindus.

„Als Kind hörte ich die Erwachsenen darüber reden, dass Hindus schmutzig wären und Muslime hassten. Sie sprachen auch über die Kriege zwischen Pakistan und Indien. Indien war unser Erzfeind. Jetzt saß ich plötzlich in Stade mit Indern, mit Hindus, an einem Tisch. Komisch, oder? Früher hätte ich mir das nie vorstellen können. Erst jetzt wurde mir klar, dass wir mit Vorurteilen gelebt hatten und diese Menschen sich, abgesehen von der Religion, nur wenig von uns unterschieden."

Bei Besuchen von Verwandten in Pakistan und Indien habe ich die Erfahrung gemacht, dass die gegenseitigen Vorurteile immer noch tief sitzen. Meine pakistanische Familie spricht oft abfällig über Indien, über „Hindus mit ihren merkwürdigen Göttern und Bräuchen" und über die „feindselige Haltung indischer Politiker gegenüber Pakistan". Wenn ich einwende, dass viele Millionen Muslime in Indien leben, antworten sie voller Überzeugung, dass es sich nur um diejenigen handele, die es sich nicht leisten konnten, nach Pakistan auszuwandern. „Nur der Schrott ist in Indien geblieben", urteilte einmal ein Bekannter meiner Familie in Pakistan. Umgekehrt finden meine indischen Verwandten, obwohl sie Muslime sind, für Pakistan nur kritische Worte. Sie halten das Land für einen „Terrorstaat" und eine „schlimme Militärdiktatur" und sprechen mit Blick auf die Teilung 1947 von einem „großen Fehler". Bei Cricketspielen zwischen Pakistan und Indien feuert meine Familie, natürlich, jeweils das Land an, in dem sie lebt.

Die Treffen mit den indischen und bengalischen Freunden in Stade stellten ein Stück Südasien mitten in Deutschland dar. Meine Eltern hatten die Kontakte nicht gesucht, sie hatten sich von selbst ergeben. Mir machte es viel Spaß, mit den gleichaltrigen Kindern Verstecken zu spielen oder neue Spielsachen auszuprobieren. Abends, nach einem traditionellen südasiatischen Essen mit mindestens drei verschiedenen Currys – ganz ohne Knochen! –, gegrillten Kebabs, einer Menge Reis und Chapatis, dünnen Fladenbroten, wurde ein großer, klobiger Fernseher eingeschaltet, ein Bollywood-Film in den Videorekorder gelegt und stundenlang wie gebannt auf den Bildschirm gestarrt. Das waren die Momente, in denen mir langweilig wurde, zumal die Schauspieler an den unsinnigsten Stellen plötzlich zu singen und zu tanzen anfingen. Meine Eltern freilich liebten diese Filme, die auch ein Stück Heimat bedeuteten. Selten waren wir vor Mitternacht zu Hause.

An solchen Tagen wurde ausschließlich Urdu beziehungsweise Hindi gesprochen, zwei sehr ähnliche Sprachen mit wenigen Wortabweichungen, fast wie Deutsch und Österreichisch, nur mit gänzlich unterschiedlichen Schriften. Der Gedankenaustausch kreiste sowohl um Pakistan und Indien, um Schauspieler, Politiker und die Daheimgebliebenen als auch um die Zukunft in Deutschland.

Alle hatten mit der deutschen Sprache zu kämpfen. Sie bewunderten meine Eltern für ihre Deutschkenntnisse. Aber selbst meine Mutter war nach so vielen Jahren im Land und mehreren Sprachkursen immer wieder verunsichert. „Warum heißt es ‚das Mädchen' und nicht ‚die Mädchen'? Das ist doch verrückt!", beschwerte sie sich beispielsweise.

Eines Tages kam sie von einem Kaffeetrinken bei Hollerner Freundinnen nach Hause und konnte sich vor Lachen kaum beruhigen. „Die anderen haben heute über eine verheiratete Frau aus dem Dorf gelästert, die einen Geliebten hat, und gesagt, sie sei durchgebrannt. Ich war schockiert, dass so schlecht über diese Frau geredet wurde, die doch nur noch Asche war." Die Freundinnen klärten sie dann auf.

Meine Mutter sprach aber längst gut genug Deutsch, um allein den Schriftverkehr mit den Ämtern zu erledigen oder zu Terminen mit der Ausländerbehörde zu fahren. Sie war „verhandlungssicher".

Die Beamten signalisierten meinen Eltern, dass sie durchaus bereit wären, unsere Aufenthaltserlaubnis längerfristig auszustellen – vorausgesetzt, mein Vater schlösse die Seefahrtschule erfolgreich ab und fände im Anschluss Arbeit.

Mein Vater stand daher unter erheblichem Druck: In unserer finanziell äußerst angespannten Lage musste er konzentriert lernen – abends nach dem Unterricht und an den Wochenenden, an denen wir ihn in seiner Wohngemeinschaft in Cuxhaven besuchten.

„Ich *musste* die Prüfungen bestehen", erinnert er sich. Denn davon hing nicht nur ab, ob er das Kapitänspatent für Große Fahrt bekam, sondern auch, ob wir alle in Deutschland bleiben durften. „Eigentlich hatte ich keine Zweifel, dass ich es schaffte. Aber nichts zu verdienen, kein Einkommen zu haben, das war schwer."

Meine Mutter bat den Landkreis um eine Arbeitserlaubnis – sie wollte mit einer Teilzeitstelle wenigstens ein bisschen zum Lebensunterhalt beitragen. Sie hatte sich überlegt, Englisch an der Volkshochschule zu unterrichten. Auch Pastor Lochte sprach mit den zuständigen Beamten, doch die Behörde lehnte ohne Nennung von Gründen ab.

Im Sommer 1986 bestand mein Vater sämtliche Prüfungen, er erhielt das Kapitänspatent für Große Fahrt.

„Ich bewundere Sie, Herr Kazim", sagte Pastor Lochte. Es war seine Art zu gratulieren.

Unerwartet tat sich im selben Jahr eine weitere Chance auf: Ein Bruder meiner Mutter, der als Ingenieur bei der NASA in Houston, Texas, arbeitete, hatte von den Schwierigkeiten meiner Eltern gehört und uns angeboten, in die USA zu ziehen. Meine Mutter hatte zugestimmt, dass er eine Green Card für uns beantragte und für uns bürgte, ohne an den Erfolg zu glauben. Jetzt kam die Nachricht, dass wir die Erlaubnis erhielten, in den USA zu leben. Und beide, mein Vater und meine Mutter, dürften arbeiten. In einigen Jahren wären wir amerikanische Staatsbürger. Damit könnte der ursprüngliche Traum meiner Mutter wahr werden.

„In Amerika kann niemand den Finger auf euch richten und sagen: ‚Ihr seid nicht von hier!' Außer den Indianern ist niemand von hier", meinte mein Onkel.

Meine Eltern überlegten mehrere Tage, was sie tun sollten. Wollten wir weiter in Deutschland leben, aber die Green Card nicht verfallen lassen, müssten wir einmal im Jahr in die USA reisen und unseren Anspruch auf dieses Dokument erneuern. Lohnte sich der Aufwand? Wollten wir überhaupt in die USA? Pastor Lochte hatte ihnen versprochen, so lange zu kämpfen, bis wir die deutsche Staatsbürgerschaft bekämen. Sollten wir ihn und all unsere Freunde, die uns geholfen hatten, enttäuschen?

„Sie müssen einige Jahre in Deutschland leben, bis Sie einen Antrag auf Einbürgerung stellen können", hatte Lochte gesagt. „Aber Sie sind schon so lange hier, da machen ein paar weitere Jahre nichts aus. Warten Sie ab, eines Tages werden Sie Deutsche sein."

Meine Eltern dachten an uns Kinder. Wir hatten hier unser intaktes Umfeld mit Schule und Freundeskreis und wollten auf keinen Fall weg.

Nach langem Hin und Her beschlossen sie, die Green Card abzulehnen. Sie entschieden sich für Deutschland. Dabei war völlig unsicher, ob ihr Plan aufgehen würde. „Deutschland ist kein Einwanderungsland!" Dieser Satz klang noch nach. Selbst Lochtes Bemühungen und Gebete waren keine Garantie.

Mein Vater fand gleich nach Abschluss seines Lehrgangs eine Anstellung bei einer Reederei im Alten Land und fuhr, da er kein Deutscher war, wieder als Erster Offizier zur See – jetzt weltweit. Ich bekam Postkarten aus Venezuela, Indonesien, Japan und Indien. Nun war ich alt genug, um den Beruf meines Vaters nicht mehr zu hassen. Er fuhr eben zur See.

Im Sommer 1987 zogen wir um. Der Abschied fiel uns schwer, es waren viele wertvolle Erinnerungen mit dem schönen Haus verbunden, in dem wir so lange gelebt hatten. Otti war besonders traurig, dass wir gingen. Unser neues Zuhause lag jedoch in derselben Straße, etwa einen Kilometer vom alten entfernt: ein kleines Einfamilienhaus zur Miete mit schönem Garten. Meine Eltern kauften ein größeres Auto und neue Möbel – endlich ging es uns auch finanziell wieder gut! Nur die Ungewissheit, ob und wann wir die Staatsbürgerschaft beantragen dürften, blieb.

Meine Mutter wurde nun noch einmal wegen einer Arbeitserlaubnis vorstellig. Ein Übersetzungsbüro hatte sie gebeten, bei Gerichtsprozessen, für Behörden und die Polizei zu übersetzen, und zwar in den Sprachen Urdu, Hindi, Englisch und Deutsch. Diese Chance wollte meine Mutter sich nicht entgehen lassen. Jetzt, da es auch im öffentlichen Interesse lag, kam ihr der Landkreis entgegen. Ein Beamter schrieb in ihre Papiere: „Erwerbstätigkeit nicht gestattet mit Ausnahme von Übersetzertätigkeit“. Meine Mutter lernte viele Menschen aus Pakistan, Indien und Bangladesch kennen, für die sie tätig wurde: Zugezogene, die ihre Dokumente ins Deutsche übertragen lassen mussten, Asylbewerber, die ihr Schicksal einem Beamten vortrugen, und Angeklagte, denen der Prozess gemacht wurde. Ohne die Hilfe meiner Mutter hätten die Richter, Polizisten und Sachbearbeiter ihr Gegenüber nicht verstanden. Diese

Arbeit verschaffte ihr eine gewisse Genugtuung: Sie war sprachliche – und auch kulturelle – Mittlerin.
Meine Vermittlungsfähigkeit war gefragt, als Tante Zahra uns im Sommer 1988 wieder besuchte. Das letzte Mal, vor sechs Jahren, hatte sie mir Unheil gebracht. Was stand mir nun bevor? Gleich am Tag ihrer Ankunft versprach sie, mir einen Wunsch zu erfüllen. Ich besuchte inzwischen das Vincent-Lübeck-Gymnasium in Stade und schrieb für die Schülerzeitung, sodass ich ein Diktiergerät gebrauchen konnte. So ein Aufnahmegerät, wie es die richtigen Reporter hatten, wünschte ich mir.
Gemeinsam mit meiner Mutter fuhren wir nach Stade zu einem Elektronikfachgeschäft. Meine Tante trug einen gelben Sari und darüber einen braunen Strickpullover, weil es für ihre Verhältnisse an diesem sonnigen deutschen Sommertag zu kalt war. Ich schämte mich für ihre Erscheinung, die Aufmerksamkeit erregte.
Der Verkäufer zeigte uns ein Gerät, das mir gefiel. Es sollte neunundneunzig Mark kosten.
Meine Tante sagte auf Urdu: „In Ordnung, wir nehmen es für fünfzig."
Ich schaute sie an. „Für fünfzig? Es kostet aber neunundneunzig. In Deutschland kann man nicht handeln."
„Okay, sag ihm, wir zahlen siebzig."
Der Verkäufer warf mir einen fragenden Blick zu.
„Äh, meine Tante möchte nur siebzig Mark dafür ausgeben", druckste ich herum und verschwieg, dass sie bei fünfzig Mark eingestiegen war.
Der Verkäufer lachte.
„Es kostet neunundneunzig, ich kann Ihnen leider keinen Rabatt einräumen."

„Was sagt er?“, fragte meine Tante. Ich übersetzte für sie.
„Dann eben fünfundsiebzig“, war ihre Reaktion.
Mir wurde die Situation immer peinlicher.
„Wir können hier nicht mit dem Händler über den Preis streiten.“
Der Verkäufer stand, nervlich sichtlich strapaziert, mit dem Aufnahmegerät in der Hand da.
„Also, wollen Sie es nun haben oder nicht?“
Meine Tante überlegte eine Minute lang, dann entschied sie sich. „Gut, wir nehmen es. Aber kann er uns nicht wenigstens die Batterien dazugeben und vielleicht eine Packung mit Kassetten?“
Meine Mutter stand die ganze Zeit gelassen daneben. Sie mischte sich nicht ein, sondern amüsierte sich, wie in diesem kleinen Elektroladen westliche und östliche Welt aufeinanderstießen.
Der Verkäufer hatte die Begriffe „Batterie“ und „Kassette“ verstanden und sagte, bevor ich ihm die Frage meiner Tante übersetzen konnte: „Ja, ja, Sie bekommen Batterien und Kassetten dazu.“
Sich in eine neue Kultur einzufinden, bedeutet mehr, als eine neue Sprache zu lernen, sich an anderes Essen zu gewöhnen und sich mit einer fremden Religion, ungewöhnlichen Bräuchen und Traditionen vertraut zu machen. Es gehören wesentlich alltäglichere Dinge dazu, wie: Heißt Ja wirklich Ja und Nein Nein? Wie verbindlich sind Einladungen? Wie pünktlich muss man zu Terminen erscheinen? Gibt man sich zur Begrüßung die Hand? Muss man die Schuhe ausziehen, wenn man ein Haus betritt? Darf man sich in der Öffentlichkeit die Nase putzen, soll man nach dem Essen rülpsen, kann man Hand in Hand mit dem Partner durch die Stadt bummeln, muss man auf be-

stimmte Kleidung achten? Und, in diesem Fall: Ist Feilschen in Geschäften erlaubt? Es gibt unendlich viele Möglichkeiten, Fehler zu machen.

Das Aufnahmegerät benutze ich immer noch, und bei jedem Einsatz muss ich daran denken, wie meine Tante es mir gekauft hat: diese kleine Frau im Sari in dem Stader Elektronikladen. Heute freue ich mich über die Szene: Es war eine Lehrstunde in marktwirtschaftlicher Preisbildung und Kulturwissenschaften. Es war ein Stück Globalisierung.

Damals schämte ich mich für das Verhalten meiner Tante. Ich wollte nur Deutscher sein, am liebsten blond und blauäugig, und nicht Hasnain heißen, braune Haut und asiatische Wurzeln haben. Für mich war das Anderssein eine Belastung, keine Bereicherung.

Der Wunsch meiner Eltern nach deutscher Normalität wurde auch zu meinem. Bis auf das südasiatische Essen, die englischen Begriffe oder Urdu-Wörter, die sich in das Deutsch meiner Eltern verirrten, und die gelegentlichen Treffen mit den indischen Freunden lebten wir ein deutsches Leben in Hollern-Twielenfleth – mit Wohnzimmerschrankwand und Sonntagnachmittagskaffee. Der Altländer Apfelkuchen meiner Mutter unterschied sich inzwischen nicht mehr von dem der Nachbarinnen.

Aber immer noch existierten unsere grünen pakistanischen Pässe, was mir zu Bewusstsein kam, als meine Klasse eine Fahrt nach Dänemark organisieren wollte. Plötzlich fiel mir ein, dass ich ja ein Visum bräuchte und sich die Bewilligung hinziehen könnte.

Ich meldete mich zu Wort und erklärte mein Problem. Meine Klasse entschied sich daraufhin ohne weitere Diskussion, ein

Ziel in Deutschland zu suchen – eine Geste, deren Großartigkeit ich erst viele Jahre später erfasste.

Die Ausländerbehörde ließ meine Eltern in Ruhe. Ohne Streitereien oder Aufforderungen, ein Attest vorzulegen, wurde unsere Aufenthaltserlaubnis regelmäßig verlängert.

Im Frühjahr 1989 rief Pastor Lochte an.

„Wir brauchen dringend eine Abstammungsurkunde von Ihnen beiden", teilte er meinen Eltern mit. Abstammungsurkunde? In Pakistan wurde nicht einmal das Geburtsdatum amtlich festgehalten, wie sollte es so etwas wie eine Abstammungsurkunde geben?

Meine Großmutter Afsar Begum und meine Großeltern Manzoor Ali Naqvi und Qamar Jehan suchten ein Gericht in Karatschi auf und gaben eidesstattliche Erklärungen über die Abstammung ihrer Kinder ab, die per Luftpost nach Hollern versandt wurden. Kaum waren die Unterlagen übersetzt, bat Pastor Lochte meine Eltern zu sich.

„Wir werden jetzt die deutsche Staatsbürgerschaft für Sie beantragen", erklärte er.

Sollte es endlich so weit sein? Welche Erfolgsaussicht hätte ein Antrag und wieviel Zeit würde die Entscheidungsfindung in Anspruch nehmen?

„Ich kann Ihnen keine weiteren Informationen geben, es wird einige Monate dauern. Aber Sie leben jetzt lange genug in Deutschland, sodass wir es versuchen sollten."

Am 23. Mai 1989 reichten meine Eltern den Antrag auf deutsche Staatsbürgerschaft, den Pastor Lochte vorbereitet hatte, beim Landkreis Stade ein.

Nicht einmal vier Monate später fiel die innerdeutsche Mauer. Es schien, als würde die Welt sich verändern. Aber auch für uns?

Lochte fragte meinen Vater beiläufig, ob auch er daran dachte, sich taufen zu lassen. Es war keine Forderung, nur eine Frage. Zweifel plagten meinen Vater. Er wollte Pastor Lochte, der so viel für uns tat, nicht wehtun – gerade jetzt. Musste er ihm den möglichen Wunsch erfüllen? Mein Vater sprach mit niemandem darüber, er versuchte, für sich eine Lösung zu finden.

„Was sollte ich machen, ich konnte Pastor Lochte doch nicht enttäuschen."

Am 25. Dezember 1989, sieben Jahre nach meiner Mutter, meiner Schwester und mir, ließ er sich taufen.

Offensichtlich blieben seine Bedenken aber bestehen: War der Übertritt nicht Verrat an seiner Familie, seinen Wurzeln, seiner Kultur? Im Gegensatz zu meiner Schwester und mir war er ja nicht in Deutschland aufgewachsen, sondern hatte nur eine eingeschränkte Bindung zum Westen. Er löste das Dilemma auf seine Weise: Drei Jahre nach der Taufe – und ein Jahr nach dem Tod von Pastor Lochte – trat er aus der Kirche aus. Niemand, der die Zerrissenheit zwischen zwei Welten selbst gespürt hat, wird ihm Undankbarkeit oder Unaufrichtigkeit vorhalten.

Knapp zehn Monate nach der Taufe meines Vaters hörte die DDR auf zu existieren. Deutschland war vereint. Die Bundesrepublik bekam gut sechzehn Millionen neue Staatsbürger; da sollten doch vier weitere nichts ausmachen. Wie lange müssten wir noch warten, bis unser Antrag bearbeitet würde? Eineinhalb Jahre waren schon vergangen.

Ich kam aus der Schule geradelt, am 12. November 1990, gut einen Monat nach der Wiedervereinigung, und fand jenen Brief vor, der unser Leben veränderte. Er war an meine Eltern adressiert. Ich weiß bis heute nicht, was mir sagte, dass er wichtig wäre und ich ihn unbedingt sofort öffnen müsste. Ich schlitzte ihn auf, wobei mir natürlich die Unrechtmäßigkeit bewusst war.

In der Betreffzeile stand: „Erwerb der deutschen Staatsangehörigkeit durch Einbürgerung gem. § 8 des Reichs- und Staatsangehörigkeitsgesetzes".

Die Acht hinter dem Paragraphenzeichen war in Handschrift eingefügt worden. Hinter einem maschinell geschriebenen „Sehr geehrte" hatte jemand handschriftlich „Frau Kazim, sehr geehrter Herr Kazim!" geschrieben.

„Mit Verfügung vom 26.10.90 [das Datum ist wieder handschriftlich eingetragen] hat die Bezirksregierung Lüneburg Ihrem/Ihren Antrag/Anträgen auf Erwerb der deutschen Staatsangehörigkeit stattgegeben.

Ich bitte Sie, in den nächsten Tagen bei mir wegen Aushändigung der Urkunde(n) über den Erwerb der deutschen Staatsangehörigkeit persönlich vorzusprechen.

Für eine vorherige fernmündliche Terminvereinbarung wäre ich dankbar."

Darunter stand eine unleserliche Unterschrift im Auftrag des Oberkreisdirektors. Sie gehörte einer Sachbearbeiterin mit dem Namen Frauenkron, die meine Eltern nicht kannten. Der Brief war nur ein Formular, in das die entsprechenden Daten eingetragen worden waren. Nachdem meine Eltern einen jahrelangen nervenaufreibenden Streit mit dem deutschen Staat geführt hatten, gab dieser Staat einfach per Formblatt auf. Fast war ich ein bisschen enttäuscht.

Nichts hatte darauf hingedeutet, dass ausgerechnet jetzt unserem Antrag stattgegeben würde. Meine Eltern hatten mit einer viel längeren Wartezeit gerechnet.

Früher hatte ich mir immer vorgestellt, dass der Tag, an dem wir die ersehnte Nachricht erhielten, einer der schönsten Momente in meinem Leben wäre, weil ich endlich keine Sorge mehr haben müsste, abgeschoben zu werden.

Jetzt, vier Jahre vor dem Abitur, hatte ich die Gewissheit, dass ich in dem Land bleiben, studieren und arbeiten kann, in dem ich die meiste Zeit meines Lebens verbracht hatte.

Es war schön, diesen Brief in Händen zu halten. Nicht weniger, aber auch nicht mehr. Eben schön. Kein Jubelgefühl. Plötzlich schoss mir zum allerersten Mal der Gedanke durch den Kopf: Irgendwann hatte es so kommen müssen.

Ich rief meine Mutter an und erzählte ihr von dem Schreiben. Sie sagte nur: „Ach so. Na ja, gut. Dann bis später."

An diesem Tag kam sie eine Stunde früher als sonst nach Hause, nahm sofort den Brief und überflog ihn.

„Na endlich, das ist ja schön", war überraschenderweise ihr ganzer Kommentar.

Dann telefonierte sie der Reihe nach mit den Freunden, die uns in all den Jahren zur Seite gestanden hatten. Am Abend meldete sich mein Vater zufällig vom Schiff aus, er war irgendwo in Küstennähe. Meine Mutter erzählte ihm von dem Brief. Ich weiß nicht, wie er reagiert hat.

Heute sagt er, er sei damals sehr glücklich gewesen.

Es war eine Erlösung. Endlich keine psychischen Belastungen und Einschränkungen mehr für meine Eltern. Mein Vater durfte nun auch als Kapitän zur See fahren.

Meine Eltern hatten versucht, ihre Probleme so gut wie möglich vor uns Kindern zu verbergen, aber nicht alles ließ sich geheim halten. Im Gegensatz zu meiner jüngeren Schwester erinnere ich mich noch gut an die beklemmenden Gespräche meiner

Eltern mit Freunden, an die Geldsorgen und an die Ängste, die ich mit zunehmendem Alter deutlich spürte und die sich auf mich übertrugen.
Beim Lesen der Akten, die ich auf dem Dachboden meiner Eltern vorgefunden hatte, stellte ich jedoch fest, dass mir etliche Details entgangen waren. Ich wusste zum Beispiel nicht, dass meine Eltern schon drei Wochen vor Eintreffen der Nachricht im grauen Umschlag über den guten Ausgang des Verfahrens informiert worden waren. Mit Datum vom 26. Oktober 1990 existierte ein Schreiben der Bezirksregierung Lüneburg:

„Sehr geehrte Dame! Sehr geehrter Herr!
Sie haben für sich die Einbürgerung beantragt. Ihrem Einbürgerungsbegehren ist stattgegeben worden. Die Gebühr für die Einbürgerung habe ich gemäß §§ 1, 2 der Staatsangehörigkeitsgebührenverordnung (StAGebV) vom 28.03.1974 (BGBI. I S. 809) und den Richtlinien für die Gebührenbemessung in Einbürgerungsangelegenheiten (EinbGebR 1974) (Gem. MBI. Nr. 12 v. 31.05.1974 S. 184) festgesetzt auf insgesamt 3918,-- DM. Der bereits entrichtete Vorschuß i. H. v. insgesamt 1400,-- DM wird angerechnet. Somit ist noch eine Restgebühr i. H. v. 2518,-- DM zu zahlen."
Weiter unten ließ der Beamte von der Bezirksregierung wissen: „Die Einbürgerungsurkunde(n) habe ich heute ausgefertigt und dem Landkreis Stade übersandt. Die Aushändigung wird dort bei Nachweis der Gebührenentrichtung erfolgen."
An diese Rechnung ist eine Überweisungsquittung geheftet, der zufolge meine Eltern am 1. November 1990 die noch offenen 2518 Mark überwiesen. 1400 Mark hatten sie schon mit Beantragung der Staatsbürgerschaft gezahlt.

Über diese Vorgänge hatten mich meine Eltern nicht informiert. Vielleicht glaubten sie nach den schlechten Erfahrungen mit den Behörden selbst noch nicht an das gute Ende. Solange sie die bordeauxroten Pässe nicht in Händen hielten, war alles möglich.
Im Nachhinein erkläre ich mir so ihre verhaltene Freude an jenem 12. November. Sie hatten die Nachricht erwartet.
Meine Mutter rief also Frau Frauenkron an und verabredete einen Termin für den 20. November. Die Sachbearbeiterin erwähnte eine „Deutschprüfung".
Als Pastor Lochte davon hörte, beschwerte er sich bei Frau Frauenkron: „Das ist doch albern. Herr Kazim fährt als Offizier auf deutschen Schiffen, Frau Kazim arbeitet als Übersetzerin. Also werden sie ja wohl Deutsch lesen und schreiben können, oder?"
Kurze Zeit später meldete sich Frau Frauenkron bei meiner Mutter: „Ich glaube, auf eine Deutschprüfung und eine Überprüfung Ihrer Kenntnisse der deutschen Verfassung können wir verzichten", sagte sie am Telefon. „Die pakistanischen Pässe bringen Sie dann bitte mit."
Meine Schwester und ich waren in der Schule, als meine Mutter allein zum Landkreis Stade fuhr und die deutschen Pässe sowie vier grüne Einbürgerungsurkunden erhielt.

„Hasnain Niels Kazim, geboren am 19.10.1974 in Oldenburg/Niedersachsen, Wohnort 2161 Hollern-Twielenfleth, hat mit dem Zeitpunkt der Aushändigung dieser Urkunde die deutsche Staatsangehörigkeit durch Einbürgerung erworben. Ausgehändigt am 20. November 1990."

Das war das Papier, für das meine Eltern jahrelang gekämpft hatten.

BUNDESREPUBLIK DEUTSCHLAND

Einbürgerungsurkunde

Vorname(n), Familienname, Geburtsname
Hasnain Niels Kazim

geboren am	in
19.10.1974	Oldenburg/Niedersachsen

Wohnort
2161 Hollern-Twielenfleth

hat mit dem Zeitpunkt der Aushändigung dieser Urkunde die deutsche Staatsangehörigkeit durch Einbürgerung erworben.

Die Einbürgerung hat sich nicht auf Kinder des/der Eingebürgerten erstreckt.

Ort, Datum
Lüneburg, den 26.10.1990

Bezirksregierung Lüneburg
301.2 - 11020/N

Im Auftrage
Dawe

(Dienstsiegel)

Landkreis Stade
Der Oberkreisdirektor
Im Auftrage:

Ausgehändigt am 20 NOV. 1990

Art.-Nr. 10 001

Bundesdruckerei

Meine Einbürgerungsurkunde – Ergebnis eines jahrelangen Kampfes

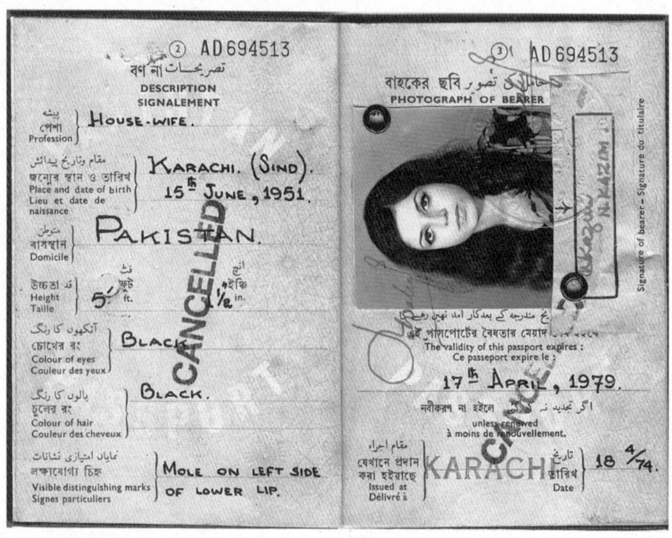
② AD694513
DESCRIPTION
SIGNALEMENT
Profession HOUSE-WIFE.
Place and date of birth
Lieu et date de naissance KARACHI. (SIND). 15th JUNE, 1951.
Domicile PAKISTAN.
Height
Taille 5' ft. 1/2 in.
Colour of eyes
Couleur des yeux BLACK.
Colour of hair
Couleur des cheveux BLACK.
Visible distinguishing marks
Signes particuliers MOLE ON LEFT SIDE OF LOWER LIP.
CANCELLED

③ AD694513
PHOTOGRAPH OF BEARER
Signature of bearer – Signature du titulaire
N. KAZIM
The validity of this passport expires :
Ce passeport expire le :
17th APRIL, 1979.
unless renewed
à moins de renouvellement.
Issued at
Délivré à KARACHI
Date 18 4/74.

„Und unsere pakistanischen Pässe habt ihr einfach abgegeben?“, frage ich.

„Wir hatten überlegt, sie zu behalten. Die pakistanische Botschaft bestätigte auch, dass es möglich wäre“, sagt mein Vater. „Aber wir hatten Bedenken, dass sich unsere Einbürgerung dann wieder um mehrere Monate verzögerte.“

„Warum sollten wir uns in dem Moment, in dem wir endlich die deutsche Staatsbürgerschaft erhielten, für die pakistanische einsetzen?“, ergänzt meine Mutter.

Für meinen Vater war es das zweite Mal, dass er eine neue Staatsbürgerschaft annahm. 1947 hatte er die indische gegen die pakistanische eingetauscht.

Was wir wohl erlebt hätten, wenn meine Eltern tatsächlich nach Schweden, Frankreich oder Japan gegangen wären, – und nicht nach Deutschland? Oder doch weiter nach Amerika oder Großbritannien? Wäre der Weg ebenso beschwerlich gewesen?

Meine Eltern haben den Weg, den sie gegangen sind, selbst gewählt. Es war ein langer, steiniger Weg, – ein Weg, den zu gehen viel Kraft gekostet hat.
Er war länger als erwartet.
Aber unterwegs haben sie auch viele außergewöhnliche Menschen kennengelernt und ins Herz geschlossen. Sie haben Ersatzfamilien gefunden und einzigartige Erfahrungen gemacht. Am Ende, und das ist doch die Hauptsache, sind sie an ihrem Ziel angekommen.

Epilog

Zwei Welten, drei Heimaten

Warum sind meine Eltern in dieses Land gekommen? Was hat sie bewogen hierzubleiben, obwohl sie von offizieller Seite unerwünscht waren? Weshalb haben sie sich kein neues Ziel gesucht?

Früher, als Kind und Jugendlicher, stellten sich mir diese Fragen nicht. Es war für mich unvorstellbar, woanders zu leben. Im Landkreis Stade hatte ich mein Zuhause und meine Freunde. Ich fühlte mich als Deutscher, bemühte mich, Deutscher zu sein.

Ich engagierte mich kommunalpolitisch in Stade, entschied mich nach der Schule sogar für eine Laufbahn als Offizier bei der Bundeswehr, Teilstreitkraft Marine. Eine Schulfreundin sagte damals, ich wäre deutscher als die Deutschen. Ich glaube, diese Bemerkung war kritisch gemeint; ich fasste sie als Lob auf.

Erst als ich die angestaubten Dokumente meiner Eltern las und mit ihnen über ihren Lebensweg sprach, bekam ich Antworten auf die Fragen, die im Laufe der Jahre in mir aufgekeimt waren. Ich verstand, dass meine Eltern angekommen waren. Aber war das Ziel die Demütigungen wert gewesen?

Natürlich war es das. Wir hatten in Hollern-Twielenfleth unsere Heimat gefunden. So etwas Wertvolles gibt man nicht einfach auf. Niemand von uns wollte weg. Was hätten meine Eltern anderes tun sollen, als den Kampf aufzunehmen?

Viele Menschen haben uns dabei geholfen. Aber mir war nicht bewusst, mit welchem Einsatz, – bis ich die Briefe, Petitionen und Unterschriftenlisten gesehen habe. Seither empfinde ich noch größere Nähe zu ihnen. Unter diesem Aspekt ist auch meine Nähe zu diesem Land gewachsen.

Als Kind und Jugendlicher wusste ich zwar um die Sorgen meiner Eltern, aber mir war die Dimension nicht klar: das Bitten um Verlängerung der Duldung bei der Ausländerbehörde, die Gerichtsprozesse, die sorgenvollen Gespräche mit den Freunden. Die Tragweite ist mir erst beim Lesen der Briefe, Artikel, Gutachten und Urteile deutlich geworden. Die meisten Papiere hielt ich während der Recherche zum ersten Mal in Händen. Heute frage ich mich: In was waren wir bloß hineingeraten?

Es gibt Momente, da kommt in mir ein Gefühl der Entfremdung auf: Wenn meine Familie über viele Jahre so schlecht von den Behörden behandelt wurde, ist dieses dann wirklich mein Land?

Die deutschen Pässe schützten uns nicht vor rassistischen Anrufen Anfang der neunziger Jahre, als die Stimmung nach zum Teil tödlichen Angriffen auf Ausländer in Hoyerswerda und Rostock, Hünxe, Mölln, Solingen und vielen anderen Orten derart feindselig wurde, dass wir uns leise fragten, ob wir nun, mit unseren neuen Papieren, nicht doch in ein anderes europäisches Land gehen sollten.

„Heil Hitler! Euch dreckiges Pack kriegen wir auch noch!“, brüllte eine Männerstimme in den Hörer. „Deutschland den Deutschen!“ Klick. Aufgelegt. Keine Chance zu reagieren. Wir wussten weder wer das war noch woher derjenige unsere Nummer hatte. Unklar war auch, ob er uns überhaupt kannte oder einfach wegen unseres fremden Namens anrief.

Es kamen auch Drohbriefe.

In dieser Zeit vergewisserte ich mich abends, dass die Tür abgeschlossen und der Weg zum Hinterausgang Richtung

Terrasse frei war – für den Fall, dass jemand einen Brandsatz durch das große Wohnzimmerfenster warf, wie uns telefonisch angedroht worden war. Wir durchlebten eine merkwürdige, von Angst bestimmte Zeit.

In der Schule vertraute ich mich einer Lehrerin an, Manon Maliszewski, als Französin selbst Ausländerin. Ich erzählte ihr von den Anrufen und meiner Sorge, meine Eltern könnten sich für einen Wegzug aus Deutschland entscheiden. In ihr fand ich eine Verbündete.

Das Thema wurde plötzlich in der ganzen Schule diskutiert. Der Unterricht fiel aus, stattdessen sprachen wir über Ausländerfeindlichkeit und wirksame Gegenmaßnahmen. Die Solidarität meiner Mitschüler und Lehrer half mir über diese Situation hinweg.

Die Anrufe hörten irgendwann von allein auf.

Ist es mein Land, wenn es Regionen gibt, wo Rechtsradikale sich rühmen, „national befreite Zonen" geschaffen zu haben? Wenn Politiker sich zwar betroffen zeigen und mit allerlei Erklärungen aufwarten, aber offenbar nicht verhindern können, dass dunkelhäutige Menschen Angst haben müssen, beschimpft, bedroht und gejagt zu werden?

Dann, im nächsten Moment, fallen mir die Menschen ein, die mir viel bedeuten. Diejenigen, die zu meiner deutschen Ersatzfamilie geworden sind. Ich denke an meine Kindheit in Hollern, an meine Kindergarten- und Schulfreunde. Ja, natürlich ist es mein Land!

Ich reise durch Indien und trage meinen alten Shalwar Kameez. Mir fällt auf, dass ich nicht auffalle. Niemand starrt mich an, niemand achtet auf meine Haut- und Haarfarbe, ich bin wie alle anderen.

In Neu-Delhi erzähle ich dem Taxifahrer, wie deutlich die Veränderungen in der Stadt zutage treten: neue Geschäfte, saubere Straßen, eine fröhlich-optimistische Stimmung im Hinblick auf die Zukunft. Er fragt: „Sir, woher kommen Sie?"
„Aus Deutschland."
„Deutschland?"
„Ja, meine Familie kommt zwar ursprünglich aus Indien, aber ich wurde in Deutschland geboren."
Er mustert mich aufmerksam im Rückspiegel seines klapprigen Ambassadors, während er mit unvermindertem Tempo über die holprige Straße fährt.
„Aber Sie sind doch kein Deutscher!"
Seine Augen ruhen weiter auf mir.
„Na ja, ich habe einen deutschen Pass, keinen indischen", sage ich. „Also bin ich Deutscher. Oder wie sehen Sie das?"
Wieder betrachtet er mich im Rückspiegel, diesmal mit einem Blick, der mir bedeutet, ich hätte gerade die dümmste Aussage meines Lebens gemacht. Er wiegt abwägend seinen Kopf.
„Sir, Ihr Pass mag deutsch sein, aber Ihr Blut ist indisch. Nur das zählt!" Als er das sagt, hält er sich die rechte Hand an sein Herz. „Sie fühlen sich doch nicht als Deutscher, oder? Ihre Identität ist indisch, nicht wahr?"
Ich lächle ihn im Rückspiegel an und sage nichts. Ich weiß die Antwort in diesem Moment selbst nicht.
Einige Tage später fahre ich zum Taj Mahal nach Agra. Ich kaufe eine Eintrittskarte für Inder, sie kostet zwanzig Rupien. Ausländer müssen achthundert Rupien zahlen.
An der Sicherheitskontrolle am Eingang durchsucht ein Mann in Uniform meine Kameratasche und findet meinen Reisepass. „Sie sind kein Inder", stellt er fest und zeigt auf meine

Eintrittskarte. „Warum kaufen Sie dann ein Ticket für Inder? Gehen Sie bitte zurück und kaufen Sie eines für Ausländer!"
In diesem Moment fällt mir der Taxifahrer aus Neu-Delhi ein. Ich gucke den Uniformierten an, als hätte er den dümmsten Satz seines Lebens ausgesprochen. „Hören Sie, mein Pass mag deutsch sein, aber mein Blut ist indisch. Nur das zählt, oder?"
Als ich das sage, halte ich mir die rechte Hand ans Herz.
Der Uniformierte lächelt und nickt zustimmend mit dem Kopf. „Wie wahr, wie wahr!" Er klopft mir freundschaftlich auf die Schulter. „Na, gehen Sie schon rein."

Ich besuche Verwandte in Karatschi, Pakistan. Sie sagen zu mir: „Willkommen in deinem Zuhause!"
Die beiden riesigen Häuser meiner Großeltern, in denen ich in meiner Kindheit viel Zeit verbracht habe, sind verkauft. Fremde Menschen wohnen jetzt darin. Ich spüre einen Stich, weil ich weiß, dass ich nicht einfach hineingehen und mich umschauen kann. Jene Tanten und Onkel, die in Karatschi geblieben und nicht nach England, in die USA oder nach Kanada ausgewandert sind, haben neue, schickere Häuser in angesagten Stadtteilen erstanden; die Beurteilung der Viertel ändert sich auch in Karatschi alle paar Jahre. Eine Tante lebt direkt neben der Politikerfamilie Bhutto. An der Straßenecke vor ihrem Haus stehen immer Sicherheitsleute, die mich nach zwei, drei Tagen kennen. Wenn ich an ihnen vorbeispaziere, nicken sie mir freundlich zu.
In den neuen Häusern meiner Verwandten fühle ich mich schnell wohl. Mein Zuhause.
Der Muezzin ruft zum Gebet. Der Gesang hat eine beruhigende Wirkung, wie das Läuten von Kirchenglocken. Meine ers-

ten drei Begegnungen mit dem Islam waren blutig: Ich wurde beschnitten, sah, wie beim Fest Id ul-Adha Ziegen geschlachtet wurden, und war bei einem späteren Familienbesuch in Karatschi Zeuge einer Selbstgeißelungsprozession von Schiiten: Männer schlugen sich mit Ketten, zum Teil mit Messerklingen gespickt, auf den Rücken, sodass sie auf ihrem Zug eine blutige Spur hinterließen. Auf diese Weise betrauerten sie den Tod des von ihnen verehrten Imam Husain, der im Jahr 680 in der Schlacht von Kerbela umkam.

Trotzdem fühle ich mich dieser Religion verbunden. Ich kenne viele Muslime in Pakistan und Indien, deren Ansichten und Werte sich kaum von denen in westlichen Gesellschaften unterscheiden, – Muslime, die ihre Söhne vor allem aus medizinischen Gründen beschneiden lassen, die keine Tiere im Garten schlachten und die Selbstgeißelung bis zur Ohnmacht für gefährlichen Unsinn halten.

Meine Cousins und Cousinen sind solche Menschen. Sie führen als moderne, beruflich erfolgreiche Muslime ein glückliches Leben in Pakistan.

Der Islam hat unterschiedliche Ausprägungen. Außerhalb der islamischen Welt wird er häufig einseitig dargestellt, so als bringe er nur Intoleranz und Terrorismus hervor. Es ist die Religion meiner Verwandten, meiner Vorfahren. Dieses Erbe habe ich zu tragen.

Auf Veranlassung meiner Eltern wurde ich getauft. Nachdem Pastor Lochte an meine Anmeldung zum Konfirmandenunterricht erinnert hatte, besuchte ich die Stunden und ließ mich, wie meine Freunde, im Frühjahr 1988 konfirmieren. Natürlich waren die Feier und die Geschenke wichtig, aber in erster Linie ging es mir darum, so zu sein wie alle anderen. Ich bin mir

nicht sicher, ob ich heute den gleichen Entschluss fassen würde; wahrscheinlich nicht. Ich bin kein religiöser Mensch. Müsste ich meine Religion angeben, würde ich sagen: schätzungsweise sechzig Prozent evangelischer Christ, vierzig Prozent schiitischer Muslim. Vielleicht sogar siebzig zu dreißig.
Ich habe mich für konfessionslos entschieden, was es mir einfacher macht.
Für westliche Verhältnisse sind meine pakistanischen und indischen Verwandten sehr religiös. Die meisten von ihnen lesen regelmäßig im Koran und sprechen das Glaubensbekenntnis, sie beten mehrmals täglich, spenden den Armen, halten den Fastenmonat ein und pilgern einmal im Leben nach Mekka. Für südasiatische Verhältnisse ist meine Familie dagegen nicht sonderlich fromm. Im Gegensatz zu strenggläubigen Menschen kreist ihr Leben nicht nur um die Religion. Rede- und Pressefreiheit sind ihnen wichtig; Mohammed-Karikaturen mögen sie trotzdem nicht.

Ich mache einen Spaziergang durch Hollern-Twielenfleth. Die Kirschen sind reif, Obstbauern fahren mit ihren Traktoren durch das Dorf. Jeder nickt mir freundlich zu, laufend treffe ich Bekannte.
Ich besuche Gisela Laurich, die Freundin, die vor Jahren Unterschriften für uns gesammelt und Petitionen geschrieben hat. Wir sprechen über alte Zeiten.
„Mensch, was haben wir durchgemacht“, sagt sie.
Sie sagt „wir“.
Ich gehe an unserem damaligen Haus vorbei. Es sieht noch genauso aus wie vor dreißig Jahren: dunkelrote Ziegelsteine, schwarzes Dach, der Weg zur Eingangstür aus Waschbeton-

platten. Der große Garten mit den Kirschbäumen ist etwas kleiner gehalten, um neuen Einfamilienhäusern Platz zu machen. Die Bevölkerung von Hollern-Twielenfleth wächst offensichtlich.

Ich freue mich, dass Otti nach wie vor in diesem Haus lebt. Dadurch habe ich das Gefühl, dass etwas von uns geblieben ist. „Komm rein, mein Junge", sagt sie, wenn ich sie besuche. Dann hält sie, wie immer, Zitronenkuchen bereit. Ein Stück Kindheit. Ich bin glücklich, dass meine Eltern uns hier haben aufwachsen lassen, mitten in der Natur, nahe am Wasser. Sie selbst leben inzwischen in Stade, wo sie sich kurz nach der Einbürgerung ein Haus gekauft haben. Wenn ich zu Besuch bin, fahre ich gern nach Hollern-Twielenfleth. Ich streife durch das Dorf, spaziere die Vorderstraße entlang und unterhalte mich mit den Menschen, die hier leben. Dann verstehe ich, warum dieser Teil Deutschlands meinen Eltern Heimat geworden ist.

Indische Identität, pakistanisches Zuhause, integriert in Deutschland – manchmal zerren viele Kräfte an mir. Und egal, wo ich bin, immer vermisse ich etwas. Meine Eltern sind an ihrem Ziel angekommen. Aber wohin gehöre ich?

Nach Deutschland, sicher.

Zweifel kommen mir wieder, wenn ein Fremder zu mir sagt: „Sie sprechen aber gut Deutsch!" Oder wenn mir jemand versichert, wie großartig es sei, dass ich als Einwandererkind es so weit gebracht habe, und gleichzeitig bei mir eine gewisse Dankbarkeit erwartet, Pakistan und Indien entkommen zu sein. Dann habe ich das Gefühl: Ich kann mich noch so sehr anstrengen, mich anpassen, die Sprache beherrschen, gute Leistungen bringen – so ganz gehöre ich nicht hierher, sobald ich mich aus dem Kreis meiner Freunde, Bekannten und Kollegen hinausbewege. Obwohl ich in Deutschland geboren und aufgewachsen bin, gehe ich immer noch eher in Indien als Inder, in Pakistan als Pakistaner und wahrscheinlich in Amerika als Amerikaner durch als in Deutschland als Deutscher.

Und doch mag ich dieses Land. Es war ein Zufall, der meine Eltern nach Hollern geführt hat: eine Anzeige einer deutschen Reederei in einer pakistanischen Tageszeitung. Hier zu bleiben, hier zu leben, war dagegen ihre bewusste Entscheidung. Auch das ist mein Erbe.

Vielleicht hat der Taxifahrer aus Neu-Delhi recht: Der Pass ist völlig egal. Zuhause ist, wo das Herz ist. Mein Herz schlägt in zwei Welten, in drei Heimaten.

Nachwort zur Neuauflage

Niemals hätte ich erwartet, erneut die Ablehnung durch einen Staat zu erleben und für das Bleiberecht in einem Land kämpfen zu müssen.

„Grünkohl und Curry“ war im Frühjahr 2009 beendet, aber noch nicht veröffentlicht, als mir Indien eine Aufenthaltsgenehmigung verweigerte. Ich wollte nach Neu-Delhi ziehen, um dort in meinem Traumberuf des Auslandskorrespondenten zu arbeiten. Endlich sollte es so weit sein. Aber die Behörden hielten mich über mehrere Monate wegen der Akkreditierung hin, teilten mir mit, man werde mich „zu gegebener Zeit“ informieren.

Noch im November 2008 hatte ich aus Bombay berichtet: Bei einem verheerenden Terroranschlag mit Geiselnahme auf zwei Luxushotels, einen Bahnhof, ein Krankenhaus und ein jüdisches Zentrum waren durch Schnellfeuergewehre und Explosionen einhundertfünfundsiebzig Menschen getötet und weit über zweihundert verletzt worden. Ein einziger Alptraum. Ausgeführt hatte die Tat ein zehnköpfiges Terrorkommando aus Pakistan. Indien drohte dem Nachbarland jetzt mit militärischer Vergeltung.

Ich vermute, dass ich wegen meiner pakistanischen Wurzeln nun kein Visum mehr erhielt. Ich war zwischen die Fronten zweier Erzfeinde geraten. Mein deutscher Pass bewirkte überhaupt nichts.

Unseren Mietvertrag für die Hamburger Wohnung hatten wir schon gekündigt, meine Frau hatte ihre Stelle aufgegeben. Wir waren bei Verwandten untergekommen, zeitweise auch bei unseren Familien in Stade, um die Wartezeit zu überbrücken.

Während der Arbeit an „Grünkohl und Curry" hatte ich mich immer wieder gefragt, ob sich der beharrliche Einsatz meiner Eltern für das Recht, in einem ganz bestimmten Land zu leben, gelohnt hat. Jetzt war ich unerwartet selbst vor die Frage gestellt: kämpfen oder nicht?

Wir setzten einiges in Bewegung. Mein damaliger Chefredakteur, Mathias Müller von Blumencron, suchte den indischen Botschafter in Berlin auf. Darüber hinaus wurden Kontakte des SPIEGEL ins Auswärtige Amt genutzt, das sich wiederum mit dem indischen Außenminister in Verbindung setzte, um wenigstens den Grund für die ablehnende Haltung in Erfahrung zu bringen.

Es nützte nichts. Im Juli 2009 erhielt ich meinen Pass zurück. Ohne Visum. Ohne Begründung.

Mir wurde klar: Ich hatte keine Lust zu kämpfen. Schön, interessant und lebenswert war es an vielen Orten dieser Welt. Wir hielten daher an unseren Auslandsplänen fest, änderten aber das Ziel in Pakistan.

Ich war von Pakistan aus, das ich von vielen Verwandtschaftsbesuchen kannte, bereits journalistisch tätig gewesen – zuletzt Ende 2007, als die frühere Premierministerin Benazir Bhutto in Rawalpindi ermordet worden war –, und meine Frau hatte das Land schon einmal gemeinsam mit mir bereist. Wir glaubten, das Risiko, in einen Staat zu ziehen, aus dem vor allem Terrornachrichten kamen, einschätzen zu können. Darüber hinaus bot sich mir die Gelegenheit, mich mit meinem kulturellen Erbe auseinanderzusetzen. Als meine Eltern für die deutsche Staatsbürgerschaft gekämpft hatten, war uns von den Behörden immer wieder mehr oder weniger deutlich zu verstehen gegeben worden, dass Pakistan unsere Heimat wäre, nicht Deutschland. Nun hatte ich die Chance, in diese fremde Kultur einzutauchen, die ja doch ein Teil von mir ist. Ich wollte so unvoreingenommen sein, wie es nur ging, nicht nur über Terror und Taliban berichten, sondern auch über den Alltag der Menschen, ihre Freuden und Sorgen, in einem Land, über das man in Deutschland kaum etwas weiß.

Lauter gute Vorsätze, wie Korrespondenten sie eben haben.

Meine Frau fand die Idee gut, meine Kollegen waren skeptisch, unsere Freunde hielten uns für verrückt. Und unsere Familien kannten unsere Lage, in die wir durch das indische Nein geraten waren, verstanden unseren Wunsch und schwiegen.

Im Sommer 2009 war die pakistanische Armee gerade massiv gegen die Taliban im Swat-Tal vorgegangen und hatte sie zurückgeschlagen. Das schöne Tal lag nur vier Autostunden von der Hauptstadt Islamabad, unserem künftigen Wohnort, entfernt. Eine weitere Militäroperation in Süd-Waziristan war im Gespräch, einem Landesteil im Westen, nahe der Grenze zu Afghanistan. Die Taliban überzogen aus Rache das ganze Land mit Terror.

Wir beschlossen, zunächst ein Jahr zu bleiben. Danach wollten wir weitersehen.

Letztendlich wurden es vier, weil uns das Leben in Islamabad gefiel, aber auch weil es so viel zu berichten gab – leider doch vor allem über Terror und Taliban.

Ich erlebte die Jahrhundertflut im Sommer 2010, als der Monsun die Flüsse derart anschwellen ließ, dass ganze Städte in den Wassermassen versanken. Ein CIA-Söldner erschoss zwei Pakistaner in Lahore, die US-pakistanischen Beziehungen verschlechterten sich dramatisch. Als amerikanische Spezialkräfte im Mai 2011 Osama Bin Laden in seinem Haus im nordpakistanischen Abbottabad töteten, blickte die ganze Welt auf das Land. Keine zehn Stunden später stand ich vor dem Gebäude und sah die Überreste des Hubschraubers, den die US-Elitesoldaten bei der Operation verloren hatten. Die pakistanische Militärpolizei prügelte auf uns Journalisten ein, weil wir das hochgeheime Wrack fotografierten.

Wir verbrachten aufregende Jahre in einem gastfreundlichen und naturgewaltigen, aber auch fanatisch religiösen, chaotischen Land. In einem Land voller Gewalt und Korruption, mit Mächtigen, die sich nicht um das Wohl ihrer Bevölkerung scheren, und Reichen, die ihr Leben in vollen Zügen genießen, während ihre Bediensteten nicht wissen, wie sie ihre Familien durchbringen sollen.

Dennoch fühlten wir uns wohl, sogar heimisch, weil wir ein Haus hatten, das uns ein Rückzugsort war, an dem wir die ersten Lebensjahre unseres Sohnes begleiteten, und weil wir Freunde fanden.

Während Islamabad zu unserem Zuhause wurde, sorgte in Deutschland ein Buch des deutschen SPD-Politikers und damaligen Bundesbank-Vorstands Thilo Sarrazin für Furore, das unter anderem die Theorie von der unterschiedlichen Verteilung von Intelligenz unter den Ethnien verbreitete. Als Schlussfolgerung ergab sich, die deutsche Bevölkerung würde durch Zuwanderung dümmer. Sarrazin befeuerte damit eine Stimmung, die Menschen wie ich als feindselig empfinden. Neben den aus meiner Sicht kruden Thesen des Buches bestürzte mich auch der Erfolg Sarrazins. Tausende strömten zu seinen Veranstaltungen oder bekundeten in Leserbriefen und Internetforen ihre Zustimmung: „Endlich spricht es einmal jemand aus!“ – „Die Wahrheit wird man ja wohl noch sagen dürfen!“ Es waren nicht nur rechtsradikale Kreise, die jetzt jubelten, weil jemand aus der vermeintlichen gesellschaftlichen Elite in ihrem Sinne das Wort ergriff, sondern auch Akademiker, Gebildete und Gutverdienende.

Sarrazins Buch gehört zu den meistverkauften Sachbüchern in der Geschichte der Bundesrepublik Deutschland, was die Geisteshaltung vieler Bürger widerspiegelt. Rassistische Ressentiments, so scheint es, sind wieder gesellschaftsfähig.

Seit meiner Arbeit an „Grünkohl und Curry“ hatte ich mehr denn je über Heimat und über die Umgangsformen der Behörden jenes Landes, das ich bis dahin als meine Heimat betrachtet hatte, nachgedacht. Das Aufschreiben unserer Einwanderungsgeschichte hatte mir geholfen, meine Gedanken zu ordnen. Und mich hatte ein Gefühl der Entfremdung beschlichen. Mein Umzug ins Ausland, um als Korrespondent zu arbeiten, war die Verwirklichung eines Jugendtraums. Die Entscheidung zu gehen bedeutete also keine Abkehr von Deutschland, aber das neue Leben in Pakistan bot eine willkommene Gelegenheit, Distanz zu schaffen.

Die über Wochen andauernde Sarrazin-Debatte, vor allem aber die Art, wie sie geführt wurde, verbesserten meine Gefühlslage nicht. Gesellschaftliche Probleme müssen diskutiert werden – aber nicht auf der Grundlage vermeintlich genetisch bedingter Intelligenzunterschiede. Wie kann eine gute Atmosphäre entstehen, wenn von vornherein nicht auf gleicher Augenhöhe miteinander, sondern von oben herab übereinander geredet wird?

Minderheiten haben es überall auf der Welt schwer. Oft werden sie verfolgt, bedroht, ermordet. Darauf werde ich gelegentlich hingewiesen, wenn ich über die Lage von Migranten in Deutschland spreche. Aber was will man mir damit sagen? Dass es doch nicht so schlimm ist in Deutschland? Rechtfertigen etwa Missstände in anderen Ländern die eigenen Fehler?

Inzwischen lebe ich in Istanbul. Es ist eine wunderbare Stadt, die mir neue Perspektiven öffnet.

Mir fällt auf, dass in Deutschland häufig abwertend über Türken und die Türkei gesprochen wird, auf persönlicher wie auf politischer Ebene, sodass das Scheitern vorbestimmt ist. Wenn Menschen sich schlecht behandelt fühlen, wenden sie sich ab. Streit und Kritik gehören zum demokratischen Miteinander, aber es sollte doch immer bei einem würdigen Umgang bleiben. Ein Miteinander entsteht nur, wenn es ein Interesse füreinander gibt. In höre oft den Vorwurf, „die Türken" in Deutschland integrierten sich nicht. „Die Türken" lebten unter sich. „Die Türken" lernten kein Deutsch. „Die Türken" wollten doch überhaupt nichts mit „uns Deutschen" zu tun haben.

In diesen Behauptungen steckt sicher ein Funken Wahrheit, aber ist es umgekehrt nicht genauso? Seit Jahrzehnten leben Millionen von Menschen türkischer Abstammung in Deutschland. Wie sehr interessieren wir uns für sie? Für ihre Kultur? Für ihre Geschichte und ihre Geschichten? Wir wissen ja nicht einmal, was die einfachsten Dinge auf Türkisch heißen, „Ja" oder „Nein", „Guten Tag" oder „Ich liebe dich". Sieht so Interesse an der größten Minderheit in unserem Land aus?

Ich kenne die Reaktionen auf diese Fragestellungen. „Seit wann müssen wir uns den Türken anpassen? Die kommen doch zu uns!"

Niemand verlangt, dass Deutsche sich den Türken anpassen, dass sie Türkisch lernen sollen. Aber ein wenig Interesse zeigen für die Mitmenschen, ihnen entgegengehen, offen sein, das würde uns alle weiterbringen. Übrigens ist Türkisch eine außergewöhnlich elegante Sprache. Es lohnt sich, sie zu lernen.

Ich verfolge in den Nachrichten die Demonstrationen gegen Flüchtlingsheime, Berichte über „verdachtsunabhängige Kontrollen" von Menschen – seltsamerweise immer Nichtweiße – durch die Polizei in Zügen, an Bahnhöfen und Flughäfen, Artikel über die unfassbaren NSU-Morde, den Gerichtsprozess und die Verstrickungen des Verfassungsschutzes in die rechtsextreme Szene. Mal wird „Multikulti" – was auch immer das sein soll – totgesagt, mal sogar erhitzt darüber debattiert, ob der Islam – Was ist der Islam? – zu Deutschland gehört. Es gibt wochenlange, aufgeregte Diskussionen über ein Burka-Verbot, – als ob die Burka ein Problem in Deutschland wäre. Ich lese, wie man abfällig über Flüchtlinge spricht, dass Deutschland zum Beispiel „nicht das Sozialamt der Welt" sei und „nicht ganz Afrika hierherkommen" könne, höre davon, wie Flüchtlinge nachts überraschend von der Polizei abgeholt, zum Flughafen gebracht und aus dem Land abgeschoben werden – auch in meiner Herkunftsstadt Stade. Dann heißt es, man habe „nur nach Recht und Gesetz gehandelt". Ich schäme mich für die politisch Verantwortlichen.

Und immer, wenn Wahlkampf ist, macht irgendeine Partei Stimmung gegen Minderheiten. Zuletzt richtete sich die Kampagne „Wer betrügt, fliegt" gegen Menschen aus Bulgarien und Rumänien, die angeblich massenweise nach Deutschland strömten und das Sozialsystem ausnutzten.

Zu meiner Kritik sagen manche: „Das ist halt Demokratie, so will es das Volk!" Oder: „Nun sei doch nicht so empfindlich." Harschere Reaktionen sind Formulierungen, wie: „Wenn es dir nicht passt, dann geh doch!"

Gesellschaft ist Wandel. Und Wandel kann man nur gestalten, nicht verhindern. Das sollte man behutsam tun, konstruktiv, den Menschen zugewandt, auf Ausgleich bedacht, den Kompromiss suchend, bemüht, dass niemand zu Schaden kommt.

Deutschland ist eine Einwanderungsgesellschaft. Allerdings habe ich das Gefühl, dass viele diese Realität nicht wahrhaben wollen, als könne man sie durch Ignorieren rückgängig machen. Mein – natürlich subjektiver – Eindruck ist: Als Einwanderer oder Einwandererkind kann man machen, was man will, – eine umfassende Integration, wie sie gern laut eingefordert wird, ist überhaupt nicht möglich. Denn offensichtlich ist noch nicht allgemein akzeptiert, dass Deutschsein schon lange nichts mehr mit Abstammung und erst recht nicht mit Hautfarbe zu tun hat. Das „Recht des Blutes" ist ein Begriff aus den Geschichtsbüchern. Und nur dort gehört er hin.

Viele hängen immer noch der Welt von vorgestern an: Sie denken in der Kategorie des Volksstammes und fürchten nichts so sehr wie die „Überfremdung".

In dieser Welt bleibt man als Nachfahre von Einwanderern immer der Türke, der Italiener oder, in meinem Falle, der Pakistaner. Das gilt nicht im Freundes-, Bekannten oder Kollegenkreis, aber sobald man sich in den öffentlichen Raum begibt, also Bahn fährt, einkaufen geht, irgendwo unterwegs ist, wo man Menschen begegnet, die man nicht kennt.

Und man gewöhnt sich daran, dass mit schöner Regelmäßigkeit gefordert wird, „die Ausländer" sollten sich besser integrieren.

Mal sollen sie endlich die Sprache lernen, dann wieder eine „Leitkultur“ anerkennen, mal werden sie als kriminell hingestellt, dann – und das überschreitet das erträgliche Maß – als genetisch minderwertig.

Man nimmt all diesen Unsinn hin, denn bei Erwiderungen gilt man schnell als wehleidig. „Leute wie Sie sind doch gar nicht gemeint!“, heißt es dann.

Freundlichkeit klingt trotzdem anders.

Deutschland braucht eine ernst gemeinte, konstruktive Integrationsdebatte, frei von Hysterie und Forderungen von oben herab, geprägt von der – eigentlich selbstverständlichen – Erkenntnis, dass nicht nur eine Verpflichtung des Einwanderers, sondern auch eine der Gesellschaft besteht. Integration funktioniert nur, wenn beide Seiten mitmachen. Und sie muss funktionieren – im Interesse aller, weil es keine annehmbare Alternative gibt. Ohne Pauschalisierungen und Stammtischgegröle ließen sich die vorhandenen Probleme sehr viel leichter lösen.

Nur wenn es um Zuwanderung von Fachkräften geht, fehlt plötzlich der feindselige Ton. Aber auch hier gilt, was der Schweizer Schriftsteller Max Frisch feststellte: „Wir riefen Arbeitskräfte, und es kamen Menschen.“ So war es mit den „Gastarbeitern“, und so wird es in Zukunft sein. Es kommen keine Wirtschaftsfaktoren, sondern Lebewesen mit eigenen Wünschen und Träumen, Kulturen und Mentalitäten, die man ihnen nicht nehmen kann. Menschen aus anderen Ländern sind keine beliebig verfügbare Ressource, auf die man zugreift und die man abschiebt, gerade so wie es nötig erscheint.

Als Anfang der 2000er Jahre nach Computerfachleuten in aller Welt gesucht und sogar eine „Greencard“ angeboten wurde,

also eine Aufenthalts- und Arbeitsgenehmigung, kamen viel weniger Menschen als erwartet nach Deutschland. Verwundert das? Glaubt man ernsthaft, die Welt würde die Ablehnung gegenüber Fremden nicht spüren? Warum kehren immer mehr Hochqualifizierte mit ausländischen Wurzeln, allesamt bislang gut integriert, Deutschland den Rücken? In türkischen Städten gibt es mittlerweile „Rückkehrerstammtische". Viele Geschichten, die man dort hört, handeln von Ablehnung und Diskriminierung. Es sind Geschichten von Enttäuschungen.
Könnte es sein, dass in Deutschland gar kein Interesse an einer fruchtbaren Integrationspolitik besteht? Wer Ursachen von Problemen auf Gene zurückführt, stellt die Probleme als unlösbar dar – außer man wird die Menschen mit eben jenen vermeintlich minderwertigen Genen wieder los.

Als Journalist bekomme ich diese Haltung täglich zu spüren. Obwohl Integration und Zuwanderung nur selten meine Themen sind, erreichen mich hasserfüllte Leserbriefe – egal, worüber ich schreibe. Offensichtlich genügt der fremd klingende Name in der Autorenzeile. In der Anonymität des Internets kann man in Foren und per E-Mail ungehindert seine Meinung äußern. Manchmal kommen die Kommentare auch scheinbar freundlich daher. „Ich habe Ihr Buch ‚Grünkohl und Curry' gelesen, es ist wunderbar! Sie können froh sein, dass Sie eine so tolle Arbeitsstelle haben. So manch ein autochthoner Deutscher würde sich die Finger danach lecken", schrieb mir eine Frau. Ich musste erst einmal das Wort „autochthon" – „einheimisch, eingeboren" – nachschlagen.
Andere sind direkter. „Schön, dass deutsche Medien jetzt schon Quotenausländer beschäftigen", ließ sich ein Kommentator

aus. „Was kommt als Nächstes? Dass Schwule Chefredakteur werden?“

Solche Zuschriften bekomme ich fast täglich. Hunderte im Jahr. „Das ist Deutschlands Ende“ oder „Das wird man ja wohl noch sagen dürfen“ sind Sätze, die häufiger darin vorkommen.

Manchmal werde ich auch gefragt, welches Land ich liebe. Liebe ich Deutschland? Nein. Ich liebe Deutschland nicht. Liebe ist für mich in Bezug auf Länder keine Kategorie. Pakistan und die Türkei zum Beispiel finde ich spannend, aufregend, oft auch aufreibend, anstrengend.

„Ja, aber wo ist dann Ihre Heimat?“

Ich habe geschrieben: Zuhause ist, wo das Herz ist. Ich würde es jetzt, nach fünf Jahren, wieder so formulieren, auch wenn es pathetisch klingt, und ergänzen: Für mich ist vor allem die deutsche Sprache Heimat. Fühle ich mich Deutschland verbunden? Es bedeutet mir so viel, dass mich alles, was dort passiert, interessiert und bewegt, – dass ich es also nicht ignorieren kann. Den Grund dafür kenne ich selbst nicht. Ohne diese Verbundenheit hätte ich zu allem, was ich hier geäußert habe, geschwiegen.

Danksagung

An der Entstehung eines Buches sind viel mehr Menschen beteiligt als nur der Autor. An erster Stelle möchte ich Heide Koller-Duwe und Sebastian Duwe vom Verlag Friedrich Schaumburg in Stade danken, die maßgeblich dazu beigetragen haben, diese Neuauflage zu ermöglichen. Sie haben den Text mit einer Hingabe und einer Liebe zum sprachlichen Detail überarbeitet, die ich bewundere. Dank gebührt auch meinem Literaturagenten Kai Gathemann, der Geburtshelfer, Mutmacher und erster Leser in einem war. Ebenso möchte ich der Lektorin Katharina Festner von dtv danken, die das erste Manuskript geschliffen hat. Danke all den Menschen, die meiner Familie in all den schwierigen Jahren zur Seite gestanden, ihnen den Rücken gestärkt und sie dazu gebracht haben, nicht aufzugeben. Manche von ihnen sind in diesem Buch namentlich genannt, – aber auch alle anderen, wie zum Beispiel die Bewohner von Hollern-Twielenfleth, sind nicht vergessen. Danke meiner Schwester für ihre wertvollen Hinweise, ihre Sicht der Dinge und dafür, dass sie damals – wenn auch unfreiwillig – dazu beigetragen hat, dass wir bleiben durften. Meine Eltern sind die Helden dieses Buches. Für das, was sie geleistet und ertragen haben, danke! Und schließlich gilt mein Dank meiner Frau, die mir die Kraft gegeben hat, dieses Buch zu schreiben.

Hasnain Kazim
Istanbul, September 2014

Stade
Oldenburg
Deutschland
Türkei
Istanbul

1:25 000 000
Vorlage: Knaurs Großer Weltatlas, Tafel 16;
13. Auflage, Droemer Knaur 1992